## Os pescadores

# Chigozie Obioma

## Os pescadores

Tradução: Claudio Carina

**GLOBOLIVROS**

Copyright © 2016 Editora Globo S. A. para a presente edição
Copyright © 2015 Chigozie Obioma

Todos os direitos reservados. Nenhuma parte desta edição pode ser utilizada ou reproduzida — em qualquer meio ou forma, seja mecânico ou eletrônico, fotocópia, gravação etc. — nem apropriada ou estocada em sistema de banco de dados sem a expressa autorização da editora.

Texto fixado conforme as regras do Acordo Ortográfico da Língua Portuguesa (Decreto Legislativo nº 54, de 1995).

Título original: *The fishermen*

*Editora responsável*: Amanda Orlando
*Editora assistente*: Elisa Martins
*Preparação de texto*: Rebeca Michelotti
*Revisão*: Laila Guilherme
*Diagramação*: Gisele Baptista de Oliveira
*Capa*: Renata Zucchini Reschiliani
*Imagem de capa*: Robert Adrian Hillman/Thinkstock

1ª edição, 2016

CIP-BRASIL. CATALOGAÇÃO-NA-FONTE
SINDICATO NACIONAL DOS EDITORES DE LIVROS, RJ

O12p
Obioma, Chigozie, 1986-
Os pescadores / Chigozie Obioma ; tradução Claudio Carina. - 1. ed. - São Paulo : Globo Livros, 2016.

Tradução de: The fishermen
ISBN 978-85-250-6041-9

1. Romance nigeriano (Inglês). I. Carina, Claudio. II. Título.

| 15-21198 | CDD: 828.996693 |
| --- | --- |
| | CDU: 821.111(669.1)-3 |

Direitos de edição em língua portuguesa para o Brasil adquiridos por Editora Globo S.A.
Av. Nove de Julho, 5229 — 01407-907 — São Paulo — SP
www.globolivros.com.br

*Para os meus irmãos (e irmãs),*
*o "batalhão", um tributo.*

*Os passos de uma pessoa não podem criar uma debandada.*
PROVÉRBIO IGBO

*O louco entrou em nossa casa com violência*
*Profanando nosso solo sagrado*
*Proclamando a única verdade do universo*
*Subjugando ferreamente nossos sumos sacerdotes*
*Ah! Sim, as crianças*
*Que andaram sobre os túmulos de nossos Antepassados*
*Serão acometidas pela loucura.*
*Desenvolverão as presas do lagarto*
*Devorarão uma à outra diante de nossos olhos*
*E por uma ordem ancestral*
*É proibido impedi-las!*

MAZISI KUNENE

# I
# PESCADORES

NÓS ÉRAMOS PESCADORES:

Meus irmãos e eu nos tornamos pescadores em janeiro de 1996, depois que o Pai se mudou de Akure, uma cidade a oeste da Nigéria, onde havíamos morado juntos nossa vida inteira. O Banco Central da Nigéria, onde ele trabalhava, transferiu-o para uma filial em Yola — uma cidade no norte, mais de mil quilômetros distante — na primeira semana de novembro do ano anterior. Eu lembro da noite em que o Pai voltou para casa com a carta de transferência; foi numa sexta-feira. Entre aquela sexta-feira e o sábado, ele e a Mãe confabularam aos sussurros, como sacerdotes em um santuário. Na manhã do domingo, a Mãe parecia um ser diferente. Tinha adquirido um andar de rato molhado, desviando os olhos enquanto andava pela casa. Não foi à igreja naquele dia, ficou em casa e lavou e passou uma pilha de roupas do Pai, sempre com uma impenetrável expressão sombria no rosto. Nenhum deles disse uma palavra a mim ou aos meus irmãos, e também não perguntamos nada. Eu e meus irmãos — Ikenna, Boja e Obembe — já tínhamos aprendido que, quando os dois ventrículos do nosso lar — nosso pai e nossa mãe — mantinham silêncio, como os ventrículos do coração que retêm sangue, poderíamos acabar inundando a casa se os cutucássemos. Por isso, nessas ocasiões, ficávamos longe da estante de oito colunas que abrigava a televisão na nossa sala de estar. Era melhor permanecer em nossos quartos, estudando ou fingindo estudar, ansiosos, mas sem fazer perguntas. Enquanto estávamos lá, esticávamos nossas antenas para captar o que pudéssemos da situação.

Ao cair da noite, migalhas de informação começaram a se desprender do solilóquio da Mãe, como penugens de um pássaro muito emplumado.

— Que espécie de emprego afasta um homem dos filhos que está criando? Mesmo se eu tivesse nascido com sete mãos, como seria capaz de cuidar sozinha dessas crianças?

Apesar de não se dirigirem a ninguém em particular, aquelas exaltadas perguntas destinavam-se aos ouvidos do Pai. Sentado numa poltrona na sala de estar, o rosto encoberto pelas páginas de seu jornal favorito, o *Guardian*, ele lia ao mesmo tempo que escutava a Mãe. Mesmo que estivesse ouvindo tudo o que ela dizia, o Pai sempre fazia ouvidos moucos para palavras não dirigidas diretamente a ele e as chamava de "palavras covardes". Por isso, ele continuou lendo, às vezes interrompendo para refutar ou aplaudir em voz alta algo que tinha lido no jornal:

— Se houvesse justiça neste mundo, Abacha já estaria sendo velado por aquela bruxa da mulher dele.

— Uau, o Fela Kuti é um deus! Minha nossa!

— Esse Reuben Abati devia ser demitido!

Qualquer coisa, só para deixar claro que os lamentos da Mãe eram fúteis; choramingos aos quais ninguém estava prestando atenção.

Antes de nos deitarmos naquela noite, Ikenna, que tinha quase quinze anos e em quem confiávamos para interpretar a maioria das coisas, sugeriu que o Pai estava sendo transferido. Boja, um ano mais novo, que podia parecer bobo se não aparentasse ter noção alguma da situação, disse que talvez o Pai fosse viajar para o exterior, para o "mundo ocidental", o que sempre temíamos que um dia ele tivesse de fazer. Obembe, com onze anos, dois anos mais velho que eu, não tinha uma opinião. Nem eu. Mas não tivemos que esperar muito tempo.

A resposta veio na manhã seguinte, quando o Pai apareceu de repente no quarto que eu dividia com Obembe. Ele usava uma camiseta marrom. Pôs os óculos em cima da mesa, um gesto que exigia nossa atenção.

— Eu vou morar em Yola a partir de hoje, e não quero que vocês criem nenhum problema para sua mãe. — O rosto dele se contorceu quando disse isso, como sempre fazia quando queria pôr medo na gente. Ele falou devagar, a voz alta e grave, as palavras sendo cravadas como vigas em nossas cabeças. Dessa forma, se tentássemos desobedecer, ele nos lembraria do exato momento em que nos deu a instrução nos mínimos detalhes, com uma única frase: "Eu falei para vocês".

— Vou telefonar para ela regularmente e, se ouvir alguma reclamação — ele ergue o indicador para reforçar as palavras —, quero dizer, se souber de qualquer molecagem, vocês vão se ver com o Guerdon.

Ele disse a palavra "Guerdon" — uma palavra que enfatizava uma recomendação ou sublinhava um castigo por alguma desobediência — com tanto vigor que as veias nos dois lados do seu rosto saltaram. Essa palavra, quando pronunciada, em geral concluía a mensagem. Tirou duas notas de vinte nairas do bolso da frente do paletó que carregava e jogou na nossa escrivaninha.

— É para vocês dois. — E com essas palavras, saiu do quarto.

Obembe e eu ainda estávamos sentados na cama tentando entender tudo aquilo quando ouvimos a Mãe falar com ele no lado de fora da casa, numa voz tão alta que parecia que o Pai já estava bem longe.

— Eme, não esqueça que você tem filhos crescendo aqui! — bradou. — Escute o que estou dizendo!

Ela ainda falava quando o Pai deu partida no seu Peugeot 504. Quando ouvimos aquele som, Obembe e eu saímos correndo do quarto, mas o carro do Pai já estava passando pelo portão. Ele já tinha ido embora.

Sempre que penso na nossa história, em como aquela manhã marcaria o fim do período em que moramos todos juntos, como uma família de verdade, eu começo a desejar — mesmo agora, duas décadas mais tarde — que ele não tivesse partido, que nunca tivesse recebido aquela carta de transferência. Antes daquela carta, tudo estava no lugar: o Pai ia trabalhar toda manhã, e a Mãe, que vendia produtos frescos no mercado, cuidava dos meus cinco irmãos e de mim, que, como os filhos da maioria das famílias de Akure, frequentávamos a escola. Tudo seguia a ordem natural das coisas. Pensávamos pouco nos eventos passados. O tempo não significava nada naquela época. Os dias chegavam com nuvens pairando no céu, cheios de poeira na estação seca e com o sol se estendendo noite adentro. Na estação das chuvas, era como se uma das mãos desenhasse imagens difusas no céu quando a água caía em dilúvios pulsantes e trovoadas espasmódicas durante seis meses sem interrupção. Como as coisas seguiam esse padrão conhecido e estruturado, nenhum dia era digno de uma lembrança específica. Só o que importava eram o presente e o futuro previsível. Lampejos do futuro vinham quase sempre como uma locomotiva passando por trilhos de esperança, com carvão negro no coração e um apito tão estridente que mais lembrava o urro de um elefante. Às vezes, esses lampejos vinham em sonhos ou como pensamentos fantasiosos que murmuravam nas nossas cabeças: *Eu vou ser piloto, ou presidente da Nigéria, um homem rico, terei helicópteros*, pois o futuro era o que fazíamos dele. Era uma tela em branco na qual tudo podia ser imaginado. Mas a mudança do Pai para Yola alterou a equação das coisas: o tempo, as estações e o passado ganharam importância, e começamos a desejá-lo mais do que o presente e o futuro.

Ele foi morar em Yola naquela manhã. O telefone de mesa verde, usado principalmente para receber ligações do sr. Bayo, amigo de infância do Pai que morava no Canadá, tornou-se a única forma de entrarmos em contato com ele. A Mãe esperava pelas ligações, ansiosa, marcando os dias em que ele telefonava no calendário do quarto dela. Sempre que o Pai não ligava num dia marcado e a Mãe perdia a paciência de tanto esperar, geralmente bem depois da meia-noite, ela desatava o nó na bainha da *wrappa*, pegava o pedaço de papel amassado em que tinha anotado o número do telefone e discava incessantemente até ele atender. Se ainda estivéssemos acordados, nos amontoávamos ao redor dela para ouvir a voz do Pai, pedindo para ela insistir que ele nos levasse para a nova cidade. Mas o Pai sempre se recusava. Yola, reiterava, era uma cidade volátil, com histórias de violência em massa, especialmente contra gente da nossa tribo — os igbos. Continuamos insistindo até a eclosão das sangrentas manifestações sectárias de março de 1996. Quando finalmente conseguiu telefonar, o Pai contou — com o som de tiros esporádicos sendo ouvido ao fundo — como por pouco tinha escapado de morrer quando manifestantes atacaram o bairro onde morava e como uma família inteira havia sido massacrada na casa que ficava em frente à sua.

— Criancinhas mortas como galinhas! — falou, dando ênfase à palavra "criancinhas" de um jeito que ninguém em sã consciência ousaria falar em ir morar com ele de novo, e não se falou mais nisso.

O Pai fazia questão de nos visitar uma vez a cada duas semanas, chegando no Peugeot 504 empoeirado, exausto depois de quinze horas ao volante. Esperávamos, impacientes, por aqueles sábados em que o carro dele buzinava no portão e corríamos para abrir, ansiosos para ver o petisco ou o presente que ele trouxera daquela vez. Depois, quando começamos a nos acostumar a vê-lo no intervalo de algumas semanas, as coisas mudaram. Sua presença gigantesca, que exalava decoro e tranquilidade, foi encolhendo até ficar do tamanho de uma ervilha. A rotina de compostura, obediência, estudo e sesta compulsória estabelecida — um padrão tradicional na nossa existência diária — foi aos poucos perdendo a força. Um véu encobriu seus olhos que tudo viam, que acreditávamos ser capazes de perceber a menor coisa errada que fizéssemos escondida. No início do terceiro mês, o longo braço que com tanta frequência estalava o chicote, o instrumento de alerta, cedeu como um graveto alquebrado. E nós ficamos livres.

Guardamos nossos livros nas prateleiras e partimos para explorar o sagrado mundo exterior, que não era o que conhecíamos. Aventuramo-nos no campo de futebol do bairro, onde a maioria dos garotos da rua jogava todas as tardes. Esses garotos eram uma matilha de lobos; não nos receberam bem. Embora só conhecêssemos um deles, Kayode, que morava a alguns quarteirões de nós, os garotos conheciam a nossa família e a nós, sabiam até os nomes de nossos pais e estavam sempre nos provocando, nos açoitando todos os dias com seus chicotes verbais. Apesar dos estonteantes dribles de Ikenna e das maravilhas que Obembe fazia no gol, eles nos chamavam de "amadores". Estavam sempre caçoando, dizendo que nosso pai — o sr. Agwu — era um homem rico que trabalhava no Banco Central da Nigéria e que éramos garotos privilegiados. Escolheram um estranho apelido para o Pai: Baba Onile, em referência ao personagem principal de uma popular novela iorubá, que tinha seis esposas e vinte e um filhos. O nome tinha a intenção de tirar sarro do Pai, cujo desejo de ter muitos filhos tinha se tornado lendário no nosso bairro. Era também o nome em iorubá para o louva-deus, um inseto verde, feio e esquelético. Não conseguíamos aguentar aqueles insultos. Ikenna, entendendo que éramos minoria e que não venceríamos uma luta contra aqueles garotos, costumava implorar, como crianças católicas que éramos, para que parassem

com os insultos contra nossos pais, que não tinham feito nada que os preju-
dicasse. Mas eles continuaram, até uma noite em que Ikenna, enlouquecido
com a menção do apelido, deu um empurrão em um dos garotos. Num movimento rápido, o garoto chutou o estômago de Ikenna e se atracou com ele.
Por um breve momento, os pés deles descreveram giros imperfeitos no campo
coberto de areia enquanto se engalfinhavam. No fim, o garoto derrubou Ikenna e jogou um punhado de terra na cara dele. Os outros meninos aplaudiram
e ergueram o garoto nos ombros, as vozes se mesclando num coro vitorioso,
cheio de apupos e *uh-hus*. Naquela noite, fomos para casa abatidos e nunca
mais voltamos lá.

Depois dessa briga, cansamos de sair de casa. Por sugestão minha, supli-
camos à Mãe para convencer o Pai a liberar o videogame para jogarmos *Mortal
Kombat*, que ele tinha confiscado e escondido em algum lugar no ano anterior
quando Boja — conhecido por sua habitual posição de primeiro da classe —
voltou para casa com *24º* escrito em tinta vermelha no boletim e o alerta de
*Provável repetência*. Ikenna não foi muito melhor: ficou em 16º entre quarenta
e chegou com uma carta da professora, sra. Bukky, endereçada ao Pai. Ele leu
a carta em tal estado de fúria que as únicas palavras que ouvi foram:

— Valha-me Deus! Valha-me Deus! —, que ficou repetindo como um refrão. Confiscou o videogame e nos privou para sempre de momentos que nos
faziam contorcer de entusiasmo, gritando e uivando sempre que o narrador
invisível do jogo dava a ordem *"Finish him"*, e o vencedor infligia pesados golpes no perdedor, com chutes que o levavam ao céu ou o arrebentavam numa
grotesca explosão de sangue e ossos. A tela zumbia com a palavra *"fatality"*,
inscrita em caracteres estroboscópicos incandescentes. Uma vez, Obembe
— no meio do processo de se aliviar — saiu correndo do banheiro só para vir
gritar junto com a gente *"That is fatal!"*, com um sotaque americano que imi-
tava a locução do jogo. Depois, a Mãe o castigou quando descobriu que havia
soltado excremento no tapete sem perceber.

Frustrados, voltamos a tentar encontrar uma atividade física para preen-
cher o nosso tempo depois das aulas, já que estávamos livres dos estritos regulamentos do Pai. Então, reunimos amigos da vizinhança para jogar futebol
no campinho atrás da nossa casa. Trouxemos Kayode, o único garoto que

conhecíamos na matilha de lobos com os quais jogamos no campo de futebol do bairro. Kayode tinha um rosto andrógino e um sorriso perene e simpático. Igbafe, nosso vizinho, e o primo dele, Tobi — um garoto meio surdo, que cansava nossas cordas vocais de tanto perguntar *Jo, kini o nso?* — Por favor, o que você disse? —, também se juntaram a nós. Tobi tinha umas orelhas grandes, que pareciam não fazer parte do corpo. Ele quase não se ofendia — talvez porque às vezes não ouvisse, pois a gente cochichava — quando o chamávamos de *Eleti Ehoro* — Orelhas de Coelho. Corríamos naquele campinho até ficar sem fôlego, usando camisas de futebol baratas em que escrevíamos nossos apelidos futebolísticos. Jogávamos como desvairados, sempre chutando a bola nos quintais das casas vizinhas e adotando comportamentos grosseiros para recuperá-la. Muitas vezes, chegávamos bem a tempo de ver um vizinho furando a bola, sem se comover com nossas súplicas, pois a bola tinha acertado alguém ou destruído alguma coisa. Uma vez, a bola passou por cima da cerca de um vizinho, acertou a cabeça de um aleijado e o derrubou da cadeira. Em outra ocasião, a bola quebrou o vidro de uma janela.

Toda vez que eles destruíam uma bola, juntávamos dinheiro para comprar outra, menos Kayode, que fazia parte da crescente população mais pobre da cidade e não podia contribuir nem com um kobo. Kayode usava calções rasgados e puídos e morava com os pais mais velhos, líderes espirituais de uma pequena igreja cristã apostólica, instalada numa casa de dois andares semiterminada, pouco depois da curva da estrada perto da nossa escola. Como não podia contribuir, Kayode rezava por cada nova bola, pedindo a ajuda de Deus para mantê-la por muito mais tempo e não deixar que saísse do campinho.

Um dia, compramos uma bola branca com o logotipo dos Jogos Olímpicos de Atlanta de 1996. Começamos a jogar quando Kayode acabou de rezar, mal tinha se passado uma hora de jogo quando Boja deu um chute e a bola caiu no quintal de um médico. A bola quebrou uma das janelas da exuberante casa com um estrondo, acordando dois pombos que dormiam no telhado e saíram voando assustados. Esperamos a certa distância para podermos fugir se alguém viesse atrás da gente. Depois de um bom tempo, Ikenna e Boja foram até a casa, enquanto Kayode se ajoelhava para rezar pela intervenção divina. Quando os emissários chegaram ao seu destino, o médico saiu em disparada, como se já estivesse esperando por eles, fazendo com que todos corrêssemos como loucos para escapar. Naquela noite, quando chegamos em casa, suados e ofegantes, já sabíamos que o futebol tinha acabado para nós.

Nós nos tornamos pescadores quando Ikenna voltou da escola na semana seguinte entusiasmado com a nova ideia. Era final de janeiro, pois lembro que era o aniversário de catorze anos de Boja, dia 18 de janeiro de 1996, e comemoramos naquele fim de semana com um bolo feito em casa e refrigerantes na hora do jantar. O aniversário dele marcava o "mês da mesma idade", o período de um mês em que ele tinha temporariamente a mesma idade de Ikenna, nascido um ano antes, em 10 de fevereiro. Um colega de classe de Ikenna, Solomon, havia falado sobre os prazeres da pesca. Ikenna contou que Solomon definia o esporte como uma experiência emocionante e também lucrativa, já que podia vender parte dos peixes e ganhar um pouco de dinheiro. Ikenna ficou ainda mais entusiasmado porque a ideia abria a possibilidade de ressuscitar Yoyodon, o peixe. O aquário, que um dia estivera perto da televisão, abrigava um acará incrivelmente bonito que parecia uma colônia de cores — marrom, violeta, púrpura e até verde-claro. O Pai deu ao peixe o nome de Yoyodon quando Obembe disse uma palavra com um som semelhante ao tentar pronunciar Symphysodon: o nome da espécie do peixe. O Pai deu um fim ao aquário quando Ikenna e Boja, num gesto compassivo para livrar o peixe da "água suja" em que nadava, a trocaram por água limpa e potável. Quando voltaram, perceberam que o peixe não conseguia mais levantar do leito de pedregulhos e corais brilhantes do fundo.

Assim que Solomon falou sobre pesca com Ikenna, nosso irmão jurou que iria capturar um novo Yoyodon. Ele foi com Boja até a casa de Solomon no dia seguinte e voltou entusiasmado falando sobre *esse* e *aquele* peixe. Eles compraram dois carretéis de linha de pesca e anzóis num lugar que Solomon indicou. No dia seguinte, Ikenna os colocou em cima da mesa que ficava no quarto deles e explicou como eram usados. As linhas vinham enroladas em longos bastões de madeira com uma corda amarrada na ponta. Anzóis de ferro eram atados na ponta da corda, e era nesses ganchos, disse Ikenna, que se prendiam as iscas — minhocas, baratas, restos de comida, o que fosse — para atrair e capturar os peixes. Do dia seguinte em diante, durante uma semana inteira, eles saíam todos os dias da escola e percorriam o longo e tortuoso caminho até o rio Omi-Ala no fim do nosso bairro para pescar, passando por uma clareira atrás da nossa casa, que fedia na estação das chuvas e servia para abrigar uma família de porcos. Eles iam com Solomon e outros garotos da rua e voltavam com latas cheias de peixes. No começo, não deixavam Obembe e eu irmos junto, apesar de termos ficado muito interessados quando vimos os peixes pequenos e coloridos que apanhavam. Então, um dia Ikenna disse para mim e Obembe:

— Venham comigo, vamos transformar vocês em pescadores!

E lá fomos nós.

Começamos a ir até o rio todos os dias depois da escola, junto de outras crianças da rua, numa procissão liderada por Solomon, Ikenna e Boja. Os três costumavam levar as linhas de pesca escondidas em trapos ou em velhas *wrappas*. Os demais — Kayode, Igbafe, Tobi, Obembe e eu — levavam coisas que variavam de mochilas com trajes de pesca até sacos de nylon com minhocas e baratas mortas que usávamos como iscas, e também umas latas de bebida vazias onde guardávamos os peixes e girinos que apanhávamos. Andávamos juntos até o rio, passando no meio de arbustos cheios de espinhos que arranhavam nossas pernas descobertas e deixavam vergões brancos na pele. Os vergões que os espinhos deixavam em nós combinavam com o estranho termo botânico que denomina a vegetação predominante na região, *esan*, palavra que em iorubá pode significar retribuição ou vingança. Percorríamos essa trilha em fila indiana e, assim que passávamos por essa vegetação, corríamos para o rio como loucos. Os mais velhos, Solomon, Ikenna e Boja, costumavam se trocar e usar seus trajes sujos de pescaria. Eles ficavam em pé na margem do rio, segurando as linhas acima da água, os anzóis abaixo na superfície. Apesar de pescarem como homens experientes, que conheciam o rio desde o berço, em geral só conseguiam fisgar pequenos lambaris, ou garoupas que eram muito mais difíceis de pegar e, de vez em quando, algumas tilápias. O restante de nós só conseguia pegar girinos com as latas de bebida vazias. Eu adorava os girinos, seus corpos esguios e cabeças exageradas, que pareciam quase disformes e eram como uma versão de baleias em miniatura. Por isso eu os observava, admirado, enquanto voltavam embaixo da água, e meus dedos ficavam pretos de tanto esfregar a gosma cinzenta que recobria a pele deles. Às vezes pegávamos conchas de coral ou cascas vazias de artrópodes mortos há muito tempo. Levávamos caracóis redondos em forma de antigos fósseis, os dentes de algum monstro — que viemos a acreditar pertencer a uma era distante, porque Boja argumentou com veemência que eram de um dinossauro e os levou para casa —, restos do couro de uma cobra que trocou de pele na margem do rio e qualquer outra coisa interessante que encontrássemos.

Só uma vez conseguimos pegar um peixe suficientemente grande para vender, e sempre me lembro desse dia. Solomon pescou um peixe gigantesco, maior que todos os que já tínhamos visto no Omi-Ala. Então, Ikenna e Solomon foram até o mercado ali perto e voltaram ao rio pouco mais de meia hora depois com quinze nairas. Meus irmãos e eu fomos para casa com seis nairas, que era a nossa parte da venda, com uma alegria transbordante. Começamos a pescar mais desde então, ficando acordados até tarde da noite para conversar sobre a experiência.

Nossas pescarias eram organizadas com muito zelo, como se uma fiel plateia se reunisse diariamente na margem do rio para nos observar e aplaudir. Não ligávamos para o cheiro da água cheia de juncos, para os insetos voadores que se reuniam em enxames ao redor das margens todas as tardes, nem para a nauseante visão das algas e folhas que formavam um mapa das nações problemáticas do mundo na outra margem do rio, onde árvores varicosas mergulhavam na água. Íamos todos os dias com latas enferrujadas, insetos mortos e minhocas derretendo, vestidos praticamente de trapos e roupas velhas. Vivíamos muitas alegrias nessas pescarias, apesar das dificuldades e do pouco retorno.

Hoje, quando olho para trás, como tenho feito com mais frequência agora que tenho meus filhos, percebo que foi durante uma dessas idas ao rio que nossas vidas e o nosso mundo mudaram. Pois foi nele que o tempo começou a ter importância, foi naquele rio que nos tornamos pescadores.

# 2
## O rio

O Omi-Ala era um rio terrível:

Havia muito tempo era desprezado pelos habitantes da cidade de Akure, como uma mãe abandonada pelos próprios filhos. Ele já havia sido um rio cristalino, que propiciava peixes e água potável aos primeiros assentadores. Passava ao redor de Akure e serpenteava por dentro e pelas bordas da cidade. Como muitos rios semelhantes na África, o Omi-Ala já foi visto como uma divindade: as pessoas o veneravam. Erguiam templos em seu nome, procuravam a mediação e os conselhos de entidades como Iyemoja e Osha, de sereias e outros espíritos e deuses que habitavam os corpos aquáticos. Isso mudou quando os colonizadores chegaram da Europa e introduziram a Bíblia, diferenciando os adeptos do Omi-Ala dos outros, fazendo com que as pessoas, agora de maioria cristã, começassem a ver nele um local amaldiçoado. Um berço emporcalhado.

O rio tornou-se uma fonte de rumores sombrios. Um deles dizia que as pessoas faziam todos os tipos de rituais em suas margens. Isso era confirmado pela quantidade de cadáveres, carcaças de animais e outros materiais ritualísticos que boiavam na superfície do rio ou eram jogados em suas margens. Então, no início de 1995, o corpo mutilado de uma mulher foi encontrado naquelas águas, com as partes vitais desmembradas. Quando seus restos mortais foram descobertos, o conselho da cidade fez uma vigília no rio do amanhecer ao crepúsculo, das seis da manhã às seis da tarde, e depois disso o rio foi abandonado.

Vários incidentes se acumularam ao longo de muitos anos, manchando a reputação do rio e corrompendo tanto sua história que — com o tempo — a simples menção ao seu nome despertava desdém. O fato de uma seita religiosa de má reputação no país se estabelecer perto do rio piorou ainda mais essa fama. Conhecida como Igreja Celestial, ou igreja da vestimenta branca, seus seguidores adoravam espíritos das águas e andavam descalços. Sabíamos que nossos pais nos castigariam com severidade se descobrissem que íamos ao rio. No entanto, não pensávamos muito nisso, até que uma de nossas vizinhas — uma mascate que andava pelas ruas vendendo amendoim torrado em uma bandeja que levava na cabeça — nos flagrou no caminho para o rio e contou para a Mãe. Isso aconteceu no fim de fevereiro, quando já vínhamos pescando há quase seis semanas. Naquele dia, Solomon pegou um peixe graúdo. Demos pulos de alegria ao ver o peixe se contorcendo no anzol, entoando a canção do pescador que Solomon tinha inventado. Sempre cantávamos essa música nos momentos de muita excitação, como diante dos estertores da morte de um peixe.

A música era a variação de uma cantiga bem conhecida, cantada pela esposa adúltera do pastor Ishawuru, personagem principal da telenovela mais popular em Akure naquela época, *O poder absoluto*, quando tentava voltar à sua igreja depois de ser banida por ter pecado. Foi Solomon quem surgiu com a ideia, mas todos acabaram dando sugestões que ajudaram a formar a letra. Foi proposta de Boja, por exemplo, que disséssemos "os pescadores pegaram você" no lugar de "nós pegamos vocês". Substituímos o testemunho dela sobre o poder de Deus contra as tentações de Satã por nossa capacidade de segurar o peixe com firmeza e não deixá-lo escapar. Gostávamos tanto daquela música que às vezes a cantarolávamos em casa ou na escola.

| | |
|---|---|
| *Bi otiwu o ki o Jo,* | Dance o quanto quiser, |
| *ki o ja,* | lute o quanto quiser, |
| | |
| *Ati mu o,* | Nós vencemos, |
| *o male lo mo.* | você não pode escapar. |
| | |
| *She bi ati mu o?* | Não vencemos? |

| | |
|---|---|
| *O male le lo mo o.* | Você não pode mesmo escapar. |
| *Awa, Apeja, ti mu o.* | Os pescadores pegaram você. |
| *Awa, Apeja,* <br> *ti mu o, o ma le lo mo o.* | Os pescadores pegaram você, <br> você não pode escapar! |

Cantamos a música em brados tão altos naquela tarde depois da proeza de Solomon que um homem mais velho, um padre da Igreja Celestial, veio até o rio andando descalço, silencioso como um fantasma. Quando começamos a ir ao rio e descobrimos aquela igreja bem no nosso caminho, imediatamente a incluímos nas nossas aventuras. Espiávamos os frequentadores pelas janelas de mogno do pequeno saguão da igreja, cuja tinta azul descascava das paredes, e imitávamos suas ações e suas atitudes delirantes. Ikenna era o único que considerava aquilo uma insensibilidade com a prática sagrada de uma instituição religiosa. Eu estava mais perto do caminho por onde o velho se aproximou e fui o primeiro a avistá-lo. Boja estava do outro lado do rio. Ele largou a linha e correu para a margem quando viu o homem chegar. A parte do rio onde pescávamos ficava escondida da rua por longas fileiras de arbustos dos dois lados, e só dava para ver a água depois de passar pelo caminho esburacado e pela vegetação de uma rua adjacente. Depois que o velho adentrou o caminho e se aproximou, ele parou olhando para nossas duas latas de bebida enterradas em covas rasas que cavávamos com as mãos. Examinou-as para ver seu conteúdo, sobre os quais moscas voavam, e virou para o outro lado, meneando a cabeça.

— O que é isso? — perguntou em iorubá, com um sotaque que eu não conhecia. — Por que vocês estão gritando como um bando de bêbados? Não sabem que a casa de Deus fica logo do outro lado? — Ele apontou na direção da igreja, dando meia-volta para pegar a trilha. — Vocês não têm nenhum respeito a Deus, é?

Tínhamos aprendido que era falta de educação responder a uma pessoa mais velha que nos chamasse a atenção, mesmo que tivéssemos uma resposta pronta a ser dada. Por isso, em vez de responder, Solomon pediu desculpas.

— Desculpe, baba — falou, esfregando as palmas das mãos. — Não vamos gritar mais.

— O que vocês estão pescando nesse rio? — perguntou o velho, ignorando Solomon e apontando para o rio, cujas águas haviam se tornado cinza-escuras. — Girinos, lambaris, o que mais? Por que vocês não voltam para casa? — Ele piscou, seu olhar passando de um garoto a outro.

Igbafe não conteve uma risada, e Ikenna o advertiu com um sussurro:

— Seu idiota. — Era tarde demais.

— Vocês acham isso engraçado? — continuou o homem, olhando para Igbafe. — Eu tenho pena é dos seus pais. Tenho certeza de que não sabem que vocês vêm aqui, e não vão gostar nada se ficarem sabendo. Vocês não sabem que o governo proibiu as pessoas de virem aqui? Ah, os garotos dessa geração... — Deu outra olhada ao redor com uma expressão perplexa, antes de dizer: — Se vão continuar por aqui, não gritem mais desse jeito. Entenderam?

Com um suspiro profundo e meneando a cabeça, o sacerdote virou-se e foi embora. Nós caímos na risada, caçoando da bata branca e esvoaçante em seu corpo magro, que o fazia parecer uma criança num casaco grande demais. Rimos do homem medroso que não suportava olhar para os peixes e os girinos (porque ele olhou para o peixe com terror nos olhos) e do cheiro que imaginamos exalar da sua boca (embora nenhum de nós tivesse se aproximado o bastante para sentir o hálito dele).

— Esse homem é igualzinho a Iya Olode, a mulher louca que o povo diz que anda cada vez pior — observou Kayode, segurando uma lata de peixes e girinos, tapando a abertura com a mão para não derramar. O nariz dele escorria, mas ele parecia não sentir aquela secreção branca e leitosa pendurada nas narinas. — Ela vive dançando pela cidade... e rebolando ao som da *makosa*. Outro dia disseram que foi expulsa da feira de Oja-Oba porque ela se agachou no meio do mercado e cagou, bem ao lado de um açougueiro.

Rimos disso também. Boja estremecia quando gargalhava. Depois, como se a risada tivesse drenado toda a sua energia, ele apoiava as mãos no joelho, ofegando. Ainda estávamos rindo quando percebemos que Ikenna, que não havia falado uma só palavra desde que o sacerdote interrompera nossa pescaria, saiu da água na outra margem, onde a vegetação murcha adentrava o rio. Ele estava começando a tirar o calção molhado quando o notamos. Vimos quando tirou também as roupas molhadas de pescaria e começou a se enxugar.

— O que você tá fazendo, Ike? — perguntou Solomon.

— Eu vou pra casa — respondeu Ikenna rispidamente, como se estivesse esperando impaciente para ser indagado. — Vou estudar. Sou estudante, não pescador.

— Agora? — quis saber Solomon. — Mas ainda é muito cedo, e nós já...

Solomon não completou a sentença; ele já tinha entendido. A semente do que Ikenna começava a mostrar naquele momento — sua falta de interesse pela pesca — fora plantada na semana anterior. Naquele dia, ele já tivera de ser persuadido a ir conosco até o rio. Por isso, quando falou "Vou estudar. Sou estudante, não pescador", ninguém questionou sua decisão. Boja, Obembe e eu — sem alternativa a não ser voltar com Ikenna, pois nunca fazíamos nada que nosso irmão mais velho não aprovasse — começamos a nos vestir para voltar para casa também. Obembe começou a embrulhar as linhas na velha e desgastada *wrappa* que tínhamos roubado de uma caixa antiga de Mãe. Recolhi as latas e o pequeno saco plástico onde as minhocas não utilizadas se contorciam, lutavam e morriam lentamente.

— Vocês vão mesmo embora? — perguntou Kayode enquanto seguíamos Ikenna, que não parecia disposto a esperar por nós, seus irmãos.

— Por que vocês todos estão indo embora? — indagou Solomon. — É por causa do velho padre ou por aquele dia em que encontramos Abulu? Eu não falei para vocês não esperarem? Não falei para não darem bola para ele? Não falei que ele só era um maluco malvado e insano?

Entretanto, nenhum de nós respondeu nem virou para olhar para Solomon. Simplesmente continuamos andando, Ikenna à frente, levando só o saco de plástico preto em que guardava o calção de pesca. Havia até deixado a linha na margem, que Boja recolheu e guardou na *wrappa*.

— Deixa eles irem — ouvi Igbafe dizer atrás de nós. — A gente não precisa deles; podemos continuar pescando sozinhos.

Eles continuaram zombando de nós, mas logo a distância foi deixando o som para trás e continuamos a andar pelas trilhas em silêncio. Enquanto seguíamos, eu pensava sobre o que tinha dado em Ikenna. Havia ocasiões em que eu não conseguia entender as atitudes dele, nem suas decisões, e dependia de Obembe para me ajudar a esclarecer as coisas. Depois do encontro com Abulu na semana anterior, ao qual Solomon havia se referido, Obembe me contou uma história que alegou ser responsável pela súbita mudança de Ikenna. Eu estava refletindo sobre essa história quando Boja gritou: — Meu Deus, Ikenna, olha lá a Mama Iyabo! — Boja avistara uma vizinha nossa, que vendia amendoim pela cidade, sentada no banco na frente da igreja, ao lado do sacerdote que falara conosco no rio. Quando Boja deu o alarme, já era tarde demais; a mulher já tinha nos visto.

— Ora, ora, Ike! — ela exclamou enquanto passávamos, quietos como prisioneiros. — O que vocês estão fazendo aqui?

— Nada! — respondeu Ikenna, acelerando o passo.

Ela se levantou, parecendo uma tigresa, com os braços erguidos como que prestes a saltar sobre nós.

— E essa coisa na sua mão? Ikenna, Ikenna! Estou falando com você!

Desafiando-a, Ikenna continuou andando depressa pela trilha, e nós seguindo atrás. Pegamos um atalho por trás de uma clareira, onde um galho de bananeira, derrubado numa tempestade, se recurvava como o focinho de um golfinho. Quando paramos, Ikenna virou-se e disse: — Vocês viram aquilo? Viram só o que a loucura de vocês nos causou? Eu disse que devíamos parar de ir àquele rio estúpido, mas alguém me escutou? — Ele levou as duas mãos à cabeça. — Vocês vão ver como ela vai contar pra mamãe. *Querem apostar?* — Deu um tapa na própria testa. — Querem apostar?

Ninguém respondeu. — Vocês viram? — continuou. — Agora vocês acordaram, certo? Vocês vão *ver*.

Aquelas palavras martelaram meus ouvidos enquanto caminhávamos, despertando o temor de que a mulher definitivamente ia nos denunciar para a Mãe. A mulher era amiga da Mãe, uma viúva cujo marido tinha morrido em Serra Leoa lutando no exército da União Africana. Ele havia deixado uma pensão para ela que era dividida com os membros da família do marido, dois filhos malnutridos da idade de Ikenna e um mar de carências intermináveis que levavam a Mãe a ajudá-la de vez em quando. Sem dúvida Mama Iyabo ia alertar a Mãe sobre ter nos visto brincando perto do perigoso rio. Estávamos com muito medo.

No dia seguinte não fomos ao rio depois da escola. Ficamos nos nossos quartos, esperando a Mãe voltar. Solomon e os outros foram até lá, na esperança de que os seguíssemos, mas depois de esperar um pouco e desconfiar que não iríamos, eles voltaram para falar com a gente. Ikenna os aconselhou, especialmente a Solomon, que era melhor eles também pararem de pescar. Quando Solomon rejeitou seu conselho, Ikenna ofereceu sua linha de pesca e anzol. Solomon riu dele e se afastou, com ar de imune a todos os perigos que Ikenna mencionara que espreitavam como sombras perto do Omi-Ala. Ikenna ficou olhando enquanto se afastavam, meneando a cabeça, com pena daqueles garotos que pareciam determinados a seguir aquele caminho maldito.

Quando a Mãe voltou para casa naquela tarde, muito mais cedo do que o horário em que costumava fechar as portas, logo percebemos que a vizinha havia nos denunciado. Por viver na mesma casa que a gente, ela estava profundamente abalada devido à sua ignorância. É verdade que ocultamos nossas atividades por muito tempo, escondendo os peixes e os girinos debaixo do beliche do quarto dividido por Ikenna e Boja, pois sabíamos dos mistérios que cercavam o Omi-Ala. Disfarçávamos o cheiro da água estagnada, até mesmo o nauseabundo odor dos peixes mortos, porque os que pescávamos eram pequenos e fracos e mal sobreviviam ao dia em que eram pescados. Mesmo mantendo-os na água que trazíamos do rio, eles logo morriam nas latas de bebida. Todos os dias, quando voltávamos da escola, encontrávamos o quarto de Ikenna e Boja impregnado do cheiro de girinos e peixes mortos. Jogávamos essas latas depois da cerca, em uma valeta que ficava atrás de nossa casa, tristes ante a dificuldade de arranjar latas vazias.

Também mantínhamos segredo sobre os inúmeros esfolados e ferimentos que sofríamos nessas incursões. Ikenna e Boja faziam de tudo para a Mãe não descobrir nada. Uma vez, ela acusou Ikenna de bater em Obembe depois de tê-lo ouvido cantando a música dos pescadores no banheiro, mas Obembe logo o acobertou dizendo que havia apanhado por tê-lo xingado de cabeça de porco e que, portanto, merecia a ira do irmão. Contudo, Ikenna tinha batido nele por cantar aquela música no banheiro quando a Mãe estava em casa, arriscando expor o nosso segredo. Depois Ikenna alertou que, se cometesse outra vez aquele erro, Obembe nunca mais iria ao rio. Foi essa ameaça, e não um soquinho fraco, que fez Obembe chorar. Até quando, na segunda semana da nossa aventura, Boja cortou um dos dedos do pé numa garra de caranguejo perto da margem do rio e sujou a sandália de sangue, nós mentimos e dissemos à Mãe que ele se machucara numa partida de futebol. Na verdade, Solomon teve de arrancar a garra do dedo de Boja, e nós, com exceção de Ikenna, tivemos de olhar para o outro lado. Ikenna, enfurecido pelo profuso sangramento de Boja e com medo de ele morrer de hemorragia, apesar da resoluta afirmação de Solomon de que isso não iria acontecer, esmigalhou o caranguejo, proferindo mil xingamentos por ter causado tanto mal a Boja. Era doloroso para a Mãe saber que conseguimos manter aquilo em segredo por tanto tempo — mais de seis semanas, apesar de termos mentido dizendo que foram só três — sem que ela sequer desconfiasse de que éramos pescadores.

A Mãe passou a noite toda andando com passos pesados, magoada. Não serviu jantar para nós.

— Vocês não merecem comer nada nesta casa — falou enquanto andava de um lado para o outro, da cozinha para o quarto e voltava, as mãos hesitantes, o espírito abatido. — Vão comer os peixes que vocês pescaram naquele rio perigoso e se deem por satisfeitos.

Ela fechou a porta da cozinha e passou uma tranca para impedir que pegássemos comida quando ela fosse deitar, mas estava tão perturbada que manteve até tarde da noite seu monólogo característico de quando estava aborrecida. Cada palavra que saía de sua boca naquela noite, cada som que emitia penetravam nossos pensamentos como um veneno, atingindo os ossos.

— Eu vou contar a Eme o que vocês fizeram. Tenho certeza de que ele vai largar tudo e voltar pra casa assim que ficar sabendo. Eu o conheço. Conheço Eme. Vocês... vão... ver. — Estalou os dedos, depois ouvimos quando ela assoou o nariz na barra da *wrappa*. — Vocês acham que eu ia deixar de existir se algo ruim tivesse acontecido com vocês ou se algum de vocês se afogasse naquele rio? Eu não vou desistir de viver só porque vocês escolheram fazer mal a si. Não. *"Anya nke na'akwa nna ya emo, nke neleda ina nne ya nti, ugulu-oma nke ndagwurugwu ga'ghuputa ya, umu-ugo ga'eri kwa ya* — O olho que zomba de um pai, que desdenha uma mãe de idade, será arrancado pelos corvos do vale, será comido pelos abutres."

A Mãe encerrou a noite com essa passagem dos Provérbios — a mais assustadora que eu conhecia em toda a Bíblia. Olhando para trás, entendo que deve ter sido pela forma como ela a citava, em igbo — imbuindo as palavras de veneno — que a fazia parecer tão ameaçadora. Exceto isso, a Mãe falava tudo o mais em inglês, não em igbo, a língua com que nossos pais se comunicavam com a gente; entre nós, só conversávamos em iorubá, o idioma falado em Akure. Apesar de ser o idioma oficial da Nigéria, o inglês era usado em situações formais, nas quais pessoas estranhas que não faziam parte da família se dirigiam a nós. A mudança para o inglês tinha o poder de escavar crateras entre amigos ou parentes. Por isso, nossos pais quase não falavam em inglês a não ser em momentos como esse, quando as palavras tinham a intenção de abrir o chão debaixo dos nossos pés. Nossos pais eram adeptos dessa prática, e por isso a Mãe se saía tão bem. Pois palavras como "afogados", "ruim", "existir", "perigoso" soavam pesadas, sob medida, carregadas de acusações, e ficaram pairando no ar e nos atormentando a noite toda.

# 3

## A ÁGUIA

O PAI ERA UMA ÁGUIA:

O poderoso pássaro que fazia seu ninho bem acima de seus pares, sempre pairando e observando suas jovens águias, como um rei guardando o trono. Nossa casa — o bangalô de três quartos que ele havia comprado no ano em que Ikenna nasceu — era seu grande ninho no alto da montanha; um lugar que ele administrava com punhos de aço. Por isso todo mundo acreditava que, se ele não tivesse saído de Akure, nossa casa não teria se tornado tão vulnerável e o tipo de adversidade que se abateu sobre nós não teria acontecido.

O Pai era um homem incomum. Quando todos estavam aderindo à doutrina do controle de natalidade, ele — filho único criado pela mãe, que sempre desejou ter irmãos — sonhava com uma casa cheia de filhos, um clã ligado ao seu corpo. Esse sonho o expôs ao ridículo na cruel economia da Nigéria dos anos 1990, mas ele afastava os insultos como se fossem mosquitos. Ele traçou um plano para o nosso futuro — um mapa de sonhos. Ikenna seria médico, ainda que mais tarde, quando Ikenna se mostrou fascinado por aviões — e animado pelo fato de haver escolas de aviação em Enugu, Makurdi e Onitsha onde Ikenna poderia aprender a voar —, o Pai tivesse aceitado que fosse piloto. Boja seria advogado, e Obembe, o médico da família. Embora eu tivesse optado por ser veterinário, para trabalhar numa floresta ou cuidar de animais num zoológico, qualquer coisa que envolvesse animais, o Pai decidiu que eu seria professor. David, nosso irmão mais novo, que não tinha nem três anos quando nos mudamos para Yola, seria engenheiro. A carreira de Nkem, nossa irmã de um ano, ainda não tinha sido escolhida. O Pai disse que não era necessário decidir essas coisas para as mulheres.

Mesmo sabendo que a pesca não estava em parte alguma da lista do Pai, na época não pensamos a respeito. Isso só se tornou uma preocupação depois daquela noite em que a Mãe ameaçou contar a ele sobre as nossas pescarias, atiçando em nós o medo da fúria do Pai. Ela acreditava que tínhamos sido forçados a fazer aquilo por maus espíritos, que precisavam ser exorcizados a chicotadas. Sabia que preferíamos ver o sol cair e nos queimar na Terra a sofrer o impacto do destruidor Guerdon do Pai em nossos traseiros. Ela disse que tínhamos esquecido que nosso Pai não era o tipo de homem que calçaria outro sapato só porque o dele estava molhado; preferiria andar na terra descalço.

Quando ela saiu para ir à barraca com David e Nkem no dia seguinte, um sábado, tentamos destruir todas as provas da nossa atividade. Boja escondeu rapidamente as linhas de pesca, incluindo uma extra que guardávamos sob algumas telhas — sobras da construção da casa, em 1974 — empilhadas perto do muro e da plantação de tomates da nossa mãe no quintal. Ikenna destruiu as linhas de pesca dele, jogando os pedaços no terreno baldio atrás da casa.

O Pai chegaria naquele sábado, precisamente cinco dias depois de termos sido flagrados pescando no rio. Obembe e eu fizemos uma oração desesperada na véspera da visita dele, depois eu sugeri que Deus poderia tocar o coração do Pai e convencê-lo a não nos chicotear. Juntos nos ajoelhamos e rezamos:

— Senhor Jesus, se o Senhor diz que nos ama... Ikenna, Boja, Ben e a mim — começou Obembe —, não permita que o Pai nos visite mais. Faça com que ele fique em Yola, por favor, Jesus. Por favor, me escute: o Senhor sabe quanto ele vai nos chicotear? Não sabe? Escute, ele tem relhos, *kobokos* que comprou daquele *mallam* que vende churrasquinho... e eles machucam muito! Escuta, Jesus, se o Senhor deixar o Pai voltar para nos açoitar, nós não vamos mais frequentar a missa aos domingos, nunca mais vamos cantar e bater palmas! Amém.

— Amém — repeti em seguida.

Quando o Pai chegou naquela tarde, do jeito que sempre chegava, buzinando no portão, entrando no quintal em meio a manifestações de alegria, meus irmãos e eu não saímos para recebê-lo. Ikenna sugerira que ficássemos no quarto fingindo que estávamos dormindo, pois o Pai poderia ficar ainda mais irritado se saíssemos para cumprimentá-lo "assim, como se não tivéssemos feito nada de errado". Então nos reunimos no quarto de Ikenna, ouvindo atentamente a movimentação do Pai, esperando o momento em que a Mãe começaria a falar, pois ela era uma contadora de histórias paciente. Cada vez que o Pai voltava, ela sentava ao lado dele no grande sofá na sala de estar e dava os detalhes de como a casa tinha se saído em sua ausência — algum problema nas necessidades domésticas e como fora resolvido, de quem ela havia emprestado algo; os nossos boletins escolares; coisas da igreja. E exigia que o Pai prestasse particular atenção a atos de desobediência considerados intoleráveis, que ela acreditava que mereciam ser castigados.

Lembro de uma vez que ela contou a ele, por duas noites seguidas, as novidades de uns membros da nossa igreja que tiveram um filho que pesava tantos e tantos quilos. Falou sobre o pároco, que sem querer tinha soltado um peido no púlpito da igreja no domingo anterior, descrevendo como os microfones haviam amplificado o som constrangedor. Gostei particularmente de como ela contou um incidente sobre um ladrão que foi linchado no nosso bairro, como a turba o derrubou quando fugia de uma rajada de pedras, de como enfiaram um pneu de carro no pescoço dele. Ela enfatizou o mistério de como a turba conseguiu gasolina em tão pouco tempo e como, em poucos minutos, atearam fogo ao ladrão. Eu e o Pai ouvimos atentamente quando ela descreveu como as labaredas envolveram o ladrão, as chamas progredindo nas partes mais peludas do corpo — principalmente na região púbica — enquanto o consumiam lentamente. A Mãe descreveu o caleidoscópio de fogo que envolveu o ladrão numa auréola de chamas e seus gritos estridentes com detalhes tão vívidos que a imagem de um homem em chamas ficou gravada na minha lembrança. Ikenna costumava dizer que, se a Mãe tivesse estudado, teria sido uma grande historiadora. Ele estava certo; a Mãe raramente perdia um detalhe de qualquer coisa que acontecesse na ausência do Pai. Ela contava todas as histórias para ele.

Então, primeiro eles falaram sobre assuntos corriqueiros: o emprego do Pai; seu ponto de vista sobre a desvalorização do naira sob a "podridão política da administração atual". Ainda que meus irmãos e eu sempre desejássemos conhecer o tipo de vocabulário que o Pai usava, havia ocasiões em que achávamos que aquilo não tinha importância, mas em outras simplesmente parecia necessário, como quando ele falava sobre política, que não podia ser discutida em igbo porque faltavam palavras. "Administação", como acho que eu dizia na época, era uma delas. O Banco Central estava se encaminhando à falência, e o assunto de que ele mais falou naquele dia foi sobre a morte iminente de Nnamdi Azikiwe, o primeiro presidente da Nigéria, que o Pai adorava e via como um mentor. Zik, como ele o chamava, estava internado em um hospital em Enugu. O Pai estava amargurado. Lamentava as péssimas instalações do sistema de saúde do país. Falou mal de Abacha, o ditador, esbravejou contra a marginalização dos igbos na Nigéria. Depois, até sua comida ficar pronta, reclamou do monstro que os britânicos tinham criado ao transformar a Nigéria num país. Quando ele começou a comer, a Mãe tomou a palavra. Ele sabia que todas as professoras do jardim de infância em que Nkem estava matriculada a adoravam? Quando ele falou "*Ezi okwu*" — É verdade? —, ela contou tudo sobre Nkem até aquele momento. E quando o Pai quis saber de Oba, o rei de Akure, ela o informou sobre a luta dele contra o governo militar do estado de que Akure era a capital. A Mãe continuou falando muito, e quando não esperávamos mais nada, ela disse:

— Dim, tem uma coisa que eu quero te contar.

— Sou todo ouvidos — replicou o Pai.

— Dim, os seus filhos Ikenna, Boja, Obembe e Benjamin fizeram uma coisa terrível, a pior que você pode imaginar.

— O que eles fizeram? — perguntou o Pai, e o som dos talheres no prato aumentou subitamente.

— *Heh*, tudo bem, Dim. Sabe a Mama Iyabo, a mulher do Yusuf, que vende amendoim...

— Sei, sei, eu sei quem é, vá direto ao que eles fizeram, *minha amiga!* — gritou. O Pai costumava se referir a qualquer pessoa que o aborrecesse como "meu amigo".

— *Ehen*, pois a mulher estava vendendo amendoim para aquele sacerdote velho da Igreja Celestial perto do Omi-Ala, quando os meninos surgiram no caminho que vai até o rio. Ela reconheceu nossos filhos imediatamente. Chamou os meninos, mas eles a ignoraram. Quando ela disse ao sacerdote que conhecia os meninos, ele contou que eles já vinham pescando no rio há muito tempo e que tinha tentado avisar diversas vezes, mas que eles não obedeceram. E sabe o que é o mais trágico? — A Mãe bateu palmas para preparar a atenção dele para a sinistra resposta à pergunta. — Mama Iyabo reconheceu que eles eram seus filhos: Ikenna, Boja, Obembe e Benjamin.

Seguiu-se um momento de silêncio, e o Pai fixou os olhos num objeto — o assoalho, o teto, a cortina, qualquer coisa, como se pedisse que aquelas coisas fossem testemunhas da coisa desprezível que acabara de ouvir. Enquanto durou o silêncio, deixei meus olhos vagar pelo quarto. Olhei para a camisa de futebol de Boja pendurada atrás da porta, depois para o armário, para o calendário pendurado na parede. Nós o chamávamos de calendário M.K.O., porque trazia uma foto de nós quatro com M.K.O. Abiola, ex-candidato à presidência da Nigéria. Vi uma barata morta — possivelmente por um acesso de raiva — com a queixada esmagada no tapete amarelo desbotado. Isso me lembrou do esforço que fizemos para encontrar o videogame que o Pai tinha escondido de nós, algo que teria evitado que fôssemos pescar. Procuramos o jogo no quarto dos nossos pais, em um dia em que a Mãe tinha saído com os nossos irmãos menores, mas não estava em parte alguma — nem no guarda-roupa do Pai, nem nas incontáveis gavetas das cômodas do quarto. Então, pegamos uma velha caixa de metal do Pai, que ele dizia que nossa avó lhe dera na primeira vez em que ele saiu da aldeia em que moravam em Lagos, em 1966. Ikenna tinha certeza de que estaria lá. Levamos a caixa de ferro, pesada como um caixão, até o quarto de Ikenna e Boja. Em seguida, Boja tentou todas as chaves até que, com um rangido, a tampa se abriu. No meio da operação, uma barata que estava embaixo da caixa subiu pelo metal enferrujado e voou. Quando Ikenna abriu a caixa, os insetos avermelhados invadiram o quarto. Num piscar de olhos, uma barata estava na veneziana, outra subia pela porta do guarda-roupa, outra estava entrando no tênis de Obembe. Com um grito, meus irmãos e eu enfrentamos uma debandada de milhares de baratas

Os pescadores 33

por quase trinta minutos, tentando persegui-las enquanto se espalhavam. Depois levamos a caixa para fora. Quando deixamos o quarto limpo das baratas, Obembe deitou na cama e vi na sola do pé dele pedaços esmigalhados de baratas: um traseiro esmagado, uma cabeça achatada com olhos esbugalhados, fragmentos de asas rasgadas, algumas até entre os dedos dos pés, com uma pasta amarelada que deve ter sido espremida do tórax dos insetos. Havia uma inteira na sola do pé esquerdo, achatada como uma folha de papel, com as asas dobradas e tremulando.

Meus pensamentos, que pareciam uma moeda girando, silenciaram quando o Pai falou numa voz estranhamente calma:

— Então, Adaku, você está aí me dizendo que é verdade que os meus filhos, Ikenna, Bojanonimeokpu, Obembe e Benjamin, foram os que a mulher viu naquele rio; naquele rio perigoso e isolado, onde até adultos já desapareceram?

— Isso mesmo, Dim, foram os seus filhos que ela viu — ela respondeu em inglês, pois o Pai de repente havia começado a falar em inglês, enfatizando a última sílaba da palavra "desapareceram" com um tom mais agudo.

— Valha-me Deus! — gritou o Pai várias vezes em rápida sucessão, de forma que as sílabas se dividiram e as palavras foram emitidas como um som produzido por alguém batendo numa superfície de metal.

— O que ele tá fazendo? — perguntou Obembe, já quase à beira das lágrimas.

— Quer calar a boca? — ralhou Ikenna em voz baixa. — Eu não avisei que a gente devia parar de pescar? Mas vocês preferiram ir atrás do Solomon. Agora esse é o resultado.

— Então você está dizendo que foram mesmo os meus filhos que ela viu? — perguntava o Pai enquanto Ikenna falava. E nós ouvimos a Mãe responder:

— Sim.

— Valha-me Deus! — gritou o Pai, mais alto ainda.

— Eles estão todos em casa — informou a Mãe. — Pergunte a eles e vai constatar por si mesmo. E o mais terrível é pensar que eles compraram todo esse equipamento de pesca, anzóis, linhas e chumbadas, com a mesada que recebem de você.

A pesada ênfase da Mãe na frase "a mesada que recebem de você" foi uma ferroada profunda na carne do Pai. Ele deve ter se contorcido como uma minhoca empalada.

— Por quanto tempo eles fizeram isso? — perguntou. A Mãe, tentando se isentar de parte da culpa, primeiro hesitou, até o Pai vociferar: — Será que estou falando com uma surda-muda?

— Três semanas — ela admitiu num tom de voz desanimado.

— Valha-me Deus, Adaku! Três semanas! Com você morando sob o mesmo teto?

Era mentira. Nós dissemos à Mãe que foram três semanas na esperança de minimizar o peso da nossa ofensa. Mas mesmo aquela informação imprecisa foi suficiente para provocar a fúria do Pai.

— Ikenna! — ele berrou. — Iken-na!

Ikenna levantou em um salto do chão onde havia se sentado quando a Mãe começou a fazer o relato ao Pai. Primeiro fez menção de se dirigir até a porta, depois parou, voltou atrás e apalpou as nádegas. Tinha vestido dois calções para reduzir o impacto do que estava por vir, apesar de saber, como todos nós, que o mais provável era que o Pai batesse direto em nossos corpos nus. Afinal, conseguiu erguer a cabeça e dizer:

— Senhor!

— Venha cá imediatamente!

Com sardas espalhadas pelo rosto como adenites, Ikenna começou a andar, parou como se tivesse encontrado uma súbita barreira maciça e enfim saiu do quarto.

— Antes de eu contar até três — gritou o Pai —, quero ver todos vocês aqui. Já!

Saímos todos do quarto, amontoados, formando um pano de fundo atrás de Ikenna.

— Suponho que todos tenham ouvido o que a mãe de vocês me contou — disse o Pai, com uma longa linha de veias reunidas na testa. — É verdade?

— É verdade, senhor — respondeu Ikenna.

— Então... é verdade? — repetiu o Pai, os olhos momentaneamente fixos no rosto encovado de Ikenna.

Os pescadores 35

Ele mal esperou a resposta; foi correndo para o quarto num acesso de fúria. Meus olhos recaíram em David olhando para nós, sentado num dos sofás, com um pacote de biscoito nas mãos se preparando para assistir aos irmãos sendo açoitados quando o Pai voltou com dois relhos, um jogado sobre o ombro, o outro firme na mão. Afastou a mesinha em que fizera sua refeição para o meio da sala. A Mãe, que tinha acabado de esvaziar a mesa e limpá-la com um pano, ajustou a *wrappa* em torno dos seios enquanto esperava pelo momento em que sentiria que o Pai havia levado o castigo longe demais.

— Cada um de vocês vai se estender como um colchão nessa mesa — falou o Pai. — Vocês vão sentir o Guerdon na pele nua, do jeito que vieram a esse mundo pecaminoso. Eu dou duro, sofro para mandar vocês para a escola para ter uma educação ocidental, como homens civilizados, mas vocês preferem ser pescadores. Pes-ca-do-res! — Ele bradou a palavra várias vezes, como se fosse um anátema, e na enésima vez em que a proferiu, ordenou que Ikenna se estendesse sobre a mesa.

A surra foi severa. O Pai fez com que contássemos o número de chibatadas à medida que as recebíamos. Ikenna e Boja, estendidos na mesa com os calções arregaçados, contaram vinte e quinze respectivamente, enquanto Obembe e eu contamos oito cada um. A Mãe tentou intervir, mas foi impedida por um alerta severo do Pai, de que ela receberia a mesma surra que nós se interferisse. Talvez estivesse falando sério, dada a intensidade de sua raiva. O Pai continuou, indiferente aos nossos gritos, choros e gemidos, aos pedidos da Mãe, reclamando de quanto trabalhava para ganhar dinheiro e cuspindo a palavra "pescadores" com raiva até se retirar para o quarto, o relho pendurado no ombro, e nós levantando nossas calças, choramingando.

Aquela noite do Guerdon foi cruel. Assim como meus irmãos, me recusei a jantar, apesar de estar faminto e do aroma tentador de peru frito com banana-da-terra — uma especialidade da Mãe, que sabia que nosso orgulho não permitiria que comêssemos e que isso pioraria ainda mais o castigo infligido por nosso pai. Aliás, havia muito tempo que não se fazia *dodo* (banana-da-terra frita) em casa. A Mãe tinha parado de fazer esse prato mais ou menos um ano atrás, depois que Obembe e eu roubamos uns pedaços do refrigerador e dissemos que tínhamos visto ratos comendo os *dodos*. Eu estava desesperado, querendo me esgueirar do quarto e ir até a cozinha pegar um dos quatro pratos em que a Mãe tinha nos servido, mas não fui de medo de trair a greve de fome que meus irmãos pretendiam fazer. A fome intensificou minha dor, e chorei noite adentro, até afinal conseguir adormecer.

A Mãe me acordou com uns cutucões na manhã seguinte, dizendo:

— Ben, acorda, acorda. Seu pai quer falar com você, Ben.

Todas as articulações do meu corpo ardiam de dor. Parecia que minhas nádegas tinham adquirido mais uma camada de carne. Entretanto, me senti aliviado com o fim da nossa greve de fome, que eu temia que pudesse se estender pelo dia seguinte, o que no fim não aconteceu. Sempre que ficávamos emburrados com nossos pais depois de um castigo cruel como aquele, permanecíamos sem comer por certo período, só voltando ao normal depois que — na melhor das hipóteses — eles tivessem se desculpado ou nos tranquilizado. Dessa vez não precisamos fazer isso, pois o Pai havia nos chamado pessoalmente.

Para sair da cama, primeiro me arrastei até a beira, depois desci devagar, as nádegas latejando de dor. Quando entrei na sala de estar, ela estava escura. A eletricidade fora interrompida na noite anterior, e a sala era iluminada por um lampião a querosene que estava na mesa de centro. Boja, o último a sentar, chegou mancando um pouco, encolhido de dor. Quando ocupamos os nossos lugares, o Pai ficou olhando para nós por um longo tempo, as mãos no queixo. Sentada à nossa frente, perto de mim, a Mãe tinha soltado a *wrappa* presa com um único nó embaixo da axila. Quando ela tirou o seio cheio de leite, as mãozinhas de Nkem o agarraram de imediato. A menina abocanhou avaramente o mamilo escuro, redondo e intumescido, como um animal devorando sua presa. O Pai ficou um tempo observando o mamilo com certo interesse, e quando ele saiu de cena, tirou os óculos e os colocou em cima da mesa. Quando tirava os óculos, ficava mais evidente o quanto Boja e eu parecíamos com ele — a pele escura, a cabeça pontuda. Ikenna e Obembe tinham a mesma pele da Mãe, cor de formigueiro.

— Agora escutem, todos vocês — disse o Pai em inglês. — Eu fiquei magoado pelo que fizeram por muitas razões. Primeiro, quando saí de casa eu falei para vocês não darem trabalho para sua mãe. Mas o que vocês fizeram? Deram o maior trabalho, para ela e para mim.

Ele olhou para cada um de nós.

— O que vocês fizeram foi realmente grave. Ruim. Como é possível que meninos com uma educação ocidental se envolvam numa empreitada tão bárbara? — Na época, eu não sabia o significado da palavra "empreitada", mas, como o Pai tinha gritado, imaginei que fosse uma palavra terrível. — Em segundo lugar, eu e sua mãe ficamos chocados com o perigo que vocês correram. Não foi essa a educação que eu dei a vocês. Em nenhum lugar perto daquele rio medonho vocês vão encontrar livros para ler. Apesar de eu *dizer* para vocês lerem os seus livros, vocês não querem mais saber de ler nada. — Em seguida, com uma expressão séria e sombria no rosto, a mão erguida num gesto de advertência, ele falou: — Eu vou fazer um alerta, *meus amigos*. O primeiro que voltar para casa com notas baixas no boletim vai ser mandado para a aldeia, para plantar ou extrair vinho de palma, *Ogbu-akwu*.

— Deus me livre! — exclamou a Mãe, estalando os dedos ao redor da cabeça para afastar a toxidade espiritual das palavras do Pai. — Nenhum filho meu vai fazer isso.

O Pai olhou para ela com raiva.

— Sim, *Deus me livre* — ele repetiu, imitando o tom de voz dela. — Como Deus pode ajudar, se esses meninos ficaram indo àquele rio por três semanas debaixo do seu nariz, Adaku? Três. Semanas. Inteiras. — Ele ficou meneando a cabeça enquanto contava três semanas nos dedos. — Agora escute, *minha amiga*: de hoje em diante, você fará com que eles leiam os seus livros. Entendeu? E a barraca deverá fechar às cinco, não mais às sete; e nada de trabalhar aos sábados. Não quero ver mais esses garotos aprontando debaixo do seu nariz.

— Já entendi — observou a Mãe em igbo, estalando a língua.

— Resumindo — continuou o Pai, olhando para nós num semicírculo interrompido —, sem modismos de agora em diante. Tentem ser bons meninos. Ninguém gosta de chicotear os próprios filhos... ninguém.

"Modismos",, como acabamos entendendo devido ao frequente uso da palavra pelo Pai, queria dizer "perdas de tempo inúteis". Ele ia continuar falando, mas foi interrompido pelo zumbido repentino do ventilador de teto, sinalizando a súbita volta da errática energia elétrica. A Mãe acendeu a luz e apagou o lampião a querosene. Na calmaria que a situação trouxe, e por terem sido iluminados pela lâmpada, meus olhos recaíram no calendário daquele ano: apesar de já estarmos em março, o calendário continuava na página de fevereiro, mostrando a imagem de uma águia voando, as asas abertas, patas esticadas, garras curvadas, os proeminentes olhos de safira olhando para a câmera. Sua grandeza se espalhava pelo pano de fundo como se o mundo fosse dela, como se tivesse sido a criadora de tudo — uma deusa com asas e penas. Naquele momento pensei, com um temor paralisante, que tudo poderia mudar num piscar de olhos, interrompendo aquela interminável imobilidade. Temi que as asas imóveis da ave de repente começassem a bater. Tive medo de que aqueles olhos esbugalhados piscassem, que as patas se mexessem. Temi que, quando isso acontecesse — quando a águia se ausentasse daquele espaço, daquela parte do céu em que estava presa desde 2 de fevereiro, quando Ikenna tinha virado aquela página do calendário —, este mundo e tudo o que existia nele iriam mudar de forma irreconhecível.

— Por outro lado, gostaria que soubessem que, apesar de terem feito uma coisa errada, isso mostrou mais uma vez que vocês têm coragem para se arriscar. Esse espírito de aventura é o espírito do homem. Por isso, daqui para a frente quero que vocês todos canalizem esse espírito em coisas mais produtivas. Quero que ajam como um tipo diferente de pescadores.

Todos nos entreolhamos, surpresos, exceto Ikenna, que manteve os olhos no chão. Ele fora o mais chicoteado, principalmente porque o Pai pusera a maior parte da culpa nele e havia batido mais forte por não saber que Ikenna tinha tentado nos fazer parar.

— Quero que vocês sejam pescadores de bons sonhos, que não descansem enquanto não apanharem um grande peixe. Quero que sejam pescadores colossais, ameaçadores e incontroláveis.

Aquilo me deixou profundamente surpreso. Eu achava que ele desprezava aquela palavra. Tentando entender o significado, olhei para Obembe. Ele concordava com a cabeça com tudo o que o Pai dizia, a expressão marcada pela sugestão de um sorriso.

— Bons garotos — murmurou o Pai, um sorriso largo desanuviando as rugas ásperas que a raiva e a fúria tinham traçado na pele de seu rosto. — Escutem. Lembrando o que sempre ensinei a vocês, que é possível encontrar coisas boas mesmo nas coisas ruins, posso lhes dizer para serem um tipo diferente de pescadores. Não do tipo que pesca num *pântano imundo* como o Omi-Ala, mas pescadores de ideias. Empreendedores. Crianças que vão enfiar as mãos nos rios, nos mares e oceanos desta vida para se tornarem homens de sucesso: médicos, pilotos, professores, advogados. Hein?

Ele deu mais uma olhada ao redor.

— São esses pescadores que eu quero ter como filhos. Agora, vocês gostariam de uma declamação?

Obembe e eu aquiescemos imediatamente. Ele olhou para os outros dois que estavam com os olhos focados no chão.

— Boja, e você?

— Sim — resmungou Boja, relutante.

— Ike?

— Sim — respondeu Ikenna depois de uma longa pausa.

— Muito bem, agora todos vocês vão dizer "colossais".

— Colossais — todos repetimos.

— A-me-a-ça-do-res. A-m-e-a-ç-a-d-o-r-e-s. Amea-çadores.

— Incontrolá-veis.

— Pescadores de coisas boas.

O Pai deu uma risada profunda, gutural, ajustou a gravata e olhou para nós bem de perto. Com a voz num crescendo, erguendo o punho e levando junto a gravata, bradou:

— Nós somos pescadores!

— Nós somos pescadores! — repetimos em coro a plenos pulmões, surpresos com a rapidez, e quase nenhum esforço, com que ficamos entusiasmados.

— Seguimos a trilha de nossos anzóis, linhas e chumbadas.

Nós repetimos, mas ele ouviu alguém dizer "tilha" em vez de "trilha", por isso nos fez pronunciar só aquela palavra antes de continuarmos. Antes de fazer isso, reclamou que não conhecíamos a palavra porque sempre falávamos em iorubá em vez de inglês, o idioma da "educação ocidental".

— Nós somos imbatíveis — ele continuou, e repetimos em coro.

— Somos ameaçadores.

— Nós somos colossais.

— Nunca vamos fracassar.

— Esses são os meus garotos — concluiu, e nossas vozes baixaram como sedimentos. — Agora será que os novos pescadores podem me dar um abraço?

Surpreendidos pela mágica reviravolta do Pai, que passou de uma profunda rejeição a uma forma de apreciação, todos nos levantamos e, um após o outro, enfiamos a cabeça na abertura de seu paletó desabotoado. Cada um ficou abraçado com ele por alguns segundos, com o Pai afagando e beijando a cabeça da vez, e o seguinte da fila repetia o ritual. Depois, pegou a maleta e tirou um maço de notas de vinte nairas novinhas, atadas por uma fita de papel com o carimbo do Banco Central da Nigéria. Deu a Ikenna e Boja quatro notas para cada um, duas para mim e duas para Obembe, uma para David, que dormia no quarto, e uma para Nkem.

— Não se esqueçam do que eu disse.

Todos concordamos, e ele começou a se retirar. Logo em seguida, como se tivesse sido chamado de novo, ele se virou e andou até Ikenna. Pôs as mãos nos ombros do filho e falou:

— Ike, você sabe por que eu bati mais forte em você?

Com o rosto fixo no chão, como se assistisse a um filme projetado no piso, Ikenna murmurou:

— Sei.

— Por quê? — perguntou o Pai.

— Porque sou o primogênito, sou um líder para os outros.

— Muito bem, então tenha isso em mente. De agora em diante, antes de tomar qualquer atitude, olhe para seus irmãos; eles fazem o que você fizer, vão aonde você for. É a prerrogativa deles, a forma como vocês seguem uns aos outros. Por isso, Ikenna, não tire os seus irmãos do bom caminho.

— Sim, papai — concordou Ikenna.

— Oriente-os bem.

— Sim, papai.

— Seja um bom líder.

Ikenna hesitou um pouco, depois sussurrou:

— Sim, papai.

— Lembre-se sempre de que um coco que cai numa cisterna precisa ser bem lavado antes de ser comido. O que estou dizendo é que, se você agir mal, terá de ser corrigido.

Nossos pais quase sempre achavam necessário explicar essas expressões que continham significados ocultos, porque às vezes nós as entendíamos literalmente, mas era a forma como tinham aprendido a falar; a maneira como a nossa linguagem, o igbo, era estruturada. Pois, embora existisse um vocabulário para formulação literal de expressões de cautela, como "tenha cuidado", eles preferiam dizer: *Jiri eze gi ghuo onu gi onu*, "Conte os seus dentes com a língua". A propósito, uma vez, ao repreender Obembe por uma atitude errada, o Pai caiu na risada quando o viu mexendo a língua pela boca, as bochechas infladas, saliva escorrendo pelo queixo enquanto tentava fazer o censo de sua dentição. Era por isso que nossos pais quase sempre falavam em inglês quando estavam zangados, porque, como estavam zangados, não queriam ter de explicar tudo o que diziam. Mesmo em inglês, o Pai muitas vezes transgredia tanto no uso de vocabulário pesado quanto nas expressões idiomáticas. Ikenna nos contou que certa vez, quando ele era mais novo, antes de eu nascer, o Pai recomendou num tom muito sério para ele *"take time"*, expressão que significa "não se apresse", embora ao pé da letra queira dizer algo como "pegue o tempo". Para obedecer ao pedido, Ikenna subiu na mesa de jantar e tirou o relógio de parede do prego.

— Estou entendendo, senhor — disse Ikenna.

— E você foi corrigido — continuou o Pai.

Ikenna aquiesceu, e o Pai, numa atitude que eu nunca havia presenciado, pediu que ele prometesse. Percebi que até Ikenna ficou surpreso, pois o Pai exigia que os filhos obedecessem às suas palavras; nunca propunha acordos mútuos ou pedia promessas. Quando Ikenna respondeu que prometia, o Pai virou e saiu pela porta. Ficamos olhando o automóvel se afastar na rua poeirenta, sentindo a tristeza de ele estar mais uma vez indo embora.

# 4
## A SUCURI

Ikenna era uma sucuri:

Uma cobra selvagem que se tornou uma serpente monstruosa que vivia nas árvores, em planícies acima de outras cobras. Ikenna tornou-se uma sucuri depois da surra de chicote. Ela o mudou. O Ikenna que eu conhecia ficou diferente: uma pessoa temperamental, de cabeça quente, sempre à espreita. Essa transformação tinha começado muito antes, gradualmente, internamente, bem antes da surra. Mas só começou a se manifestar depois do castigo, levando-o a fazer coisas que não achávamos que fosse capaz, sendo que a primeira foi ferir um adulto.

Mais ou menos uma hora depois de o Pai partir para Yola naquela manhã, Ikenna reuniu Boja, Obembe e a mim no quarto dele logo depois de a Mãe ir para a igreja com nossos irmãos mais novos e disse que precisávamos castigar Iya Iyabo, a mulher que havia nos delatado. Não tínhamos ido à igreja naquele dia com a desculpa de estarmos doentes por causa da surra, então sentamos na cama dele para ouvi-lo.

— Eu preciso me vingar, e vocês todos têm de me ajudar porque foram os responsáveis por tudo — falou. — Se tivessem me ouvido, o Pai não teria me batido tanto por causa dessa mulher. Olha só, olha isso...

Deu meia-volta e abaixou o calção. Obembe fechou os olhos, mas eu não. Vi os vergões vermelhos em suas nádegas inchadas. Pareciam as marcas nas costas de Jesus de Nazaré — alguns mais longos, outros mais curtos, uns se entrecruzando na forma de um X avermelhado, alguns mais afastados dos outros, como as linhas das palmas das mãos de um desgraçado qualquer.

— Foi isso que vocês e aquela mulher idiota fizeram comigo. Por isso, todos vocês precisam pensar em alguma forma de castigá-la. — Ikenna estalou os dedos. — E precisamos fazer isso hoje. Assim ela vai saber que não pode mais mexer com a gente e sair numa boa.

Enquanto ele falava, um bode baliu do lado de fora da janela. *Beeeheheeeh!* Aquilo deixou Boja irritado.

— Esse bode maluco de novo, maldito bode! — gritou, pondo-se em pé.

— Senta! — bradou Ikenna. — Esquece esse bode e me dê algumas ideias sobre o que fazer com essa mulher antes de a Mãe voltar da igreja.

— Tudo bem — concordou Boja, voltando a sentar. — Você sabe que Iya Iyabo tem um monte de galinhas? — Por um tempo, Boja ficou quieto, o rosto voltado na direção da janela por onde ainda ouvíamos o balido do bode. Ainda que estivesse claro que continuava pensando no bode, ele falou: — Pois é, ela tem um monte de galinhas.

— São quase todos galos — corrigi, lembrando que eram os galos que cantavam, não as galinhas.

Boja me lançou um olhar irônico, suspirou e disse:

— Sei, mas será que o sexo das galinhas faz diferença? Quantas vezes já falei pra você esquecer esse seu fascínio por animais...

Ikenna lhe deu uma bronca.

Ah, Boja, quando você vai aprender a se concentrar no que é importante, que é dar uma ideia para a gente? Não adianta perder tempo se irritando com os balidos de um bode estúpido e discutindo com Ben sobre uma coisa tão trivial como a diferença entre um galo e uma galinha.

— Tudo bem, eu sugiro que a gente mate todo o galinheiro e ponha na frigideira.

— Essa é péssima! — exclamou Ikenna, fazendo uma expressão irritada, como se estivesse prestes a vomitar. — Mas acho que não é certo comer as galinhas dessa mulher. E como é que vamos fritar? A Mãe vai saber que andamos fritando alguma coisa; vai sentir o cheiro. Vai desconfiar que nós roubamos, o que pode acabar com a gente levando outra surra. Acho que ninguém aqui quer isso.

Ikenna nunca descartava as ideias de Boja sem pensar a respeito. Os dois se respeitavam mutuamente. Quase nunca vi os dois discutirem, enquanto minhas propostas eram sempre rechaçadas de uma forma direta, com um "não", um "errado" ou "incorreto". Boja concordou com o argumento, aquiescendo várias vezes. Em seguida, Obembe sugeriu que a gente atirasse pedras na casa dela, rezasse para acertar a mulher ou um dos filhos e depois saísse correndo antes que alguém nos visse lá perto.

— Péssima ideia — disse Boja. — E se os filhos dela baterem na gente, aqueles valentões esfarrapados com bíceps como os do Arnold Schwarzenegger? — Demonstrou o bíceps deles com o seu contraído.

— Eles vão nos bater mais que o Pai — observou Ikenna.

— É mesmo — concordou Boja —, dá até pra imaginar.

Ikenna assentiu com a cabeça. Agora eu era o único que não tinha proposto uma sugestão.

— Ben, o que você tem a dizer? — perguntou Boja.

Engoli em seco, o coração batendo mais forte. Minha autoconfiança costumava fraquejar quando meus irmãos mais velhos me instavam a tomar uma decisão em vez de decidirem por mim. Eu ainda estava pensando a respeito quando minha voz falou, como que independente do restante de mim:

— Eu tenho uma ideia.

— Então diga! — ordenou Ikenna.

— Tudo bem, Ike, tudo bem. Sugiro que a gente pegue um dos galos e... — fixei os olhos no rosto dele — e...

— Sim? — provocou Ikenna. Todos olhavam para mim como se eu tivesse me tornado uma atração.

— Corte a cabeça dele — concluí.

Eu mal tinha acabado de falar quando Ikenna bradou:

— Essa é mesmo de matar! — E Boja de repente começou a bater palmas, com os olhos arregalados.

Meus irmãos me deram crédito por uma ideia inspirada numa história folclórica que meu professor de iorubá tinha contado para a classe no começo do ano letivo, sobre um garoto malvado que sai furioso decapitando todos os galos e galinhas da região. Saímos de casa com um plano secreto na cabeça e nos encaminhamos à casa da mulher, passando por pequenos arbustos e pela oficina de um carpinteiro, onde tivemos de tapar os ouvidos com as mãos por causa do barulho ensurdecedor das máquinas serrando a madeira. A tal da Iya Iyabo morava num pequeno bangalô idêntico ao nosso por fora: uma pequena varanda, duas janelas com persianas e telas, uma caixa de força presa na parede e uma porta reforçada, só que a cerca não era de tijolos e cimento, mas de barro e cerâmica. A cerca estava desmoronada em alguns lugares pela longa exposição ao sol, cheia de marcas e manchas. Um cabo de força emergia dos galhos de uma das árvores e chegava até um poste de energia.

Primeiro ficamos na escuta, tentando ouvir sinais de vida, mas Ikenna e Boja logo concluíram que a casa estava vazia. A uma ordem de Ikenna, Obembe subiu pela cerca, usando o ombro de Ikenna como apoio. Boja pulou atrás dele, enquanto fiquei com Ikenna de vigia. Assim que eles entraram, começamos a ouvir o som de um galo guinchando e batendo as asas freneticamente, e também o som dos pés dos meus irmãos perseguindo o galo. Aconteceu algumas vezes, até ouvirmos Boja dizer:

— Segura firme, segura firme, não deixe ele escapar! — O mesmo que costumava dizer quando ainda pescávamos no Omi-Ala, quando fisgávamos um peixe com nossos anzóis.

Ao ouvir aqueles gritos, Ikenna tentou subir na cerca para ver o que eles estavam fazendo, mas logo parou. Ainda atrás do muro, repetiu as palavras de Boja:

— Não deixe ele escapar, não deixe ele escapar! — Enfiou o pé num buraco na cerca, mostrando parte das nádegas ao levantar a perna. O reboco velho escorreu como areia. Manteve um pé apoiado e levantou o corpo apoiando-se no alto do muro. Um lagarto surgiu de trás da mão dele, fugindo, agitado, o corpo multicolorido liso e lustroso. Metade de Ikenna se projetou para dentro da casa, a outra metade continuou fora. Ikenna pegou o galo das mãos de Boja, berrando:

— Esse é o meu garoto! Esse é o meu garoto!

Voltamos para casa e fomos direto para o jardim no quintal, que tinha aproximadamente um quarto do tamanho de um campo de futebol americano. Era cercado de tijolos de cimento dos três lados, dois deles marcando os limites com nossos vizinhos — a família de Igbafe, de um lado, e os Agbati do outro. O terceiro lado, que dava para o nosso bangalô, fazia limite com um aterro habitado por uma colônia de porcos. Um mamoeiro se projetava dele, bem em cima do nosso muro, enquanto uma mexeriqueira — normalmente cheia de folhas na estação das chuvas — assomava, atemporal, entre a cerca e o poço do nosso terreno. Essa árvore ficava uns cinquenta metros para dentro do terreno a partir do poço — um buraco fundo no chão, com uma mureta de concreto ao redor. Em cima do concreto havia uma tampa de metal que o Pai trancava com um cadeado na estação das secas, quando os poços de Akure secavam e as pessoas entravam em nossa casa para pegar água. Do outro lado do quintal, no canto do muro que marcava o limite com a casa da família de Igbafe, ficava o pequeno pomar onde a Mãe plantava tomate, milho e quiabo.

Boja colocou o galo, petrificado, no lugar escolhido e pegou a faca que Obembe tinha trazido da cozinha. Ikenna se juntou a ele e os dois seguraram a ave no lugar, imperturbáveis pelos estridentes guinchados. Em seguida, assistimos à faca ser manejada por Boja com uma facilidade incomum, fazendo um corte de cima para baixo no pescoço enrugado do galo, como se já tivesse feito aquilo muitas vezes, como se estivesse destinado a usar aquela faca mais de uma vez. O galo se contorceu e esperneou, movimentos que foram contidos por nossas mãos segurando-o com firmeza. Olhei por cima do nosso muro, para o segundo andar do sobrado que dava para nossa casa, e vi o avô de Igbafe, um homenzinho que perdera a fala depois de um acidente alguns anos antes, sentado na grande varanda em frente à porta da casa. Ele tinha o hábito de ficar sentado ali o dia inteiro e era alvo constante das nossas piadas.

Boja decepou a cabeça do galo, deixando um jato de sangue no caminho. Virei novamente e vi mais uma vez o velho mudo. Pareceu a visão momentânea de um alerta longínquo, de um anjo avisando algo que não conseguíamos ouvir àquela distância. Não vi a cabeça do galo cair no pequeno buraco cavado por Ikenna na terra, mas assisti às violentas convulsões do seu corpo esguichando sangue, as asas levantando poeira. Meus irmãos ficaram segurando firme até o corpo afinal se aquietar. Saímos de lá com o corpo decapitado nas mãos de Boja, o sangue marcando nosso trajeto, inabaláveis pelas poucas pessoas que nos olhavam espantadas. Boja jogou o galo morto por cima do muro, o sangue se espalhando no ar durante o seu trajeto. Quando desapareceu de vista, nos sentimos satisfeitos com a nossa vingança.

No entanto, a assustadora metamorfose de Ikenna não começou ali; começou bem antes do Guerdon do Pai, e até mesmo antes de a vizinha nos surpreender pescando no rio. Mostrou-se pela primeira vez em sua tentativa de nos fazer odiar a pesca, mas foi infrutífera, pois na época o amor pela pescaria estava incutido nas artérias de nossos corações. Em seu débil esforço, Ikenna desencavou tudo o que considerava ruim no rio, coisas que nunca tínhamos observado. Poucos dias antes de a vizinha nos flagrar, reclamou que os arbustos ao redor do rio estavam cheios de excremento. Apesar de não termos visto ninguém fazer aquilo, nem mesmo sentido o cheiro que ele tão laboriosamente descreveu para nós, Boja, Obembe e eu não discutimos. A certa altura ele disse que os peixes do Omi-Ala estavam poluídos e não deixou mais que levássemos o que pescávamos para o quarto dele. Desde então, começamos a guardar os peixes no quarto que eu dividia com Obembe. Ele chegou a alegar que tinha visto um esqueleto humano boiando nas águas do Omi-Ala enquanto pescava, e que Solomon era má influência. Dizia essas coisas como se fossem inegáveis verdades recém-descobertas, mas a paixão que tínhamos desenvolvido pela pesca se tornara um líquido congelado numa garrafa que não podia ser facilmente derretido. Não que não tivéssemos reservas quanto ao empreendimento; todos tínhamos. Boja detestava o fato de o rio ser pequeno e só ter peixes "inúteis"; Obembe tinha problemas com o que os peixes faziam à noite, já que não havia luz no rio debaixo d'água. Ele sempre conjeturava como os peixes conseguiam se locomover naquela escuridão profunda que recobria o rio como um manto à noite se não tinham lanternas nem eletricidade; e eu detestava a fragilidade dos lambaris e dos girinos, que morriam tão facilmente mesmo quando mantidos na água do rio! Essa fragilidade às vezes me dava vontade de chorar. Quando Solomon bateu lá em casa no dia seguinte, Ikenna começou dizendo que não iria ao rio com ele. Mas quando viu que nós, seus irmãos, iríamos de qualquer jeito, resolveu ir junto, pegando sua linha de pesca que estava com Boja. Solomon e o resto de nós o aplaudimos, dando vivas para o mais valente "Pescador".

*48 Chigozie Obioma*

A coisa que estava consumindo Ikenna era como um inimigo incansável, escondido dentro dele, deixando passar o tempo enquanto planejávamos e engendrávamos nossa vingança contra Iya Iyabo. Começou a controlá-lo no dia em que Ikenna cortou relações comigo e Obembe, mantendo só Boja ao seu lado. Os dois barraram Obembe e a mim do quarto deles e nos excluíram do novo campo de futebol que descobriram uma semana depois da surra de chicote. Obembe e eu ansiávamos pela companhia deles, esperávamos em vão pela volta dos dois todas as tardes, sofrendo porque nossa camaradagem parecia estar minguando. Com o passar dos dias, parecia que Ikenna tinha se curado de uma infecção na garganta quando finalmente nos expeliu numa tossida, como um homem pigarreando para limpar a garganta.

Mais ou menos na mesma época, Ikenna e Boja criaram um problema com um dos filhos do sr. Agbati, nosso vizinho do lado, que tinha um caminhão capenga conhecido como "Argentina" por causa da famosa inscrição "Nascido e criado na Argentina" pintada em forma de afrescos na carroceria. Por já ser muito velho, o caminhão fazia um barulho ensurdecedor quando dava partida, estremecendo a vizinhança e tirando o sono das pessoas nas primeiras horas da manhã. Isso provocava diversas queixas e discussões. Numa dessas contendas, o sr. Agbati ganhou um inchaço perpétuo na cabeça depois que uma vizinha bateu nele com o salto do sapato. Desde esse dia, o sr. Agbati começou a mandar os filhos informar aos vizinhos sempre que ia dar partida no caminhão. As crianças saíam batendo nas portas e portões dos vizinhos, anunciando que "Olha, o papai vai ligar o Argentina". E corriam para outra casa. Naquela manhã, Ikenna, que vinha se mostrando cada vez mais beligerante e irascível, brigou com o filho mais velho, acusando o garoto de ser um *nuzance*, uma palavra que o Pai usava para definir alguém que fazia barulho desnecessariamente.

Naquele mesmo dia, depois de voltarmos da escola e almoçarmos, ele e Boja saíram para jogar futebol no campinho, enquanto Obembe e eu ficamos em casa, tristes por não podermos ir com eles. Estávamos assistindo à televisão, ainda o mesmo programa, sobre um homem que resolvia disputas familiares, quando os dois voltaram. Tinham ficado fora só meia hora. Assim que correram para entrar no quarto deles, vi que o rosto de Ikenna estava coberto de terra, o lábio superior inchado e vermelho, e havia manchas de sangue na camisa que tinha escritos "Okocha" e o número dez nas costas. Assim que eles fecharam a porta, Obembe e eu corremos para o nosso quarto e ficamos encostados na parede, bisbilhotando a conversa para saber o que havia acontecido. Primeiro, só ouvimos as portas do armário abrindo e fechando, o som dos passos no tapete desgastado. Demorou até captarmos as palavras:

— Eu só não entrei na briga porque achei que Nathan e Segun iam tomar partido, e aí seriam três contra dois. — Era a voz de Boja, que ainda não tinha terminado. — Se eu soubesse que eles não entrariam na briga, se eu pelo menos soubesse disso!

O som de passos arranhando o tapete seguiram essa declaração, e Boja continuou:

— Mas aquele idiota nem chegou a bater em você; só teve a sorte de... — ele fez uma pausa, como se procurasse as palavras certas — de fazer... isso.

— Você não me defendeu! — disparou de repente Ikenna. — Não! Você ficou de lado, só olhando. Não adianta negar!

— Mas eu ia... — Boja começou a dizer depois de uma pequena pausa, rompendo o silêncio.

— Mas não entrou! — bradou Ikenna. — Você ficou só olhando!

O grito foi tão alto que a Mãe, que não tinha ido trabalhar naquele dia porque Nkem estava com diarreia, escutou do quarto dela. Ouvimos o barulho dos chinelos no piso algumas vezes antes de ela bater na porta.

— O que está acontecendo aí dentro, por que vocês estão gritando?

— Nós queremos dormir, mamãe — replicou Boja.

— E só por isso não vão abrir a porta? — ela perguntou. Quando ninguém contestou, ela insistiu: — Por que toda essa gritaria aí dentro?

— Não é nada — respondeu Ikenna, conciso.

— Melhor mesmo que não seja nada — continuou a Mãe. — Melhor mesmo.

Os chinelos voltaram a fazer barulho no piso de forma ritmada enquanto ela voltava para o quarto.

50 *Chigozie Obioma*

Ikenna e Boja não saíram para brincar depois das aulas no dia seguinte; ficaram no quarto. Querendo tirar vantagem da situação para se comunicar com eles de novo, Obembe aproveitou a oportunidade de um programa de televisão de que Ikenna gostava muito para atrair os dois para a sala de estar. Eles não assistiam à televisão desde que a vizinha nos flagrou no Omi-Ala, e Obembe vivia relembrando os dias em que era muito divertido vermos todos juntos nossos programas favoritos — *Agbala Owe*, a telenovela iorubá, e *Skippy the Bush Kangaroo*, um drama australiano. Obembe tentava sempre falar com os dois sobre os programas na TV, mas o medo de incomodá-los o acabava impedindo. No entanto, naquele dia, sentindo-se ansioso e por *Skippy the Bush Kangaroo* ser o programa favorito de Ikenna, ele esticou o pescoço para ver se conseguia vislumbrar nossos irmãos pela fechadura da porta. Depois, fazendo o sinal da cruz e com os lábios se movendo em silêncio ao ritmo das palavras "Do Pai, do Filho e do Espírito Santo", começou a andar pela sala cantando o tema do programa:

*"Pule, pule, pule a moita canguru,*
*Pule, pule, pule, nosso amigo fiel".*

Naqueles dias tristes em que ficamos separados dos nossos irmãos, muitas vezes Obembe me falou que queria pôr um fim àquela cisão, mas eu sempre o alertava de que eles ficariam bravos com isso. Sempre conseguia dissuadi-lo. Quando ele começou a cantar aquela música, fiquei com medo por ele outra vez.

— Não, Obe, eles vão bater em você — falei, gesticulando para que parasse.

O efeito da minha tentativa foi como um rápido beliscão na pele, que atraiu um mínimo de reação. Ele fez uma pausa e me deu uma olhada como se não soubesse bem o que tinha ouvido. Depois, balançando a cabeça, continuou:

— Pule, pule, pule a moita canguru...

Ele parou quando a maçaneta da porta do quarto dos meus irmãos girou. Ikenna apareceu, entrou na sala e sentou ao meu lado. Obembe ficou perto da parede, imóvel como uma estátua debaixo de uma foto de Nnene, a mãe do Pai, segurando o recém-nascido Ikenna em 1981. Manteve essa posição por muito tempo, como se estivesse pregado à parede. Boja entrou depois de Ikenna e também se sentou.

Skippy, o canguru, tinha acabado de lutar contra uma cascavel, realizando saltos prodigiosos cada vez que a serpente dava botes para picá-lo com suas presas venenosas, e agora o canguru lambia as patas.

— Ah, eu detesto quando esse imbecil do Skippy lambe as patas desse jeito! — reclamou Ikenna.

— Ele acabou de lutar contra uma cobra — observou Obembe. — Vocês deviam ter visto...

— Quem te perguntou? — disparou Ikenna, levantando-se. — Eu falei *quem te perguntou?*

Furioso, ele chutou a cadeira plástica de rodinhas de Nkem, que caiu sobre o grande móvel onde ficavam a televisão, o videocassete e o telefone. Uma foto emoldurada do Pai como um jovem funcionário do Banco Central da Nigéria caiu atrás da cômoda, e o vidro se quebrou aos pedaços.

— Quem te perguntou? — repetiu Ikenna pela terceira vez, ignorando o que havia acontecido com o valioso quadro do Pai. Apertou o botão vermelho da televisão, desligando o aparelho.

— *Oya*, todos vocês voltem para os seus quartos! — bradou.

Obembe e eu saímos correndo, ofegantes. Depois, em nosso quarto, ouvimos Ikenna dizer:

— Boja, por que você ainda está aqui? Eu falei para todo mundo.

— Como, Ike, eu também? — perguntou Boja, surpreso.

— É, eu disse *todos vocês... todos!*

Acredito que esse foi o primeiro sinal de uma linha divisória sendo traçada entre Ikenna e Boja, na qual até então não havia sequer um ponto. Aquilo alterou a maneira como vivíamos, prenunciando uma transição de tempo em que cabeças esquentaram e brechas se abriram. Os dois pararam de se falar. Boja desceu como um anjo caído, pousando onde Obembe e eu estávamos confinados havia um bom tempo.

52 *Chigozie Obioma*

Naqueles primeiros dias da metamorfose de Ikenna, todos esperávamos que a mão fechada que apertava o seu coração não demorasse a se abrir. No entanto, os dias passaram e Ikenna continuou a se distanciar cada vez mais de nós. Mais ou menos uma semana depois, bateu em Boja em meio a uma calorosa discussão. Obembe e eu estávamos no quarto quando isso aconteceu, pois passamos a evitar a sala de estar sempre que Ikenna estava lá, mas Boja insistia em ficar. Deve ter sido a persistência de Boja que provocou a raiva de Ikenna e gerou a discussão. Só consegui ouvir os golpes e as vozes enquanto os dois discutiam e xingavam um ao outro. Isso foi num sábado, e a Mãe, que não saía mais aos sábados para trabalhar, estava em casa tirando uma soneca. Quando ela ouviu o barulho, correu para a sala só com um pano enrolado dos seios aos joelhos, pois tinha amamentado Nkem, que estava chorando pouco tempo antes. Primeiro a Mãe tentou separar a briga, mandando que os dois parassem, mas eles não atenderam. Ela saltou no meio da briga e se postou entre os dois, porém Boja continuou segurando a camiseta de Ikenna, numa provocação. Quando Ikenna tentou se libertar, deu um puxão tão forte no braço de Boja que, sem querer, arrancou a *wrappa* que cobria a Mãe, deixando-a só de calcinha.

— *Ewooh!* — gritou a Mãe. — Vocês querem ser amaldiçoados? Olha só o que fizeram, me deixaram nua. Sabem o que isso significa... ver a minha nudez? Vocês sabem que é um sacrilégio... *alu?* — Ela amarrou a *wrappa* no peito outra vez. — Vou contar tudo o que vocês fizeram a Eme, de cabo a rabo, não se preocupem.

Ela estalou os dedos para os dois, agora separados, ainda tentando recuperar o fôlego.

— Agora me diga, Ikenna, o que ele fez pra você? Por que vocês estavam brigando?

Ikenna tirou a camiseta e respondeu com um sibilo. Fiquei estupefato. Na cultura igbo, sibilar para uma pessoa mais velha era considerado um ato de insubordinação impensável.

— Como, Ikenna?

— *Eh*, mamãe — retrucou Ikenna.

— Você está chiando para mim? — perguntou a Mãe, primeiro em inglês, depois levando as mãos ao peito, disse: — *Obu mu ka ighi na'a ma lu osu?*

Os PESCADORES 53

Ikenna não respondeu. Voltou ao sofá onde estava antes da briga, pegou a camiseta e se retirou para o quarto, batendo a porta com tanta força que as persianas da sala estremeceram. Atônita ante o insulto descarado do filho que lhe virou as costas, a Mãe ficou boquiaberta, os olhos fixos na porta, e sua raiva aumentou. Estava para ir ao quarto para disciplinar Ikenna quando percebeu o lábio cortado de Boja, que ele enxugava na camisa agora manchada de sangue.

— Ele fez isso com você? — a Mãe quis saber.

Boja fez que sim com a cabeça. Estava com os olhos vermelhos, cheios de lágrimas contidas que só não escorriam porque indicariam que ele tinha apanhado. Dificilmente meus irmãos e eu chorávamos quando brigávamos, mesmo se tivéssemos sofrido duros golpes ou sido atingidos em locais sensíveis. Sempre tentávamos conter as lágrimas até estarmos longe de todo mundo. Só então soltávamos o choro, e às vezes com pompa e circunstância.

— Responda pra mim! — gritou a Mãe. — Você ficou surdo?

— Sim, mamãe, foi ele.

— *Onye...* Quem? Foi Ike-*nna* quem fez isso?

Boja assentiu em resposta, com os olhos na camiseta manchada que tinha nas mãos. A Mãe se aproximou e tentou tocar o lábio machucado, mas Boja se contorceu de dor. Ela recuou, ainda examinando o ferimento.

— Você disse que Ikenna fez isso? — perguntou outra vez, como se Boja já não tivesse respondido.

— Sim, mamãe — confirmou Boja.

Ela amarrou a *wrappa* de novo, agora mais apertada. Depois andou rapidamente até a porta de Ikenna e começou a bater, pedindo para ele abrir. Quando não houve resposta, começou a ameaçar em voz alta, pontuando as palavras com estalos da língua para mostrar que falava sério.

— Ikenna, se você não abrir agora essa porta, eu vou mostrar que sou sua mãe, que você saiu do meio das minhas pernas!

Por conta da ameaça dos estalos de língua, ela não teve de esperar muito para a porta abrir. Entrou no quarto, e seguiram-se alguns tapas e imprecações. Ikenna mostrou-se mais desafiador do que o normal. Protestou contra os bofetões, chegando até a ameaçar um revide, o que a enfureceu ainda mais. A Mãe continuou batendo. Ele começou a chorar copiosamente, reclamando

54 *Chigozie Obioma*

em voz alta que ela o odiava, pois não repreendia Boja pela provocação que dera origem à briga. No final, ele a jogou no chão com um empurrão e fugiu. A Mãe foi atrás dele, a *wrappa* se soltando mais uma vez. Quando chegou à sala, ele já tinha saído. A Mãe ergueu a *wrappa* para cobrir os seios, como antes.

— Que os céus e a terra me ouçam! — imprecou, tocando a língua com a ponta do indicador. — Ikenna, você não vai comer nada mais nesta casa até o seu pai voltar. Não me interessa como você vai comer, mas não vai ser nesta casa! — As palavras se misturaram às lágrimas. — Não nesta casa, não até Eme voltar de onde quer que esteja. Você não vai comer aqui.

Ela estava falando não só para nós que estávamos reunidos na sala de estar, mas para qualquer um, talvez os nossos vizinhos, que deviam estar ouvindo tudo do outro lado do muro cheio de lagartos. Ikenna já tinha sumido. Provavelmente já havia atravessado a rua e se encaminhado para o norte, em direção a Sabo, pela estrada de terra que levava à parte da cidade onde antigas colinas assomavam acima de três escolas, um cinema num edifício decadente e uma grande mesquita de onde todos os dias, ao entardecer, o muezim chamava para as orações em poderosos alto-falantes. Ikenna não voltou naquele dia. Dormiu em algum lugar que nunca revelou.

Naquela noite, a Mãe ficou andando pela casa, esperando ansiosa Ikenna bater à porta. À meia-noite, quando se viu obrigada a trancar o portão por questão de segurança — roubos à mão armada eram frequentes em Akure naquela época —, ela se sentou perto da porta da frente com as chaves na mão, esperando. Já tinha posto todos nós para dormir; só Boja continuava na sala de estar, porque não queria ir para o quarto com medo de Ikenna. Obembe e eu também não conseguimos dormir; ficamos na cama ouvindo os movimentos da Mãe. Ela saiu muitas vezes naquela noite, achando que tinha ouvido um barulho no portão, mas voltou sozinha em todas elas. Quase não descansou. Mais tarde, quando começou uma chuvarada, ela telefonou para o Pai, mas não houve resposta aos repetidos chamados. Como o som *pon-pon, pon-pon* do fone se repetiu várias vezes, tentei imaginar o Pai em sua nova casa naquela cidade perigosa, de óculos, lendo o *Guardian* ou o *Tribune*. Mas a imagem era destruída pela estática da linha telefônica, que fazia a Mãe desligar.

Não sei quando finalmente consegui dormir, mas de repente me vi com meus irmãos em Amano, nossa aldeia, perto de Umuahia. Estávamos jogando futebol — dois de cada lado — perto da margem do rio, quando Boja chutou a bola em direção a uma ponte estreita que já fora a única forma de atravessar o rio. Soldados de Biafra a tinham construído às pressas depois de explodirem a ponte principal durante a guerra civil da Nigéria como alternativa para atravessar o rio no caso de uma invasão do Exército nigeriano. Ocultada pela floresta, a ponte era feita de ripas de madeira ligadas por cordas grossas e aros de metal enferrujados. Não tinha corrimão para se segurar durante a travessia. O leito do rio no trecho que fluía sob a ponte era forrado de pedras. Pedras e rochas que se projetavam de uma parte montanhosa da floresta, visíveis logo abaixo da superfície da água. Ikenna correu para pegar a bola sem pensar e de repente estava no meio da ponte. Assim que pegou a bola, percebeu que estava em perigo. Assustado, olhou para o abismo aos seus pés, que descortinou visões da sua morte numa queda que terminaria num choque fatal com as pedras. Subitamente dominado pelo medo, ele começou a gritar:

— Socorro! Socorro!

Tão assustados quanto ele, também começamos a gritar:

— Vem, Ike, vem! — Atendendo aos nossos pedidos, ele abriu as mãos, soltou a bola no rio e começou a andar em nossa direção, como se estivesse caminhando em uma poça de lama. Enquanto andava, perigosamente desequilibrado, as tábuas racharam, enfraquecidas pelo tempo e pela decadência, e a ponte desmoronou, dividindo-se em duas partes. De repente, Ikenna caía em meio a pedaços de madeira quebrada e metal, berrando e pedindo socorro. Ele ainda estava caindo quando de repente ouvi a voz da Mãe o repreendendo por ter arriscado a vida dormindo fora de casa e ter voltado doente e molhado. Certa vez ouvi dizer que o coração de um homem raivoso não pulsa com entusiasmo, apenas incha como um balão, embora no fim acabe murchando. Era esse o caso com meu irmão. De manhã, quando ouvi sua voz, corri para a sala para ver com meus próprios olhos que ele tinha voltado para casa; ensopado, indefeso e aflito.

A cada dia que passava, Ikenna ficava mais distante de nós. Eu quase não o via naqueles dias. Sua presença foi reduzida a uns poucos movimentos pela casa, ao som de sua tosse geralmente exagerada e do radiotransmissor que ouvia tão alto que a Mãe pedia para ele desligar quando estava em casa. Às vezes eu o via saindo de casa, quase sempre com pressa, sem nunca ver seu rosto. Encontrei com ele mais uma vez naquela semana, quando veio assistir a um jogo de futebol na televisão. David tinha passado mal na noite anterior e vomitado o jantar. Por isso, a Mãe não foi à sua barraca na feira da cidade naquele dia, preferindo ficar em casa para cuidar de David. Depois da escola, enquanto a Mãe cuidava de David no quarto dela, meus irmãos e eu assistíamos à partida. Ikenna — que não queria deixar de ver o jogo, mas que também não podia nos mandar embora da sala porque a Mãe estava em casa — sentou em cima da mesa de jantar, mudo como uma porta. Já estava quase acabando o primeiro tempo quando a Mãe entrou na sala com uma nota de dez nairas na mão e disse:

— Vocês dois precisam ir comprar um remédio para o David. — Apesar de não ter mencionado nenhum nome, ela parecia estar se dirigindo a Ikenna e Boja; por serem mais velhos, eram eles que saíam para fazer coisas fora de casa. Por alguns momentos, depois que a Mãe falou, nenhum dos dois se mexeu um centímetro. Ela ficou chocada.

— Mamãe, será que eu sou seu único filho? — perguntou Ikenna, esfregando o queixo num lugar onde Obembe já me falara que tinha visto uma barba. Eu não cheguei a ver nada, mas não duvidei. Ikenna havia acabado de completar quinze anos e, aos meus olhos, já era agora um adulto capaz de ter barba. O pensamento de Ikenna estar mais velho vinha acompanhado de um forte temor de que ele se distanciasse de nós quando se tornasse adulto, indo para a faculdade ou simplesmente saindo de casa. Contudo, esse pensamento não era muito claro naquela época. Em vez disso, ficou pendente na minha cabeça como um acrobata de televisão que permanecia em pleno ar em meio a um salto prodigioso, depois de um clique no botão de pausa, sem completar o movimento.

— O quê? — perguntou a Mãe.

— Não pode mandar outra pessoa? Sempre tem que ser eu? Eu estou cansado, sem a menor vontade de sair.

— Você e Boja vão sair pra comprar esse remédio, queiram ou não. *Inugo...* está me ouvindo?

Ikenna baixou os olhos, fez uma pausa de intensa contemplação, antes de balançar a cabeça e dizer:

— Tudo bem, se você insiste que tem de ser eu, mas eu vou sozinho.

Levantou-se e estendeu a mão para pegar o dinheiro, mas a Mãe fez um movimento e escondeu a nota na mão. Isso surpreendeu Ikenna, que deu um passo atrás, espantado.

— Não vai me dar o dinheiro para eu ir?

— Espera, deixa eu fazer uma pergunta. O que o seu irmão fez para você? Eu quero muito saber. *De verdade.*

— Nada! — retorquiu Ikenna. — Nada, mamãe, eu estou bem. Me dá o dinheiro e deixa eu ir logo.

— Eu não estou falando de você, mas da sua relação com seu irmão. Olha os lábios de Boja. — Ela apontou para o machucado de Boja, agora quase totalmente cicatrizado. — Olha o que você fez com ele; o que você fez com o seu irmão de sangue...

— Me dá logo o dinheiro e me deixa em paz! — bradou Ikenna, estendendo a mão.

A Mãe continuou imperturbável, falando ao mesmo tempo que ele, misturando o fluxo de palavras pronunciadas pelos dois:

— *Nwanne gi ye mu n hulu ego nwa anra ih nhulu ka mu ga ba.* Seu irmão *me dá* que mamou *o dinheiro* no mesmo seio *e me deixa* que você *em paz!*

— Me dá logo o dinheiro e me deixa em paz! — voltou a gritar Ikenna mais alto, como se estivesse ainda mais enfurecido pelas palavras que a Mãe tinha misturado ao seu discurso, mas ela respondeu com estalidos de língua e meneando a cabeça.

— Me dá logo o dinheiro. Eu quero ir sozinho — repetiu Ikenna, numa voz mais contida. — Por favor, é só o que eu peço, me dá logo esse dinheiro.

— Que um trovão atinja sua boca, Ikenna! *Chinekem eh!* Meu Deus! Quando você começou a me desobedecer desse jeito, hein, Ikenna?

— O que foi que eu fiz para a senhora agora? — gritou Ikenna, furioso, batendo o pé no chão em protesto. — O que foi? Por que a senhora está sempre pegando no meu pé? O que eu fiz para essa mulher? Por que a senhora não me deixa em paz?

Diante daquilo, todos nós — e a Mãe também — ficamos chocados com Ikenna chamando a Mãe, *nossa mãe*, de "essa mulher".

— Ikenna, esse é você mesmo? — ela perguntou numa voz mais branda, apontando o dedo para ele. — É você mesmo, um patinho batendo as asas como um galo? É você mesmo? — Enquanto ela falava, Ikenna se encaminhou para a porta. A Mãe ficou olhando, depois estalou os dedos e falou mais alto com ele: — Espere só até o seu pai ligar, eu vou dizer no que você se transformou. Não se preocupe, deixa só ele voltar.

Ikenna emitiu um chiado e saiu de casa batendo a porta da rua com força, numa desafiante demonstração de insolência sem precedentes na nossa casa. Como que para enunciar o que tinha acabado de acontecer, um carro ficou buzinando loucamente por um bom tempo; quando finalmente parou, deixou um eco desmaiado na minha cabeça, ressaltando a enormidade do insolência de Ikenna. A Mãe sentou num dos sofás, o coração apertado, chocada e com raiva, as mãos entrelaçadas no colo e murmurando em desespero consigo mesma.

— Ele cresceu, estão nascendo chifres em Ikenna.

Fiquei comovido ao vê-la tão desesperada. Parecia de repente que uma parte do corpo dela, que ela costumava apalpar, tinha projetado espinhos e qualquer esforço que fizesse para tocar nessa parte só resultava em sangramento.

— Mamãe — chamou Obembe.

— Eh, Nnam... meu pai — ela disse.

— Me dá o dinheiro — continuou Obembe. — Eu vou comprar o remédio, Ben pode ir comigo. Eu não tenho medo.

Ela olhou para Obembe e concordou, os olhos se iluminando com um sorriso.

— Obrigado, Obe — respondeu. — Mas está escuro, é melhor Boja ir com você. Mas os dois precisam tomar muito cuidado.

— Eu também vou — falei, levantando para pegar minha roupa.

— Não, Ben — retrucou a Mãe. — Você fica aqui comigo. Bastam os dois.

Os pescadores 59

No estado de espírito em que acabei me envolvendo depois da derrocada de nossas vidas, eu sempre me lembrava daquelas palavras, "bastam os dois", como um presságio das coisas que recairiam na nossa família poucas semanas depois daquele dia. Sentei ao lado da Mãe e de Obembe e fiquei pensando sobre quanto Ikenna havia mudado. Eu nunca o vira ser indelicado com nossa mãe; ele gostava muito dela. De todos nós, ele era o mais parecido com ela. A pele tinha a mesma cor de formigueiro. Nessa parte da África, mulheres casadas costumam adotar o nome do primeiro filho. Assim, a Mãe era comumente conhecida como Mama Ike ou Adaku. Ikenna havia desfrutado grande parte dos primeiros cuidados que ela dedicou aos filhos. Foi no berço dele que todos nos deitamos nos anos seguintes. Todos herdamos seus cestos de medicamentos e outras coisas de bebê. Ele sempre ficava ao lado da Mãe contra tudo e contra todos na vida — até mesmo contra o Pai. Às vezes, quando desobedecíamos à Mãe, ele nos castigava antes mesmo de ela tomar uma atitude. A parceria entre os dois dava ao Pai a satisfação de que seríamos bem criados, mesmo na sua ausência. A pequena depressão no dedo anular da mão direita do Pai era uma cicatriz de uma mordida de Ikenna. Anos antes de eu nascer, num acesso de raiva, o Pai bateu na Mãe. Ikenna deu um salto e mordeu o dedo dele, e claro que isso acabou com a briga.

# 5
## A METAMORFOSE

IKENNA ESTAVA PASSANDO por uma metamorfose:

Uma experiência de mudança de vida, que continuava a cada dia que passava. Ele se isolou do resto de nós. E, apesar de não se mostrar mais acessível, começou a deixar traços despedaçados de si pela casa, em atitudes que impactaram nossas vidas para sempre. Um dos incidentes ocorreu no início da semana seguinte à briga com a Mãe. Era dia de reunião de pais e mestres, por isso a escola nos liberou mais cedo. Ikenna ficou sozinho no quarto, enquanto Boja, Obembe e eu ficamos no nosso quarto jogando baralho. Era um dia especialmente quente e estávamos todos sem camisa, sentados no tapete. Nossas janelas de madeira estavam escancaradas, apoiadas em pedrinhas para deixar o ar entrar. Ao ouvir a porta do quarto de Ikenna abrir e fechar, Boja falou:

— Ike está saindo.

Depois de um pequeno intervalo, também ouvimos a porta da frente abrir e fechar. Já não víamos Ikenna havia dois dias, pois ele quase não ficava em casa e, quando ficava, estava sempre no quarto; e sempre que estava lá, ninguém, nem Boja, com quem ele dividia o quarto, entrava lá. Desde a briga, Boja estava preocupado com Ikenna, pois a Mãe tinha pedido que ficasse longe de Ikenna até o Pai voltar e exorcizar os espíritos malignos que o estavam possuindo. Por isso Boja ficava quase o tempo todo com a gente, indo para o quarto só em ocasiões como essa, quando tinha certeza de que Ikenna não estava lá. Ele se levantou e foi buscar algumas coisas de que precisava no quarto, enquanto

Obembe e eu ficamos esperando que voltasse para continuarmos o jogo. Mal ele tinha saído quando Obembe e eu o ouvimos gritar *"Mogbe!"* — um grito de lamento em iorubá. Quando entramos no quarto, Boja começou a berrar:

— O calendário M.K.O.! O calendário M.K.O.!

— O quê? O que foi? — perguntamos ao entrar no quarto. Aí nós vimos o que era.

Nosso precioso calendário M.K.O. estava queimado e aos pedaços, meticulosamente destruído. No começo, eu não conseguia acreditar, por isso olhei para a parede onde ele ficava pendurado, mas só vi um espaço em branco lustroso, quase brilhante, um quadrado mais claro na superfície da parede, com as bordas ligeiramente marcadas pela fita adesiva. Aquela visão me deixou tão horrorizado que eu não conseguia entender, pois o M.K.O. era um calendário especial. A história de como o obtivemos era a nossa maior façanha. Sempre comentávamos sobre ela com muito orgulho. Foi em meados de março de 1993, no auge da campanha para a eleição presidencial. Chegamos à escola numa manhã enquanto o sino tocava as últimas badaladas e logo nos misturamos ao grupo de alunos que conversavam e formavam filas no pátio de acordo com as turmas. Eu fiquei na fila do maternal, Obembe na fila da primeira série, Boja na da quarta série e Ikenna na da quinta série — a penúltima fila, perto do muro. Assim que todas as filas se formaram, começou a rotina diária. Os alunos entoaram os hinos matinais, fizeram uma oração ao Senhor e cantaram o hino da Nigéria. Depois o sr. Lawrence, o diretor, subiu no pódio e abriu o grande livro de chamada. Em seguida, com um microfone, começou a chamar os nomes. Quando chamava o nome e o sobrenome de um aluno, nós respondíamos "Presente, senhor!", erguendo uma das mãos ao mesmo tempo. Dessa maneira, ele fazia um apanhado geral dos quatrocentos alunos da escola. Quando o sr. Lawrence chegou à fila da quarta série e chamou o primeiro nome da lista, Bojanonimeokpu Alfred Agwu, os alunos caíram na risada.

— Por que vocês não vão rir na cara dos seus pais? — bradou Boja, erguendo as duas mãos com os dedos separados, mandando um *waka* aos alunos, um gesto ofensivo.

Aquilo acabou com as gargalhadas e todos ficaram imóveis, ninguém se mexia, ninguém dizia uma palavra a não ser por alguns murmúrios extravasados. Até mesmo o temível sr. Lawrence, a única pessoa que eu conhecia que batia mais forte que nosso pai com um chicote e que quase nunca era visto sem um relho na mão, pareceu confuso, momentaneamente sem reação. Antes mesmo de sairmos para a escola naquela manhã, Boja já estava irritado. Quando acordou, ficou com vergonha quando o Pai pediu que tirasse o colchão que tinha molhado durante a noite. O que ele fez quando o sr. Lawrence chamou o seu nome pode ter sido causado por isso; pois era comum que os alunos rissem quando o sr. Lawrence, um iorubá, lutava para pronunciar bem o nome completo de Boja em igbo. Sabendo da deficiência do sr. Lawrence, Boja se acostumou com seu uso de homófonas aproximadas que, dependendo do seu humor, variavam do mais dissonante "Bojanonokwu" ao tremendamente engraçado "Bojanolooku", que o próprio Boja repetia e às vezes se gabava de ser uma figura tão ameaçadora que seu nome não podia ser pronunciado por qualquer um — como o nome de um deus. Boja nunca deu importância a essa situação e até aquela manhã nunca tinha se queixado.

A diretora subiu ao pódio e o sr. Lawrence recuou, pasmo. O microfone fez um prolongado chiado quando foi passado das mãos dele para as dela.

— Quem foi que disse essas palavras nas dependências da Escola Primária e Maternal Omotayo, uma renomada instituição cristã construída e fundada sob a palavra de Deus? — perguntou a diretora.

Fiquei com medo de que Boja recebesse um iminente e severo castigo por sua atitude. Talvez fosse chicoteado no pódio ou obrigado a "laborar", o que implicava varrer todas as instalações da escola ou aparar os arbustos da entrada usando apenas as mãos. Tentei olhar para os olhos de Obembe, que estava a duas filas de mim, mas ele não tirou os olhos de Boja.

— Eu perguntei quem foi! — bradou mais uma vez a diretora.

— Fui eu, senhora — respondeu uma voz familiar.

— Quem é você? — ela indagou, num tom de voz mais baixo.

— Boja.

Houve uma pequena pausa, depois da qual a voz distinta da diretora falou ao megafone:

— Venha até aqui.

Quando Boja começou a se dirigir ao pódio, Ikenna correu na frente, parou ao lado dele e falou em voz alta:

— Não, senhora, isso é injusto! O que ele fez? O quê? Se a senhora vai castigá-lo, terá que castigar também a todos os que riram dele. Por que eles podem rir e zombar dele?

O silêncio que se seguiu àquelas ousadas palavras, ao desafio de Ikenna e de Boja, foi um momento espiritual. O microfone na mão da diretora estremeceu e caiu no chão com um ruído estridente. Ela pegou o aparelho, deixou-o no pódio e desceu.

— Na verdade, isso é uma injustiça! — a voz de Ikenna se fez ouvir de novo, acima do barulho da colônia de pássaros voando em direção às montanhas. — Nós preferimos sair da sua escola a ser castigados sem merecer. Eu e meus irmãos vamos embora. Agora mesmo. Existem escolas melhores por aí, onde possamos ter uma educação ocidental; papai não vai mais pagar tanto dinheiro a vocês.

Eu me lembro com clareza dos movimentos incertos do sr. Lawrence pegando seu longo bastão e do gesto da diretora que o imobilizou. Mesmo se ela tivesse permitido que pegasse o bastão, ele não teria conseguido alcançar Ikenna e Boja, que saíram andando pelas fileiras que se abriam entre os alunos, que, assim como os professores, pareciam imobilizados de medo. Depois, quando meus irmãos mais velhos pegaram a mim e a Obembe pela mão, nós também saímos correndo da escola.

Não podíamos voltar direto para casa, porque nossa mãe tinha acabado de dar à luz David e estava se recuperando. Ikenna disse que ela ficaria preocupada se voltássemos para casa menos de uma hora depois de termos saído para a escola. Andamos por uma rua periférica que era basicamente um terreno baldio, com cartazes que diziam: "Esta terra é de propriedade de fulano e sicrano, é proibida a entrada". Paramos diante da fachada da construção de uma casa abandonada pela metade. Tijolos caídos e montes de areia desmoronados eram marcados pelo que parecia cocô de cachorro. Entramos na casa e sentamos no chão onde havia teto — que Obembe imaginou que seria a sala de estar da casa.

— Vocês precisavam ter visto a cara da filha da diretora — disse Boja. Ficamos ali gozando dos professores e dos alunos, nos vangloriamos do que tínhamos feito, exagerando nas cenas para que parecessem cinematográficas.

Continuamos lá uns trinta minutos, conversando sobre o que tinha acontecido na escola, quando de repente nossa atenção foi desviada para um barulho distante que se aproximava. Vimos um caminhão Bedford apontando a distância. Estava coberto de cartazes com retratos do chefe M.K.O. Abiola, o candidato do Partido Social Democrata (PSD) à presidência. O caminhão estava cheio de gente na carroceria aberta, as vozes cantavam em coro um tema transmitido sempre pela televisão estatal naqueles dias: a música que dizia que M.K.O. era "o cara". As pessoas cantavam, batucando, e dois homens de camiseta branca com uma fotografia de M.K.O. estampada tocavam trompete. Por toda a rua, pessoas saíam das casas, dos barracos e de lojas para observar. À medida que a comitiva avançava, alguns se afastaram do caminhão para distribuir panfletos. Entregaram um a Ikenna, que se adiantou para encontrá-los enquanto esperávamos atrás, um folhetinho com o rosto sorridente de M.K.O., um cavalo branco ao lado e as palavras *Esperança 93: Adeus à Pobreza* escritas de cima para baixo no lado direito da imagem.

— Por que não vamos atrás do grupo pra ver M.K.O.? — perguntou Boja de repente. — Se ele for eleito, a gente poder dizer que conheceu o presidente da Nigéria!

—Ah... é verdade, mas se formos atrás deles com esse uniforme — refletiu Ikenna —, o mais provável é que nos mandem embora. Eles sabem muito bem que ainda é cedo e que a essa hora ainda devíamos estar na escola.

— Se disserem isso, podemos dizer que saímos mais cedo por causa deles! — replicou Boja.

— Isso mesmo — concordou Ikenna. — Eles vão respeitar ainda mais a gente.

— E se formos seguindo a passeata a distância, de esquina em esquina? — sugeriu Boja, com a aquiescência de Ikenna. Encorajado, continuou: — Assim podemos ver M.K.O. sem ter problemas.

A ideia pegou. Fomos contornando as esquinas das ruas, passando por uma grande igreja e uma área onde moravam os nortistas. Um odor pungente pairava na entrada de uma alameda onde funcionava um grande matadouro. Enquanto passávamos, ouvimos as facas batendo em tábuas e pranchas dos açougueiros cortando carne, as vozes dos fregueses e dos açougueiros subindo de tom, juntando-se ao barulho ao redor. No portão do matadouro, dois homens ajoelhavam-se num tapete, debruçados em orações. A poucos metros dos outros dois, um terceiro fazia abluções com água de uma pequena vasilha de plástico que tinha na mão. Atravessamos a rua, passamos pelo nosso bairro e vimos um homem e uma mulher ao lado do nosso portão. Os olhos dos dois estavam fixos num livro que a mulher tinha na mão. Passamos depressa, lançando olhares furtivos ao redor para ver se nenhum vizinho tinha nos visto, mas a rua parecia deserta. Passamos por uma igrejinha de madeira com teto de zinco e uma elaborada pintura de Jesus com uma nuvem ao redor da coroa de espinhos na parede. Gotas de sangue pingavam de um buraco no peito, retidas nas costelas visíveis. Um lagarto atravessou a mancha das gotas de sangue com o rabo ereto, a silhueta vil obliterando o peito perfurado. Havia roupas penduradas nas portas das lojas, ao lado de frágeis tabuleiros que transbordavam tomates, bebidas em lata, pacotes de flocos de milho, latas de leite e vários outros artigos. Bem em frente à igreja havia um bazar espraiado sobre um grande terreno. A procissão zigueza-gueou pelo caminho estreito entre os aglomerados de humanos, barracas e lojas, os caminhões seguiam devagar para atrair a atenção das pessoas no mercado. No bazar, a congestionada massa de humanidade fervilhava como uma tribo de vermes. Enquanto passávamos por ele, a sandália de Obembe se soltou. Um homem pisou com um sapato pesado na tira da sandália e Obembe teve de fazer força para se soltar, e nesse processo a tira arrebentou, deixando a sandália só com a parte da frente, como um chinelo. Obembe teve de arrastar os pés por uma ladeira asfaltada enquanto atravessávamos o bazar.

Mal entramos nessa rua quando Obembe parou, botou a mão em concha no ouvido e começou a gritar, frenético:

— Escutem, escutem!

— Escutar o quê? — perguntou Ikenna.

Naquele momento, ouvi um som parecido ao de um comboio, só que cada vez mais próximo e palpável.

— Escutem — disse Obembe outra vez, olhando para o céu. Depois, de repente, falou: — *Helicot! Helicota!*

— He-li-cóp-te-ro — corrigiu Boja numa voz anasalada, pois os olhos ainda estavam olhando para o céu.

A imagem completa de um helicóptero havia se formado, baixando lentamente ao nível dos prédios de dois andares da vizinhança. Estava pintado de verde e branco, as cores da bandeira da Nigéria, com a imagem de um cavalo branco pronto para empinar desenhada do lado de fora da cabine de voo. Dois homens segurando bandeirinhas sentavam-se na beira de uma das portas, ao lado de um homem de uniforme da polícia e outro num *agbada* azul-marinho brilhante, o traje tradicional iorubá. A área toda pulsava com os gritos de "M.K.O. Abiola". Veículos buzinavam nas ruas, motocicletas aceleravam os motores de forma ensurdecedora ao se juntar à multidão densa um pouco mais longe dali.

— É o M.K.O.! — disse Ikenna, quase sem fôlego. — É o M.K.O. que está naquele helicóptero!

Ele pegou minha mão, e corremos na direção de onde imaginamos que o helicóptero poderia pousar. Encontramos a aeronave bem em frente a um magnífico edifício, rodeado por muitas árvores e uma cerca de arame farpado de três metros de altura; aparentemente a propriedade era de um influente político. Estava bem mais perto do que tínhamos imaginado e ficamos surpresos, pois, fora alguns correligionários e um chefe local que estava do lado de fora do portão esperando M.K.O., fomos os primeiros a chegar ao local. Chegamos cantando um dos temas da campanha, mas paramos para ver o helicóptero pousar, as hélices levantando uma nuvem de poeira que escondeu M.K.O. e Kudirat, sua mulher, quando eles desembarcaram. Quando a nuvem clareou, vimos que tanto M.K.O. como sua esposa usavam um vistoso traje tradicional. Assim que a multidão se juntou, guardas uniformizados e à paisana formaram uma muralha para isolá-la. As pessoas arrulhavam, aplaudiam e chamavam o nome dele, e o chefe acenava em reconhecimento. Enquanto a cena se desenrolava, Ikenna começou a entoar uma música da igreja, da qual mudamos a letra e que sempre cantávamos para acalmar a Mãe quando ficava brava com a gente. Tínhamos posto "mamãe" no lugar de "Deus". Nesse momento, Ikenna trocou "mamãe" por "M.K.O.", e todos cantamos juntos, em alto e bom som:

*M.K.O., você é indescritivelmente lindo.*
*Maravilhoso demais para descrever em palavras.*

*A mais esplendorosa de todas as criaturas,*
*Como nada já visto ou ouvido.*
*Quem pode alcançar sua infinita sabedoria?*
*Quem pode adivinhar as profundezas do seu amor?*
*M.K.O., sua beleza é indescritível.*
*Sua majestade está entronada no céu.*

Na segunda vez em que cantamos, M.K.O. fez sinal para os correligionários nos chamarem. Enlevados, fomos até lá e ficamos ao lado dele. De perto,
ele tinha um rosto redondo e a cabeça em forma de cone. Quando sorria, os
olhos conferiam muita graça às suas feições. M.K.O. tornou-se uma pessoa real:
não mais uma figura que existia exclusivamente no domínio das telas de televisão ou nas páginas dos jornais, de repente ele pareceu tão normal quanto o Pai
ou Boja, ou até mesmo como Igbafe e meus colegas de classe. Essa epifania me
encheu de um súbito temor. Parei de cantar, afastei os olhos do resplandecente
semblante de M.K.O. e me fixei nos sapatos dele, lustrosos de tão engraxados.
Na lateral do sapato vi um enfeite de metal representando a cabeça de um ser
que parecia a Medusa de um dos filmes favoritos de Boja, *Fúria de titãs*. Depois
Ikenna me falou, quando mencionei aquela figura, que tinha engraxado um par
de sapatos do Pai que trazia o mesmo ornamento. Ele soletrou o nome, porque
não conseguia pronunciar: V-e-r-s-a-c-e.

— Como vocês se chamam? — perguntou M.K.O.

— Eu sou Ikenna Agwu — respondeu Ikenna. — Esses são meus irmãos: Benjamin, Boja e Obembe.

— Ah, Benjamin — repetiu o chefe Abiola, abrindo um grande sorriso.
— É o nome do meu avô.

A esposa de M.K.O., que vestia uma bata idêntica à do marido e levava
uma bolsa toda brilhante, inclinou-se e afagou minha cabeça como se eu fosse um cachorrinho felpudo. Senti um leve atrito de metal nos meus cabelos
curtos. Quando tirou a mão, notei que o que tinha tocado minha cabeça era
um anel; ela usava um em quase todos os dedos. M.K.O. levantou a mão para
saudar a multidão, que agora se espalhava por toda parte cantando o tema de
sua campanha: "Esperança 93! Esperança 93!". Por algum tempo, ele repetiu

a palavra *awon* — "esses" em iorubá — em diferentes tons enquanto tentava ser ouvido pela multidão.

Quando a cantoria diminuiu e houve certo silêncio, M.K.O. ergueu o punho no ar e gritou:

— *Awon omo yi nipe M.K.O. lewa ju gbogbo nkan lo!*

A multidão respondeu com grandes aclamação, alguns assobiaram com os dedos na boca. Ele ficou olhando para nós enquanto esperava o povo silenciar, antes de continuar em inglês:

— Em toda a minha vida na política, ninguém nunca me disse algo assim, nem mesmo minhas esposas... — A multidão o interrompeu com uma gargalhada estridente. — Ninguém, mesmo, jamais me disse que sou indescritivelmente lindo... *pe mo le wa ju gbogbo nka lọ.*

O coro de vozes vibrou mais uma vez quando ele me abraçou pelo ombro.

— Eles dizem que sou maravilhoso demais para descrever em palavras.

A multidão interrompeu sua frase com um alvoroço de aplausos, os urros cada vez mais altos.

— Eles dizem que não sou como nada já visto ou ouvido.

A multidão vibrou outra vez. Quando as vozes se acalmaram, M.K.O. explodiu num grito o mais alto possível:

— Como nada já visto ou ouvido pela República Federal da Nigéria!

A multidão continuou ovacionando por tempo quase ilimitado, depois deixou-o falar outra vez, mas agora conosco, não com eles.

— Vocês vão fazer uma coisa para mim. Vocês todos — falou, fazendo um círculo com o indicador no ar acima de nós. — Vão posar comigo para uma fotografia. Vamos usar isso na nossa campanha.

Concordamos, e Ikenna falou:

— Sim, senhor.

— *Oya*, fiquem ao meu lado.

Ele fez sinal para um ajudante se aproximar, um homem corpulento de terno marrom apertado e gravata vermelha. O homem se inclinou na direção dele e cochichou alguma coisa em seu ouvido, e a palavra "câmera" foi levemente audível. Imediatamente, um homem bem-vestido, de camisa azul e gravata, aproximou-se com uma câmera pendurada ao peito por uma correia preta com a palavra *NIKON* gravada em sua extensão. Outros correligionários tentaram afastar a multidão enquanto M.K.O. se distanciava de nós para apertar a mão de seu anfitrião, o político que estava ali perto querendo receber sua atenção. Depois M.K.O. virou-se para nós.

— Vocês estão prontos?

— Sim, senhor — respondemos em coro.

— Ótimo — ele replicou. — Vou ficar aqui no meio, e vocês dois — apontou para mim e Ikenna — ficam aqui. — Ficamos à sua direita, com Obembe e Boja à esquerda. — Ótimo, ótimo — murmurou.

O fotógrafo apontou a câmera, com um joelho no chão e o outro dobrado, e um flash brilhante iluminou nossos rostos por uma fração de segundo. M.K.O. aplaudiu, a multidão também aplaudiu e vibrou.

— Obrigado, Benjamin, Obembe, Ikenna. — M.K.O. apontou para cada um de nós enquanto dizia os nossos nomes. Quando ele chegou a Boja, fez uma pausa, meio confuso, e pediu que ele informasse o seu nome. M.K.O. repetiu o nome, separando as sílabas: — Bo-*ja*. Uau! — M.K.O. soltou uma risada. — Soa como *"Mo ja"* — "Eu lutei", em iorubá. — Você luta?

Boja meneou a cabeça.

— Ótimo — murmurou M.K.O. — Nunca lute. — Fez um gesto de negação com o dedo. — Lutar nunca é bom. Em que escola vocês estudam?

— Escola Primária e Maternal Omotayo, em Akure — respondi, da maneira cantada que tínhamos aprendido a usar para responder quando essa pergunta nos fosse feita.

— Ótimo, excelente, Ben. — M.K.O. levantou a cabeça em direção à multidão. — Senhoras e senhores, esses quatro garotos da mesma família vão ganhar uma bolsa de estudos da organização da campanha de Moshood Kashimawo Olawale Abiola.

Enquanto a multidão aplaudia, ele enfiou a mão no grande bolso lateral de seu *agbada* e entregou um maço de notas de nairas a Ikenna. — Fique com isso. — Ele puxou um dos auxiliares mais para perto. — O Richard vai levar vocês para casa, para os seus pais. Também vai tomar nota dos seus nomes e do endereço.

— Muito obrigado, senhor! — agradecemos quase em uníssono, mas ele não pareceu ter nos ouvido. Já tinha começado a andar em direção ao casarão com seus ajudantes e o anfitrião, virando-se às vezes para acenar para a multidão.

Seguimos o assistente até um Mercedes preto estacionado do outro lado da rua e voltamos para casa de carro. A partir daquele dia, começamos a nos orgulhar de sermos os garotos de M.K.O. Depois daquilo, nós quatro fomos chamados ao pódio e aplaudidos durante uma reunião matinal na escola, quando a diretora, que parecia já ter esquecido e perdoado as circunstâncias que levaram àquele encontro casual com o candidato, fez um longo discurso sobre a importância de causar boa impressão nas pessoas — ou de ser "bons embaixadores da escola". Em seguida anunciou, sob mais aplausos ainda, que nosso pai, o sr. Agwu, não mais precisaria pagar nossas mensalidades escolares.

Além dessa óbvia vantagem financeira, a fama angariada no nosso bairro e nos arredores e o alívio nas finanças do Pai, o calendário M.K.O. incorporava coisas maiores. Para nós, era uma insígnia, um testemunho de nossa afiliação com um homem que quase todo mundo no oeste da Nigéria acreditou que seria o próximo presidente do país. Naquele calendário residia uma grande esperança no futuro, pois acreditávamos ser as crianças da Esperança 93, aliados de M.K.O. Ikenna estava convencido de que M.K.O. seria o presidente, que iríamos a Abuja, a sede do governo nigeriano, que poderíamos passar pelos portões só por apresentar o calendário. Que M.K.O. nos colocaria em altos cargos, que provavelmente um de nós seria presidente da Nigéria algum dia. Acreditamos que isso poderia acontecer, e nossas esperanças foram depositadas no calendário, que agora Ikenna tinha destruído.


Quando a metamorfose de Ikenna se tornou catastrófica e começou a ameaçar a tranquilidade em que vivíamos, a Mãe ficou desesperada por uma solução. Fazia perguntas. Rezava. Alertava. Tudo em vão. Parecia cada vez mais óbvio que o Ikenna que fora nosso irmão tinha sido engarrafado, bem vedado e jogado num oceano. No dia em que o calendário especial foi destruído, a Mãe ficou abalada de uma forma indescritível. Quando ela voltou do trabalho naquele dia, Boja, que estava no meio dos pedaços queimados e já chorando havia muito tempo, entregou a ela o que restava do calendário, que tinha recolhido num pedaço de papel, dizendo:

— Foi isso que restou do calendário M.K.O., mamãe.

Incrédula, a Mãe foi até o quarto para ver a parede vazia, antes de desembrulhar o pacote que tinha nas mãos. Sentou numa cadeira ao lado da geladeira barulhenta. Ela sabia, como nós, que só tínhamos duas cópias, e que o Pai tinha dado uma delas para a diretora da nossa escola, que a havia pendurado no escritório dela desde que os assessores do chefe M.K.O. Abiola tinham pago a bolsa de estudos.

— O que aconteceu com Ikenna? — ela indagou. — Esse não era o calendário que ele seria capaz de matar para proteger, não era o motivo da briga com Obembe? — Ela vociferou repetidas vezes: — *Tufia!* — a palavra em igbo para "Deus nos livre", estalando os dedos acima da cabeça, um gesto supersticioso para afastar o demônio que via na atitude de Ikenna. Ela se referia a uma ocasião em que Ikenna bateu em Obembe por ter esmagado um pernilongo no calendário, deixando uma mancha indelével de sangue do mosquito no olho esquerdo de M.K.O.

Ficou ali sentada, perguntando-se sobre o que teria acontecido com Ikenna. Estava preocupada porque ele, até recentemente, era o nosso irmão amado, o pioneiro, que saíra no mundo à frente de todos nós, abrindo todas as portas. Ele nos orientava, protegia e liderava como uma tocha acesa. Mesmo que às vezes castigasse Obembe e a mim por discordar de Boja em certas questões, tornava-se um leão feroz se alguém estranho nos ameaçasse. Eu não sabia o que era viver sem ter contato com ele, sem vê-lo. Mas isso foi exatamente o que começou a acontecer, e, com o passar dos dias, parecia que ele deliberadamente procurava nos magoar.

Depois de ver a parede vazia naquela noite, a Mãe não disse mais nada. Simplesmente cozinhou *eba* e esquentou um caldeirão de sopa de *ogbono* que havia preparado no dia anterior. Depois de comermos, ela foi para o quarto, e achei que iria dormir. No entanto, por volta da meia-noite, ela entrou no quarto que eu dividia com Obembe.

— Acordem, acordem — falou, cutucando a gente.

Acordei gritando, sobressaltado. Quando abri os olhos, só consegui ver dois olhos piscando na escuridão.

— Sou *eu*, estão me ouvindo? — disse a Mãe. — Sou eu.

— Sim, mamãe — respondi.

— Shiii... Não grite. Vocês vão acordar Nkem.

Concordei com a cabeça, e Obembe também, ainda que não tivesse gritado como eu.

— Quero perguntar uma coisa a vocês dois — ela sussurrou. — Vocês estão acordados?

Bateu na minha perna mais uma vez. De pronto, respondi em voz alta:

— Estou! — ecoado por Obembe.

— *Ehen* — resmungou a Mãe. Ela parecia estar saindo de uma longa sessão de orações ou de choro ou, também era provável, das duas coisas. Pouco antes daquele dia, quando Ikenna se recusara a ir à farmácia com Boja, para ser exato, eu tinha perguntado a Obembe por que a Mãe chorava tanto, se não era mais criança e não tinha mais idade para chorar com tanta frequência. Obembe respondeu que também não sabia, mas achava que era comum as mulheres chorarem.

— Escutem — continuou a Mãe, sentada na cama com a gente. — Quero que vocês dois me contem o que provocou essa discórdia entre Ikenna e Boja. Tenho certeza de que vocês sabem, por isso podem me dizer... rápido, rápido.

— Eu não sei, mamãe — respondi.

— Vocês sabem, sim! — ela insistiu. — Alguma coisa deve ter acontecido... alguma briga ou discussão que não fiquei sabendo; alguma coisa. Pensem bem.

Assenti e comecei a pensar, tentando entender o que ela queria.

— Obembe! — chamou a Mãe, depois de perceber a parede de silêncio diante da sua pergunta.

— Mamãe.

— Conte para mim, a sua mãe, o que provocou essa discórdia entre os seus irmãos — ela repetiu, dessa vez em inglês. Amarrou a *wrappa* no peito como se tivesse se soltado, algo que costumava fazer quando estava agitada. — Eles brigaram?

— Não — respondeu Obembe.

— É verdade, Ben?

— Sim, é verdade, mamãe.

— *Fa lu ru ogu?* Eles discutiram? — perguntou, voltando ao igbo.
Nós dois respondemos:

— Não — com Obembe falando bem depois de mim.

— Então, o que aconteceu? — ela perguntou depois de uma breve pausa. — Contem para mim, *eh*, meus príncipes. Obembe Igwe, Azikiwe, *gwa nu mu ife me lu nu, biko* meus maridos — ela insistiu, empregando as expressões carinhosas com que nos tratava em ocasiões como essa, quando queria obter informações sobre nós. Conferiu realeza a Obembe, endereçando-se a ele com o título de um *igwe*, um rei tradicional. Usou o nome do primeiro presidente nativo da Nigéria, dr. Nnamdi Azikiwe, para mim. Assim que ela nos chamou por esses nomes, Obembe começou a olhar para mim — uma indicação de que havia algo que ele não queria dizer, mas que, comovido pelos afagos da Mãe, estava agora disposto a falar. Assim, a Mãe só precisou repetir as expressões carinhosas mais uma vez para Obembe desembuchar, pois ela já tinha vencido. Tanto ela quanto o Pai eram muito bons em desvendar nossos pensamentos. Os dois sabiam sondar tão a fundo a nossa psique quando queriam descobrir coisas, que às vezes era difícil imaginar que já não soubessem o que estavam perguntando e só desejassem uma confirmação.

— Mamãe, tudo começou no dia em que encontramos Abulu no Omi-Ala — revelou Obembe quando a Mãe repetiu a frase carinhosa.

— Hã? Abulu, o louco? — gritou a Mãe, levantando-se aterrorizada.

Ao que parece, Obembe não esperava aquela reação. Talvez por medo, baixou os olhos para o colchão sem cobertas estendido à sua frente e não disse mais nada. Pois se tratava de um segredo inviolável, que Boja nos tinha avisado para não revelar a ninguém quando Ikenna começara a traçar uma barreira entre nós e ele. Boja ressaltou que nós havíamos visto o que aquele encontro tinha feito com Ikenna, de forma que era melhor ficarmos de boca fechada. Nós concordamos, prometemos tirar aquilo da nossa lembrança, fazer uma lobotomia nos nossos cérebros.

— Eu fiz uma pergunta — insistiu a Mãe. — Que Abulu vocês encontraram? O louco?

— Sim — confirmou Obembe num sussurro e logo olhou para a parede que separava o nosso quarto do dos irmãos mais velhos, desconfiado de que tivessem ouvido a revelação do segredo.

— *Chi-neke!* — bradou a Mãe. Depois se sentou na cama devagar, com as mãos na cabeça. Continuou naquele estranho silêncio por um instante, rilhando os dentes e estalando a língua. — Então agora me diga — falou bruscamente —, o que aconteceu quando vocês encontraram com ele? Está me ouvindo, Obembe? Vou perguntar pela última vez, me conte o que aconteceu naquele rio.

Obembe hesitou por um bom tempo, com medo de contar a história que já tinha começado naquela reveladora sentença. Era tarde demais, pois a Mãe já estava numa expectativa ansiosa, preparada para subir a montanha, como se tivesse visto uma ave de rapina avançando e ela, a falcoeira, estivesse pronta para o confronto. Assim, agora seria impossível Obembe resistir às suas investidas, mesmo que quisesse.

Pouco mais de uma semana antes de a vizinha nos flagrar, meus irmãos e eu voltávamos do rio Omi-Ala com os outros garotos quando encontramos Abulu no caminho arenoso. Tínhamos acabado a pescaria e estávamos voltando para casa, falando sobre as duas grandes tilápias que havíamos pescado (sendo que Ikenna insistira ferozmente que um dos peixes era um acará) quando, ao chegarmos à clareira onde ficavam uma mangueira e a Igreja Celestial, Kayode gritou:

— Olha lá, um homem morto embaixo da árvore! Um homem morto! Um homem morto!

Todos nos viramos de repente e vimos um homem deitado num colchão de folhas ao pé da mangueira, a cabeça apoiada num pequeno galho quebrado ainda cheio de ramagem. Mangas de diferentes tamanhos e cores — amarelas, verdes, vermelhas — e em diferentes estágios de decomposição espalhavam-se por toda parte. Algumas estavam esmagadas, outras apodrecidas e bicadas por pássaros. As solas dos pés do homem, bem diante dos nossos olhos, eram tão feias e cheias de tendões fibrosos que pareciam ter sido escavadas por um pé de atleta, dando a impressão de um mapa complexo, colorido por folhas mortas grudadas nos contornos.

— Não é um homem morto; ele está cantarolando — disse Ikenna calmamente. — Deve ser algum louco; é assim que pessoas loucas se comportam.

Apesar de até aquele momento não ter escutado a musiquinha, comecei a ouvi-la quando Ikenna chamou a atenção.

— Ikenna tem razão — observou Solomon. — Esse é o Abulu, o louco que tem visões. — Em seguida, estalando os dedos, falou: — Eu detesto esse homem.

— Ah! — bradou Ikenna. — É ele?

— É ele... Abulu — confirmou Solomon.

— Eu não tinha reconhecido — declarou Ikenna.

Fiquei olhando para o louco, que Ikenna e Solomon tinham dito que conheciam, mas não me lembrava de tê-lo visto antes. Muitos malucos, indigentes e mendigos vagavam pelas ruas de Akure, e não havia nada de notável ou específico a respeito deles. Por isso achei estranho que aquele não só tivesse uma identidade específica como também um nome — um nome que as pessoas sabiam. Enquanto observávamos, o louco levantou as mãos e ficou parado com os braços erguidos, de maneira estranha, com uma imponência que me surpreendeu.

— Olha só isso! — disse Boja.

Abulu se sentou, como que grudado no lugar, o olhar fixo ao longe.

— Vamos deixar ele em paz e seguir nosso caminho — aconselhou Solomon. — Não vamos falar com ele, vamos embora; vamos deixar ele em paz...

— Não, não, vamos tirar um sarro com ele — sugeriu Boja, que havia se aproximado do homem. — Não vamos sair daqui desse jeito, isso pode ser engraçado. Escutem, a gente pode dar um susto nele e...

— Não! — replicou Solomon, agitado. — Ficou louco? Não sabe que esse homem é maligno? Você não conhece esse cara?

Solomon ainda estava falando quando o louco deu uma estrepitosa gargalhada. Assustado, Boja recuou depressa e voltou para junto de nós. Naquele momento, Abulu se pôs de pé com um salto acrobático e prodigioso. Encostou as mãos nos lados do corpo, trançou as pernas e caiu para trás sem mover um músculo do corpo, voltando à sua posição inicial. Encantados com aquela exibição acrobática, começamos a aplaudir e urrar de admiração.

— Ele é um gigante... é o Super-Homem! — gritou Kayode, e os outros deram risada.

Já tínhamos esquecido que estávamos indo para casa, que a escuridão cobria lentamente a superfície do horizonte e que nossa mãe logo estaria à nossa procura. Eu estava entusiasmado, fascinado por aquele homem estranho. Botei as mãos em concha na boca e falei:

— Ele parece um leão!

— Você compara tudo a animais, Ben. — Ikenna mexeu a cabeça como se aborrecido com a comparação. — Ele não parece com nada, entendeu? É apenas um maluco... um louco.

Enlevado naquele momento, fiquei observando aquela criatura incrível com toda a concentração que consegui, até gravar os detalhes na minha memória. Ele estava coberto de sujeira da cabeça aos pés. Quando se levantou num salto, parte da sujeira subiu com ele, enquanto parte foi deixada em manchas no chão. Havia uma cicatriz recente no rosto, pouco abaixo do queixo, e as costas estavam encrostadas, cobertas de mangas esmagadas em estado de putrefação. Seus lábios estavam secos e rachados. O cabelo era desgrenhado, amontoado como gavinhas, fazendo-o parecer um rastafári. Os dentes, quase todos enegrecidos como que chamuscados, lembraram-me dos ciganos engolidores de fogo e dos artistas de circo que expeliam fogo pela boca; provavelmente, pensei, essa proeza queimava os dentes deles. O homem estava nu diante dos nossos olhos, pelado a não ser por um trapo de pano que pendia frouxo do ombro à cintura; a região púbica estava coberta com uma densa folhagem de pelos, de onde o pênis cheio de nervuras pendia inerte como um cadarço. As pernas eram cheias de veias tensas e varicosas.

Kayode pegou uma manga do chão e atirou na direção de Abulu. Imediatamente, como se estivesse esperando, o louco pegou a manga no ar. Segurando a fruta como se fosse uma substância ácida de que não conseguisse se aproximar, levantou-se lentamente e ficou ereto. Com um grito alto e estridente, jogou a manga tão para o alto que pode ter caído no centro da cidade, a uns trinta quilômetros de distância. Isso nos deixou totalmente atônitos.

Ficamos ali parados em silêncio, imóveis, olhando para aquele homem, até Solomon dar um passo à frente e dizer:

— Estão vendo? Eu não falei para vocês? Acham que um homem normal pode fazer isso? — Apontou na direção do projétil, a manga. — Esse homem é do mal. Vamos embora e deixar ele aqui. Vocês não sabem como ele matou o próprio irmão, hein? O que pode ser pior do que um homem que mata o próprio irmão? — Ele ergueu a mão para segurar o lóbulo da orelha, como fazem as pessoas mais velhas para dar instruções a uma criança. — Nós precisamos ir para casa, já!

— Ele tem razão — concordou Ikenna depois de pensar um instante. — É melhor irmos pra casa. Olha, está ficando tarde.

Resolvemos sair dali, mas, assim que começamos a andar, Abulu deu uma gargalhada.

— Não liguem pra ele — falou Solomon, acenando para nós. Os outros começaram a andar, mas eu não conseguia. Fiquei com tanto medo pelo que Solomon falou que achei que o homem era tão perigoso que ia dar um bote e matar a gente. Virei para trás, e, quando vi que ele nos seguia, meu medo se incendiou.

— Vamos fugir! — gritei. — Ele vai matar a gente!

— Não, ele não pode matar a gente. — Ikenna se virou rapidamente para encarar o maluco. — Ele já viu que estamos armados.

— Com o quê? — perguntou Boja.

— Com nossos anzóis — respondeu Ikenna com convicção. — Se ele chegar mais perto, vamos rasgar a pele dele com esses anzóis, do jeito que matamos os peixes, e jogar o corpo no rio.

Como se detido por aquela ameaça, o louco parou e ficou imóvel, as mãos cobrindo o rosto, fazendo estranhos sons. Continuamos andando e já estávamos a alguma distância quando ouvimos um grito alto chamando o nome de Ikenna. Paramos imediatamente, chocados.

— *Ikera* — chamou a voz com um sotaque iorubá, abreviando tanto o som do *n* que soava como *Ikera*.

Surpresos, olhamos ao redor para ver quem estava dizendo aquele nome, mas Abulu era a única pessoa à vista. E agora estava a poucos metros de nós, os braços cruzados no peito.

— *Ikera!* — repetiu Abulu em voz alta, aproximando-se de nós devagar.

— Não vamos ficar aqui ouvindo as profecias de Abulu. *O le wu.* Ele é perigoso! — gritou Solomon, com seu iorubá engrossando seu dialeto oyo com um som nasalado. — Vamos pra casa, vamos embora. — Empurrou Ikenna para diante. — Não é bom ouvir as profecias de Abulu, Ike. Vamos embora!

— É mesmo, Ike — reforçou Kayode —, esse homem é do diabo, e nós somos cristãos.

Por um instante, ficamos todos esperando Ikenna, agora com os olhos fixos no louco. Sem se virar para nós, ele meneou a cabeça e bradou:

— Não!

— Não o quê? Você não conhece o Abulu? — perguntou Solomon, agarrando Ikenna pela camisa. Mas Ikenna se desvencilhou, deixando um pedaço da velha camiseta de um hotel nas Bahamas na mão dele.

— Me deixem aqui — disse Ikenna. — Eu não vou sair daqui. Ele está dizendo o meu nome. *Ele está dizendo o meu nome.* Como ele sabe o meu nome? Como é que... ele está dizendo o meu nome?

— Talvez tenha ouvido de um de nós — replicou Solomon, no mesmo tom convicto de Ikenna.

— Não, não foi isso — retrucou Ikenna. — Ele não ouviu de ninguém.

Tinha acabado de dizer isso quando, numa voz mais sutil, mais suave, Abulu disse outra vez:

— *Ikera.* — Levantando as mãos, o louco eclodiu numa canção que eu já tinha ouvido pessoas cantar no nosso bairro, sem saber de onde era ou o que significava, e a música se chamava "O semeador de coisas verdes".

Ficamos todos ouvindo o canto arrebatado de Abulu por um tempo, até mesmo Solomon. Depois, balançando a cabeça, Solomon pegou sua linha de pesca, jogou o pedaço da camiseta de Ikenna no chão e declarou:

— Você e seus irmãos podem ficar, mas eu vou embora.

Solomon se afastou, Kayode foi atrás. Igbafe, visivelmente indeciso, lançava olhares para nós e para a dupla que se afastava. Então começou a andar devagar até que, depois de uns cem metros, começou a correr.

Quando perdi Kayode de vista, Abulu já tinha parado de cantar, voltando a repetir o nome de Ikenna. Depois do que pareceu a milésima vez que chamou o nome do meu irmão, ele revirou os olhos para cima, levantou as mãos e gritou:

— *Ikera*, você vai estar preso como um pássaro no dia em que morrer! — Ele chorou, cobrindo os olhos com as mãos para demonstrar cegueira.

— *Ikera*, você vai estar mudo — continuou, tapando os ouvidos com as mãos.

— *Ikera*, você vai estar aleijado — afirmou, afastando as pernas, juntando as mãos num gesto de súplica espiritual. Depois juntou as pernas e caiu para trás na terra, como se os ossos dos joelhos tivessem se quebrado de repente.

— Sua língua vai saltar da sua boca como uma fera faminta, e nunca mais vai ser recolhida. — Ele colocou a língua para fora e tocou um dos lados da boca.

— *Ikera*, você vai levantar as mãos em busca de ar, mas não vai conseguir. *Ikera*, nesse dia você vai abrir a boca para falar — o louco abriu a boca e fez um longo som arfante de *ah, ah* —, mas as palavras vão petrificar na sua boca.

Enquanto falava, o zunido de uma aeronave sobrevoando acima abafou sua voz num murmúrio desesperado, e depois, quando o avião chegou bem mais perto, engoliu o resto das suas palavras como uma estola. A última declaração que ouvimos foi:

— *Ikera*, você vai nadar num rio vermelho e nunca mais vai sair dele. Sua vida... — A voz era quase inaudível. O estrondo e as vozes de crianças nas redondezas vibrando com o avião transformaram a noite numa bruma cacofônica. Abulu lançou um olhar frenético para cima, confuso. Então, como que furioso, continuou num tom de voz mais alto, reduzido a sussurros abafados pelo estrondo da aeronave. Quando o som diminuiu, ouvimos quando ele disse: — *Ikera*, você vai morrer como um galo.

Abulu ficou em silêncio, a expressão desanuviada, tomada pelo alívio. Ele ergueu uma das mãos como se escrevesse alguma coisa num papel invisível ou num livro, com uma caneta que ninguém mais via além dele. Quando pareceu ter chegado a uma conclusão, começou a andar, cantarolando e batendo palmas.

Ficamos observando o gingado da sua nuca para a frente e para trás enquanto cantava e dançava, a letra intensa da música ressoando como uma poeira levada pelo vento.

| | |
|---|---|
| *A fe f ko le fe ko* | Assim como o vento não pode |
| *ma kan igi oko* | soprar sem tocar as árvores |
| *Osupa ko le hon ki* | Assim como ninguém pode tapar a |
| *enikan fi aso di* | luz da lua com um papel |
| *Oh, Olu Orun,* | Ó, pai do anfitrião de quem sou o |
| *eni ti mo je Ojise fun* | oráculo |
| *E fa orun ya,* | Imploro para que rasgue o |
| *e je ki ojo ro* | firmamento e nos dê chuva |
| *Ki oro ti mo to* | Que as coisas verdes que semeei |
| *gbin ba le gbo* | vivam |
| *E ba igba orun je,* | Que as estações sejam mutiladas |
| *ki oro mi bale mi* | para que minhas palavras respirem |
| *Ki won ba le gbo.* | Para que deem frutos. |

O louco continuou cantando enquanto se afastava, até sua voz esmaecer, junto de todo o seu comboio corpóreo — sua presença, seu cheiro, a sombra que se agarrava na árvore e na terra, seu corpo. E, quando sumiu de vista, percebi que a noite tinha caído ao nosso redor, pesada, recobrindo o teto do mundo com um toldo crepuscular e — no que pareceu um piscar de olhos — transformando os pássaros aninhados na mangueira e os arbustos rasteiros ao redor em objetos negros e imperceptíveis aos olhos. Até a bandeira da Nigéria que pendia no posto policial, a duzentos metros de distância, tinha escurecido, e as montanhas distantes se mesclavam com o céu escuro como se não houvesse divisão entre o céu e a terra.

Só depois disso meus irmãos e eu fomos para casa, esfolados como se tivéssemos apanhado numa briga, enquanto o mundo ao redor continuava a funcionar sob o maquinário das coisas inalteradas, sem nada que indicasse que algo portentoso e importante tinha nos acontecido. Pois a rua estava viva, efervescendo na cacofonia noturna dos vendedores ambulantes, com as velas e os lampiões nas mesas e pessoas andando em meio àquelas sombras espalhadas no chão, nas paredes, nas árvores e nas casas, como em murais de tamanho natural. Um *hausa* com trajes do norte estava ao lado de um barraco de madeira coberto de lona, revirando uma pilha de carne fatiada num recipiente de metal posicionado sobre um leito de brasas que exalava uma fumaça preta. Do outro lado, duas mulheres sentadas num banco, debruçadas numa fogueira, assavam milho.

Estávamos bem perto de casa quando Ikenna parou de andar, forçando-nos a parar também, imóvel na nossa frente, como uma mera silhueta.

— Algum de vocês ouviu o que ele falou quando o avião estava passando? — perguntou numa voz trêmula, mas controlada. — Abulu continuou falando, mas eu não ouvi.

Eu não tinha ouvido nada; o avião havia chamado tanto a minha atenção que, pelo tempo em que esteve visível, fiquei olhando direto para ele, a mão protegendo os olhos para ter um vislumbre dos passageiros, certamente estrangeiros, talvez indo para algum lugar no mundo ocidental. Parecia que nem Boja nem Obembe tinham ouvido coisa alguma, pois nenhum deles falou nada. Ikenna deu meia-volta e já ia começar a andar quando Obembe falou:

— Eu ouvi.

— E o que está esperando pra me falar? — rugiu Ikenna num tom estridente. Nós três demos alguns passos para trás.

Obembe refugou, com medo de que Ikenna batesse nele.

— Você ficou surdo? — berrou Ikenna.

A raiva na voz de Ikenna me assustou. Abaixei a cabeça para não ter de olhar direto para ele, preferindo me concentrar na sua sombra que se espraiava na terra. Enquanto acompanhava suas ações pelos movimentos da sombra, vi que jogou alguma coisa que tinha na mão no chão. Depois a sombra fluiu na direção de Obembe, primeiro a cabeça se alongou e depois retomou a forma. Quando se aprumou, agitou os braços por um instante, e ouvi o som da lata de Obembe caindo, senti o borrifo do conteúdo na minha perna. Dois peixinhos — um deles o que Ikenna insistiu ser um acará — caíram da lata e começaram a se contorcer e resvalar na terra, enlameados na água esparramada, enquanto a lata girava de um lado a outro, despejando mais água e girinos, até se imobilizar. Por um momento, aquelas sombras não se moveram. Depois um braço se esticou num arco amplo, e ouvi a voz de Ikenna num grito:

— Diga logo!

— Você não ouviu o que ele falou? — perguntou Boja em tom ameaçador, embora Obembe, imóvel e se protegendo com a mão de um esperado ataque de Ikenna, já tivesse começado a falar.

— Ele disse... — gaguejou Obembe, mas foi interrompido quando Boja falou. Ele começou de novo: — Ele disse... que você vai ser morto por um pescador, Ike.

— O quê? Por um pescador? — retorquiu Boja.

— Um pescador? — repetiu Ikenna.

— É, um pescador... — Obembe não completou a sentença, pois estava tremendo.

— Tem certeza? — perguntou Boja. Quando Obembe aquiesceu, Boja falou: — Como ele disse isso?

— Ele disse: "*Ikera*, você vai..." — Parou de falar, os lábios trêmulos, olhando fixo à frente para Ikenna e depois para o chão. Foi com os olhos baixos que continuou: — Ele disse: "Ikenna, você vai morrer pelas mãos de um pescador".

É difícil esquecer a nuvem negra que cobriu a expressão de Ikenna quando Obembe proferiu aquelas palavras. Ele olhou para o alto como se procurasse alguma coisa, depois virou na direção de onde o louco tinha saído, mas não havia nada a ver, a não ser um céu alaranjado.

Estávamos quase no portão de casa quando Ikenna nos encarou, sem fixar o olhar em ninguém em particular.

— Ele teve uma visão de que um de vocês vai me matar — falou.

Outras palavras penderam frenéticas de seus lábios, mas ele não pronunciou nenhuma. As palavras pareceram se retrair como se amarradas por uma corda que as puxava de volta com uma mão invisível. Em seguida, como se não soubesse o que dizer ou fazer e sem esperar que um de nós falasse — pois Boja ia começar a dizer alguma coisa —, ele se virou e entrou pelo portão, e nós o seguimos.

# 6
## O LOUCO

*Aqueles que os deuses escolhem para destruir,*
*eles atormentam com a loucura.*
— PROVÉRBIO IGBO

ABULU ERA UM LOUCO:

Segundo Obembe, o cérebro dele se dissolveu em sangue depois de um acidente quase fatal que o deixara insano. Obembe, por quem eu vim a entender a maioria das coisas, conhecia a história de Abulu, sabe Deus como, e me contou uma noite. Contou que Abulu, como nós, tinha um irmão. O nome dele era Abana. Alguns vizinhos da nossa rua se lembravam dele como um de dois irmãos que frequentavam o Colégio Aquinas, a primeira escola de ensino médio na cidade, que usavam camisas brancas lisas e calções cáqui sempre imaculadamente limpos. Obembe disse que Abulu adorava o irmão; que os dois eram inseparáveis.

Abulu e o irmão foram criados sem pai. Quando eram garotos, o pai deles partiu para uma peregrinação até Israel e nunca mais voltou. Quase todo mundo acreditava que tinha sido morto por uma bomba em Jerusalém, enquanto um dos amigos, que tinha ido na mesma peregrinação, dizia que ele fora para a Áustria com uma austríaca e se estabeleceu por lá. Por isso, Abulu e Abana viviam com a mãe e a irmã mais velha, que aos quinze anos de idade resolveu se prostituir e se mudou para Lagos para exercer seu ofício.

A mãe deles tinha um pequeno restaurante. Construído com madeira e zinco, era popular na nossa rua nos anos 1980. Obembe disse que até o Pai comeu lá algumas vezes quando a Mãe estava grávida e ficou pesada demais para cozinhar. Abulu e o irmão trabalhavam no restaurante depois das aulas, lavando pratos e limpando as mesas depois das refeições, enchendo paliteiros, varrendo o chão — que foi escurecendo de sujeira e fuligem até parecer uma oficina mecânica — e afastando as moscas na estação das chuvas com abanos feitos de ráfia. Ainda assim, a despeito de tudo o que faziam, o restaurante dava pouco retorno, e eles não conseguiam pagar por uma boa escola para estudar.

O desejo e a carência explodiram na cabeça deles como uma granada, deixando fragmentos de desespero na detonação, por isso, com o passar do tempo, os garotos começaram a roubar. Quando eles assaltaram a casa de uma viúva rica com facas e revólveres de brinquedo, levando uma mala cheia de dinheiro, a mulher soou o alarme quando eles fugiram, e uma turba iniciou uma caçada. Um carro em alta velocidade atropelou Abulu quando ele tentava atravessar uma rua apressado, para fugir de seus perseguidores, e não parou. Ao ver aquilo, a turba logo se dispersou, deixando Abana sozinho com o irmão ferido. Sozinho, ele pegou Abulu e conseguiu levá-lo ao hospital, onde os médicos lutaram para conter um ferimento irremediável. As células cerebrais de Abulu, contou Obembe, saíram flutuando de seus compartimentos para zonas estranhas da sua cabeça, mudando suas configurações mentais e gerando consequências terríveis.

Quando recebeu alta, Abulu voltou para casa como um ser humano bem diferente — como um recém-nascido com a mente em branco, sem nenhum registro. Naqueles dias, ele só ficava olhando — fixamente, concentrado —, como se os olhos fossem os únicos órgãos de seu corpo e pudessem realizar as funções de todos os outros, ou como se todos os órgãos estivessem mortos menos os olhos. Com o passar do tempo, a insanidade se implantou e, mesmo que às vezes permanecesse dormente, podia ser despertada quando acionada, como um tigre adormecido. As coisas que despertavam sua insanidade eram diversas e numerosas — uma visão, uma cena, uma palavra, qualquer coisa. O ruído de um avião passando por cima da casa foi a primeira causa. Abulu gritou de raiva e rasgou as próprias roupas quando o avião passou voando. Não fosse pela oportuna intervenção de Abana, ele teria saído de casa. Abana lutou para segurar o irmão no chão e mantê-lo quieto até ele parar de resistir. Depois, ele ficou estendido no chão, dormindo. Em outra ocasião, a insanidade foi provocada ao ver sua mãe nua. Estava sentado numa das cadeiras da sala de estar quando a viu entrando no banheiro sem roupa. Pulou da cadeira como se tivesse visto uma aparição, escondeu-se atrás da porta e ficou espiando pelo buraco da fechadura enquanto ela tomava banho, com aquela imagem injetando muitos dados estranhos em seu cérebro. Tirou o pênis ereto e começou a se tocar. Ao ver que a mãe estava para sair do banho, escondeu-se e se despiu em silêncio. Em seguida, invadiu o quarto dela, jogou-a na cama e a estuprou.

Abulu não saiu da cama da mãe depois; ele a abraçou como se ela fosse sua esposa, e ela chorou e se lamentou nos braços do filho até Abana, o irmão, voltar para casa. Furioso com o que Abulu tinha feito, Abana bateu em Abulu com um cinto de couro, recusando-se a atender aos pedidos da mãe, até o irmão sair correndo do quarto todo dolorido. Abulu arrancou a antena externa da televisão de seu frágil suporte, voltou ao quarto e empalou o irmão na parede com ela. Em seguida, dando um grito horrendo, fugiu de casa. Sua loucura estava afinal plenamente estabelecida.

Nos primeiros anos, Abulu andava e dormia nos mercados, prédios em construção, depósitos de lixo, esgotos a céu aberto, embaixo de carros estacionados — em qualquer lugar em que a noite o encontrasse, até um dia achar um caminhão depenado a poucos metros da nossa casa. O caminhão tinha batido em um poste de luz em 1985, matando uma família inteira. Abandonado por causa de sua história sangrenta, aos poucos foi sendo engolfado por uma colônia de cactos selvagens e orelhas-de-elefante. Assim que encontrou o caminhão, Abulu se pôs a trabalhar, desalojando nações de aranhas, exorcizando os indomáveis espíritos dos mortos, cujas manchas de sangue deixaram marcas perpétuas nos bancos. Removeu fragmentos de cacos de vidro, eliminou minúsculas ilhas de musgo que se apegavam à carroceria recoberta de traças e aniquilou uma indefesa raça de baratas. Depois levou todos os seus pertences para o veículo — materiais recolhidos do lixo, diversos tipos de objetos descartados e quase qualquer coisa que aguçasse sua curiosidade — e fez do caminhão o seu lar.

A insanidade de Abulu era de dois gêneros — como se demônios gêmeos estivessem sempre competindo com diferentes cânticos em sua cabeça. Um deles tocava um cântico que se passava por uma loucura normal, que o fazia vagar pela cidade pelado, sujo, malcheiroso, coberto de resíduos e seguido por uma nuvem de moscas, que o fazia dançar pela rua, recolher detritos de latas de lixo para comer, monologar em voz alta ou conversar com gente invisível em idiomas que não pertenciam a este mundo, gritar com objetos, gingar o corpo nas esquinas, palitar os dentes com gravetos encontrados no lixo, excretar em beiras de estrada e fazer todas as coisas que os indigentes costumam fazer. Andava sempre com a cabeça envolta por longos cabelos, o rosto marcado por bolhas e a pele gordurosa de sujeira. Às vezes, conversava com uma legião de sósias seus ou amigos invisíveis cuja presença não era percebida por olhares normais. Quando estava nessa esfera de insanidade, tornava-se um homem em movimento — estava quase o tempo todo andando. E fazia isso quase sempre descalço, caminhando por ruas de terra de acordo com as estações, mês a mês e ano a ano. Rondava por depósitos de lixo, por pontes decaídas com madeiras rachadas e até por instalações industriais que em geral estavam atulhadas de pregos, metais, ferramentas quebradas e objetos pontiagudos. Uma vez, quando dois automóveis se chocaram na rua, Abulu — sem saber do acidente — caminhou sobre o vidro estilhaçado e sangrou tanto que desmaiou e ficou estendido no chão até a polícia chegar e tirá-lo de lá. Muitos que viram o que aconteceu acharam que ele tinha morrido e ficaram surpresos ao vê-lo voltar para o caminhão seis dias depois, com o corpo cheio de cortes e ainda vestido com roupas do hospital, as pernas varicosas escondidas em meias.

Em seus acessos de insanidade total, Abulu saía pela rua completamente nu, balançando o pênis enorme — às vezes em estado de ereção — sem se envergonhar, como se fosse um anel de noivado de um milhão de nairas. Certa vez, seu pênis gerou um escândalo popular, provocando comentários de todos na cidade. Uma viúva, que queria muito ter um filho, seduziu Abulu: levou-o pela mão para sua casa uma noite, deu-lhe um banho e fez sexo com ele. Dizem os rumores que a insanidade de Abulu desapareceu temporariamente enquanto estava com aquela mulher. Quando o caso se tornou público e as pessoas começaram a chamá-la de esposa de Abulu, a mulher saiu da cidade,

88 *Chigozie Obioma*

deixando o louco com uma tremenda obsessão por mulheres e sexo. Não muito depois, começaram a correr boatos sobre suas visitas noturnas ao La Room Motel. Dizia-se que algumas prostitutas costumavam recolhê-lo em seus quartos sob a cobertura espessa da escuridão. Quase tão desenfreadas quanto esses boatos eram as lendárias masturbações públicas de Abulu. Uma vez, Solomon nos contou que ele e outros viram um louco se masturbando embaixo da mangueira ao lado da Igreja Celestial perto do rio. Eu não conhecia Abulu naquela época, nem sabia o que significava masturbação. Depois Solomon nos contou, em 1993, que Abulu foi apanhado agarrado à colorida estátua da Madona em frente à grande Catedral de Santo André. Talvez pensando que fosse uma linda mulher que, ao contrário das outras a quem lançava olhares, não fez nada para resistir, ele abraçou a estátua e começou a se esfregar, gemendo, enquanto pessoas se juntavam ao redor, dando risada, até alguns devotos o tirarem de lá. A igreja católica acabou demolindo a profanada estátua, construindo outra dentro do pátio da igreja, que era cercado. Depois, como se não fosse o suficiente, rodearam a estátua com uma cerca de ferro com um portão.

Apesar de toda a agitação que provocava, esse gênero de insanidade de Abulu não fazia mal a ninguém.

O outro gênero de insanidade de Abulu era extraordinário, um estado em que era acometido por súbitos espasmos que o tiravam deste mundo — enquanto fuçava uma lata de lixo, dançava alguma música inaudível ou qualquer outra coisa que fizesse — e o arremessavam num mundo de sonhos. Mesmo nesse estado, ele nunca saía completamente do nosso mundo; ficava nos dois — uma perna aqui, outra lá, como um mediador entre dois domínios, um intermediário não convidado. Suas mensagens eram para as pessoas deste mundo. Ele intimava espíritos tranquilos, atiçava a violência de pequenas chamas e estremecia a vida de muita gente. Geralmente entrava nesse domínio à noite, quando o sol já tinha despejado toda a sua luz. Quando se transformava em Abulu, o Profeta, ele saía cantando, batendo palmas e profetizando. Invadia casas que estivessem com os portões destrancados como um ladrão, se tivesse alguma profecia para alguém lá dentro. Irrompia em qualquer ocasião para declarar suas visões — até mesmo em funerais. Ele se transformava num profeta, num espantalho, numa deidade, até mesmo num oráculo. Havia ocasiões em que estilhaçava os dois domínios ou se movimentava entre eles, como se a divisória entre os dois fosse da espessura de um hímen. Às vezes, quando encontrava pessoas para quem precisava profetizar, entrava temporariamente nesse outro estado e enunciava sua previsão. Corria atrás de um veículo em movimento gritando sua profecia, se fosse destinada a alguém lá dentro. Era comum as pessoas ficarem violentas quando ele tentava fazer com que ouvissem sua visão; às vezes o machucavam, lançavam maldições, lágrimas e lamúrias na cabeça dele — como uma pilha de roupa suja.

A razão por que o odiavam era por acreditarem que sua língua abrigava um catálogo de catástrofes. A língua de Abulu era um escorpião. As profecias que fazia para as pessoas geravam o terror do destino maldito que as esperava. De início, ninguém dava importância às suas palavras, até seguidos eventos enterrarem a possibilidade de que as coisas que via eram apenas bolsões de coincidências. A primeira delas, e a de maior destaque, foi quando previu um sinistro acidente automobilístico que ceifou uma família inteira. O carro em que estavam mergulhou num trecho maior do Omi-Ala, perto da cidade de Owo, afogando a todos — exatamente da forma como Abulu dissera que aconteceria. Depois houve o homem que ele previu que morreria de "prazer"; o sujeito foi retirado dias depois de um bordel, após morrer enquanto fazia sexo com uma das prostitutas. Essa sequência de acontecimentos ficou gravada em letras flamejantes na lembrança das pessoas, incutindo o medo das profecias de Abulu em suas mentes. As pessoas começaram a encarar suas visões como inevitáveis, acreditando que Abulu era um oráculo, uma espécie de telégrafo do destino. Desde então, sempre que ele fazia uma previsão a alguém, acreditava-se tanto na inevitabilidade do destino que em muitos casos as pessoas tentavam evitar o acontecimento. Um exemplo memorável foi o caso da filha de quinze anos de um homem que era dono do maior teatro da cidade. Abulu previu que ela sofreria um brutal estupro do filho que ia gerar. Profundamente abalada pela expectativa sombria que a aguardava, a garota tirou a própria vida e deixou uma nota dizendo que preferia não esperar para enfrentar aquele futuro.

Com a passagem do tempo, o louco se tornou uma ameaça, um terror na cidade. O cântico que entoava depois de cada profecia ficou conhecido por quase todos os moradores da cidade, que se sentiam apavorados.

Mais perturbadora era a tendência de Abulu de espreitar o passado das pessoas da mesma forma que fazia com o futuro, desmantelando vaidosos domínios de recônditos pessoais e desenterrando cadáveres mumificados de segredos soterrados. Os resultados eram sempre funestos. Uma vez, ao ver uma mulher saindo de um carro com o marido, Abulu disse que ela era uma puta.

— *Tufia!* — bradou, disparando: — Você continua dormindo com Matthew, amigo do seu marido, na sua cama matrimonial? Você não tem vergonha! Não tem vergonha!

Depois de destruir um casamento, pois, apesar de uma sequência de negativas, o marido confirmou o caso extraconjugal e se divorciou da mulher, o louco saiu andando normalmente, como que ignorando o que fizera.

A despeito de tudo isso, uma parcela da população de Akure gostava de Abulu e queria mantê-lo vivo, pois ele também ajudava as pessoas. Um assalto à mão armada foi evitado quando Abulu saiu anunciando que quatro homens "usando máscaras e roupas escuras" atacariam o bairro naquela noite. A polícia foi chamada para ficar de vigília, e os ladrões foram detidos quando apareceram. Mais ou menos na mesma época em que previu o assalto, revelou também o esconderijo de certos homens que haviam sequestrado uma garotinha. A menina era filha de um político. Uma noite, seguindo as minuciosas instruções de Abulu, a polícia prendeu os homens e resgatou a menina. Mais uma vez, Abulu mereceu elogios, e as pessoas contaram que o político encheu o caminhão de Abulu com presentes. Disseram até que o político pensou em levá-lo a um hospital psiquiátrico para ser curado, mas outros discordaram, argumentando que, se deixasse de ser insano, ele não teria mais utilidade para ninguém. Abulu sempre conseguiu escapar da psiquiatria. Depois do incidente em que saiu andando em cima de um mar de cacos de vidro, foi levado para um hospital psiquiátrico. Mas discordou dos médicos o tempo todo em que esteve lá, dizendo que era uma pessoa saudável e afirmando estar sendo encarcerado ilegalmente. Quando isso não funcionou, Abulu deu início a uma greve de fome suicida, recusando-se até a beber água — independentemente de quanto fosse pressionado. Temendo que morresse de fome e graças a seus pedidos por um advogado, eles o libertaram.

# 7
## A FALCOEIRA

*Girando e girando em círculos que se ampliam,
o falcão não pode ouvir os comandos do falcoeiro.*
— W. B. YEATS

A MÃE ERA UMA FALCOEIRA:

Daquelas que ficavam nas montanhas vigiando, tentando rechaçar qualquer ameaça que considerasse estar rondando os filhos. Guardava cópias de nossas personalidades nos bolsos da própria mente e, assim, podia facilmente farejar problemas ainda no nascedouro, da mesma maneira que marinheiros discernem o tipo da tempestade em formação que se avizinha. Às vezes nos bisbilhotava, tentando captar fragmentos de nossas conversas, mesmo antes de o Pai se mudar de Akure. Algumas vezes em que nos reuníamos no quarto de algum irmão, um de nós se esgueirava até a porta para conferir se ela estava do outro lado. Abríamos a porta e a pegávamos em flagrante. Como um falcoeiro que conhece bem os seus pássaros, a Mãe quase sempre conseguia nos rastrear. Talvez já tivesse começado a sentir que havia algo errado com Ikenna, mas, quando viu o calendário M.K.O. arruinado, ela sentiu o cheiro, viu, soube e entendeu que Ikenna estava passando por uma metamorfose. Assim, foi numa tentativa de descobrir como tudo tinha começado que ela convencera Obembe a divulgar os detalhes do encontro com Abulu.

Apesar de Obembe ter omitido o que aconteceu depois que Abulu se afastou, na parte em que contou para nós o que ele dissera quando o avião passou voando, a Mãe foi envolvida por uma tristeza monstruosa. Pontuou cada trecho do relato com um grito trêmulo de "Meu Deus, Meu Deus" e, quando Obembe concluiu, ela se levantou agitada, mordendo os lábios, visivelmente atormentada por dentro. Saiu do quarto sem dizer uma palavra, tremendo da cabeça aos pés, como se tivesse pegado um resfriado, enquanto Obembe e eu ficamos ponderando sobre o que nossos irmãos fariam se soubessem que tínhamos revelado o segredo a ela. Bem naquele momento, ouvi a voz dela falando com eles, confrontando aquele fato e interpelando por que não tinham contado sobre aqueles fatos. A Mãe mal tinha saído do quarto deles quando Ikenna invadiu o nosso, furioso, querendo saber qual idiota havia revelado o segredo. Obembe enfatizou que ela o forçara a contar, falando bem alto, de propósito, para que a Mãe pudesse ouvir e intervir. Foi o que ela fez. Ikenna saiu jurando nos castigar quando ela não estivesse por perto.

Mais ou menos uma hora depois, quando parecia ter se recuperado um pouco, a Mãe nos reuniu na sala de estar. Usava uma echarpe semelhante à cauda de um pássaro amarrada atrás da cabeça, um sinal de que estivera rezando.

— Quando eu vou ao riacho — a Mãe começou a dizer com uma voz rouca e entrecortada —, eu levo meu *udu*. Paro no ribeirão e encho o meu *udu*. E me afasto do riacho... — Ikenna abriu um grande bocejo e soltou um suspiro pesado. A Mãe fez uma pausa, olhou para ele por um tempo antes de continuar: — Eu saio andando... para minha casa, para minha casa. Quando chego lá, ponho meu pote na mesa só para descobrir que está vazio.

Ela deixou as palavras assentarem, passando os olhos por nós. Eu a imaginei passando perto de um rio com um *udu* — uma moringa de barro — equilibrado na cabeça, preso por uma *wrappa* dobrada em várias camadas em forma de anel. Eu estava tão envolvido e comovido com aquela história simples, pelo tom com que ela contava, que nem queria saber do que se tratava, pois sabia que aquelas histórias, contadas como se tivéssemos feito alguma coisa errada, sempre tinham significados ocultos, pois a Mãe falava e pensava em parábolas.

— Vocês, meus filhos — continuou —, vazaram do meu *udu*. Achei que tive vocês, que levei vocês no meu *udu*, que minha vida estava preenchida por vocês, mas estava enganada. — Ela estendeu as mãos e deixou-as em forma de concha. — Eu estava enganada. Debaixo do meu nariz, vocês ficaram pescando naquele rio durante semanas. Agora, por mais tempo ainda, vocês guardaram um segredo mortal enquanto achei que estavam seguros, que eu saberia se estivessem em perigo.

Ela meneou a cabeça.

— Vocês precisam ser purgados de qualquer tipo de encantamento maligno que Abulu tenha lançado. Vamos todos à missa da igreja esta noite. Por isso, hoje ninguém vai a lugar nenhum. Assim que der quatro horas, nós vamos todos à igreja.

A risada alegre de David foi ouvida no quarto da Mãe, onde ela o tinha deixado com Nkem, preenchendo o silêncio criado depois daquele discurso, enquanto nos observava para garantir que as palavras tinham entrado em nossas cabeças.

A Mãe se levantou e começou a ir para o quarto, mas parou de repente por algo que Ikenna falou. Mais do que depressa, ela se virou.

— *Eh?* Ikenna, *isi gini?* O que você disse?

— Eu disse que não vou fazer purificação alguma na igreja com a senhora hoje — respondeu Ikenna, mudando para igbo. — Não aguento ficar na frente daquela congregação, cheia de gente em cima de mim tentando me benzer. — Ele se levantou do sofá de forma abrupta. — É sério, eu simplesmente não quero. Não estou com nenhum demônio; eu estou bem.

— Ikenna, você perdeu o juízo? — perguntou a Mãe.

— Não, mamãe, simplesmente não quero ir lá.

— Como? — gritou a Mãe. — Ike-nna?

— É a verdade, mamãe — ele replicou. — Simplesmente não quero. — Ele meneou a cabeça — Não quero, mamãe, *biko*, por favor, eu não quero ir a igreja alguma.

Boja, que não falava com Ikenna desde a briga por causa do programa de televisão, levantou-se e disse:

— Nem eu, mamãe. Não vou tomar bênção nenhuma. Não acho que alguém aqui esteja precisando ser libertado de algo. Eu não vou.

A Mãe fez menção de dizer alguma coisa, mas as palavras voltaram cambaleando para sua garganta, como um homem caindo de uma escada. Ficou olhando de Ikenna para Boja com uma expressão chocada.

— Ikenna, Bojanonimeokpu, será que vocês não aprenderam nada? Querem que a profecia daquele louco se realize? — Uma bolha frágil de saliva formou-se nas bordas de sua boca entreaberta, estourando quando voltou a falar: — Ikenna, veja como você já mudou. O que você acha que é a causa do seu mau comportamento, a não ser acreditar que seus irmãos vão te matar? E agora você fica aí, me encarando, dizendo que não precisa de orações... que não quer ser abençoado? Será que todos esses anos de educação e esforços meus e de Eme não ensinaram nada a você? *Ehh?*

A Mãe fez a última pergunta gritando, abrindo os braços num gesto histérico. Porém, com uma determinação que poderia esmagar portões de ferro, Ikenna falou:

— Eu não vou, e tenho dito. — Parecendo encorajado pelo apoio de Boja, Ikenna foi para o quarto. Assim que fechou a porta, Boja levantou e saiu na direção oposta, para o quarto que Obembe e eu dividíamos. Sem palavras, a Mãe afundou no sofá e mergulhou no caldeirão dos próprios pensamentos, enlaçada nos próprios braços, mexendo a boca como se estivesse dizendo alguma coisa com o nome de Ikenna, embora fosse inaudível. David jogou uma bola que quicou pelos degraus da escada, rindo em voz alta enquanto tentava imitar sozinho o som de espectadores de um estádio de futebol. Estava gritando quando Obembe foi se sentar ao lado da Mãe.

— Mamãe, eu e Ben vamos com você — falou.

A Mãe olhou para ele com os olhos enevoados de lágrimas.

— Ikenna... e Boja... são estranhos agora — balbuciou, balançando a cabeça. Obembe se aproximou mais, ficou dando tapinhas em seu ombro com seus braços compridos, enquanto ela repetia: — Estranhos.

Durante o resto do dia, até o momento em que saímos para a igreja, fiquei pensando em tudo aquilo, como aquela visão tinha se tornado a causa de tudo o que Ikenna fizera consigo e com o resto de nós. O encontro com Abulu era um acontecimento que eu já havia esquecido, principalmente depois que Boja avisou que Obembe e eu não deveríamos *jamais* mencionar aquilo para alguém. Quando perguntei uma vez a Obembe por que Ikenna não gostava mais de nós, ele disse que era por causa da surra que o Pai tinha dado na gente. E eu acreditei nele, mas agora se tornava muito claro para mim que estava enganado.

Mais tarde, enquanto esperava a Mãe se vestir para nos levar à igreja, fiquei examinando as prateleiras da estante da sala de estar. Meu olhar desceu até uma coluna recoberta por uma camada de pó, com uma teia de aranha na ponta. Eram sinais da ausência do Pai. Quando ele estava em casa, nos revezávamos semanalmente limpando as prateleiras. Deixamos de fazer isso algumas semanas depois que ele se foi, pois a Mãe não conseguiu mais nos obrigar a fazer aquilo. Na ausência do Pai, o tamanho da casa parecia ter aumentado como que por magia, como se empreiteiros invisíveis tivessem destacado as paredes, aumentando o tamanho como se fosse uma casa de papel. Quando o Pai estava em casa, sua simples presença era suficiente para impor a ordem mais restrita, e mantínhamos o que costumávamos chamar de "decoro" na casa. Enquanto pensava na recusa de meus irmãos a ir conosco à igreja para se livrar de um feitiço, eu queria ter meu pai de volta, desejando, com toda a força, que ele retornasse.

Naquela noite, Obembe e eu fomos com a Mãe à nossa igreja, a Assembleia da Igreja de Deus, situada na longa avenida que saía do edifício dos correios. A Mãe levou David pela mão, transportando Nkem nas costas amarrada por uma *wrappa*. Para evitar suores e assaduras na pele, tinha passado talco no pescoço dela e no próprio, que brilhavam como máscaras. A igreja era um grande salão com luzes suspensas em longas fileiras que se estendiam pelos quatro cantos do teto. No púlpito, uma jovem de bata branca, muito mais clara que as vestes típicas africanas daquelas bandas, cantava "Amazing Grace" com um sotaque estrangeiro. Entramos entre duas filas de gente, a maioria me olhando nos olhos, até me dar a impressão de que estávamos sendo observados. Minha desconfiança aumentou quando a Mãe foi até atrás do púlpito, onde o pastor, sua esposa e os mais velhos estavam, e cochichou no ouvido dele. Quando a cantora concluiu, o pastor subiu no pódio. Ele vestia camisa, gravata e uma calça presa por suspensórios.

— Homens e irmãos — começou, numa voz tão alta que estourou os alto-falantes da nossa fileira de forma irrecuperável e precisamos ouvir o que dizia de um alto-falante do outro lado da sala. — Antes de seguir com a palavra de Deus esta noite, devo dizer que acabei de saber que o diabo, na forma de Abulu, o possuído e autoproclamado profeta que todos vocês sabem já ter causado tantos prejuízos à vida das pessoas desta cidade, bateu às portas do nosso querido irmão James Agwu. Todos aqui o conhecem, o marido de nossa querida irmã aqui, a irmã Paulina Adaku Agwu. Alguns aqui sabem que ela tem muitos filhos e que, segundo nos contou a irmã, foram apanhados pescando no Omi-Ala, na rua Alagbaka.

Um murmúrio de surpresa atravessou a congregação.

— Abulu procurou essas crianças e contou mentiras a elas — continuou o pastor Collins, seu tom de voz subindo ao proferir as palavras com fúria ao microfone. — Irmãos, todos aqui sabem que se uma profecia não vem de Deus, ela vem...

— Do diabo! — bradou a congregação em uníssono.

— Sim. E se vem do diabo, deve ser refutada.

— Sim! — concordaram em coro.

— Eu não ouvi vocês! — vociferou o pastor ao microfone, brandindo o punho. — Eu disse que se for do diabo, a profecia deve ser...

— Refutada! — berrou a congregação com tanto entusiasmo que parecia um grito de batalha. Em meio à congregação, criancinhas, incluindo Nkem, talvez assustada pelo barulho, começaram a chorar.

— Estamos preparados para refutá-la?

A congregação concordou com um rugido, a voz da Mãe sobressaindo acima de todas e continuando quando todos já tinham parado. Olhei para ela e vi que tinha começado a chorar outra vez.

— Então levantem-se para refutar a profecia em nome do nosso Senhor Jesus Cristo.

As fileiras de gente se ergueram, as pessoas levantaram e se envolveram numa arrebatada sessão de preces frenéticas.


Os esforços da Mãe para cuidar de Ikenna, seu filho, foram em vão. Pois a profecia, como uma besta furiosa, continuou desvairada, destruindo a psique de Ikenna com a ferocidade da loucura, derrubando quadros, quebrando paredes, esvaziando armários e virando mesas, até que tudo o que ele sabia, tudo o que era, tudo no que se tornara foi ficando em frangalhos. Para meu irmão, Ikenna, o medo da morte profetizada por Abulu havia se tornado palpável, um aprisionamento ao qual ficara preso de forma irremediável, além do qual nada existia.

Uma vez ouvi dizer que, quando o medo se apossa do coração de uma pessoa, ela se apequena. Isso poderia ser dito do meu irmão, pois, quando o medo tomou posse de seu coração, roubou muitas de suas coisas — sua paz, seu bem-estar, seus relacionamentos, sua saúde e até sua fé.

Ikenna começou a ir sozinho para a escola onde estudava com Boja. Acordava às sete da manhã e não tomava café, para não ter de ir junto com Boja. Começou a não aparecer para almoços e jantares em que fossem servidos *eba* ou inhame, pratos que eram partilhados na mesma terrina com os irmãos. Em consequência, ele começou a emagrecer, até surgirem canaletas profundas entre a omoplata e o pescoço e os malares saltarem visivelmente. Depois, com o tempo, o branco dos olhos foi se tornando amarelo pálido.

A Mãe percebeu. Protestou, implorou e ameaçou, mas sem resultado. Um dia, próximo das férias escolares na primeira semana de julho, ela trancou a porta e insistiu que Ikenna tomasse o café da manhã antes de ir à escola. Ikenna estava preocupado, pois teria uma prova naquele dia. Pediu à Mãe que o deixasse ir.

— O corpo não é meu? Por que você se preocupa se eu como ou não? Me deixa em paz, por que a senhora não me deixa em paz? — retrucou, rompendo em prantos e soluços. A Mãe o reteve até ele finalmente se resignar a comer. Enquanto comia pão com uma omelete, investiu contra todos nós. Disse que todos na família o odiavam e jurou sair de casa em breve, para nunca mais ser visto por ninguém.

— Vocês vão ver! — ameaçou, enxugando os olhos com as costas da mão. — Tudo isso logo vai acabar, e vocês todos vão ficar livres de mim; vocês vão ver.

— Você sabe que isso não é verdade, Ikenna — replicou a Mãe. — Ninguém odeia você; nem eu, nem nenhum dos seus irmãos. Você está fazendo tudo isso consigo mesmo por causa do seu medo, um medo criado e cultivado por suas próprias mãos, Ikenna. Você escolheu acreditar nas visões de um louco, de um sujeito imprestável, que nem pode ser chamado de ser humano. Não chega aos pés nem de... com o que eu posso compará-lo... com um peixe, não, com os girinos que vocês pegavam no rio. Girinos. Um homem que outro dia, segundo me contaram no mercado, encontrou a manada de um *mallam* pastando no campo, com bezerros mamando nas tetas das mães, e entrou no meio para mamar em uma das vacas! — A Mãe emitiu um som estridente, para demonstrar seu nojo pela inquietante imagem de um homem mamando numa vaca. — Como você consegue acreditar no que diz um homem que mama numa vaca? Não, Ikenna, você fez isso consigo mesmo, *eh*? Você é o culpado. Nós rezamos por você, mesmo que se recuse a rezar por si mesmo. Não culpe ninguém por continuar vivendo com esse medo inútil.

Ikenna pareceu ter ouvido a Mãe, olhando fixamente a parede à sua frente. Por um segundo, parecia ter percebido a própria loucura; que as palavras da Mãe tinham penetrado seu torturado coração, fazendo escorrer o sangue escuro do medo. Em silêncio, ele fez sua refeição à mesa depois de muito tempo. E, quando acabou de comer, murmurou "Obrigado" para a Mãe, o agradecimento costumeiro que fazíamos aos nossos pais depois de cada refeição, que Ikenna não fazia há semanas. Levou os talheres para a cozinha e lavou tudo, como a Mãe nos ensinara a fazer, em vez de deixar na mesa ou no quarto, como vinha fazendo há semanas. Em seguida saiu para ir à escola.

Depois que ele saiu, Boja, que acabara de escovar os dentes e estava esperando Obembe para usar o banheiro, entrou na sala enrolado na toalha de banho que dividia com Ikenna.

— Tenho medo de que ele cumpra a ameaça e vá embora — falou à Mãe.

A Mãe meneou a cabeça, os olhos fixos na geladeira, que tinha começado a limpar com um pedaço de pano. Depois se abaixou e falou, só com as pernas aparecendo atrás da porta da geladeira:

— Ikenna não vai embora; para onde ele iria?

— Não sei — respondeu Boja —, mas eu tenho medo.

— Ele não vai embora; esse medo não vai durar, vai passar. — A Mãe disse aquilo numa voz segura, e na época achei que ela acreditava no que dizia.

A Mãe continuou lutando para apaziguar e proteger Ikenna. Lembro uma tarde de domingo em que Iya Iyabo chegou enquanto comíamos feijão-fradinho marinado em azeite de dendê. Eu tinha visto a comoção fora da casa, mas fomos educados a não sair para observar essas reuniões, como faziam as crianças da cidade. Alguém poderia estar armado. O Pai sempre alertava que poderia haver tiros, que alguém podia ser atingido. Por isso, ficamos nos nossos quartos, pois a Mãe estava em casa e nos castigaria, ou denunciaria o desobediente para o Pai. Boja tinha duas provas no dia seguinte — de ciências sociais e história — duas matérias que detestava, e andava resmungão, falando mal de todos os personagens históricos dos livros ("idiotas mortos"). Sem querer perturbá-lo

100 *Chigozie Obioma*

ou ficar por perto dele naquele estado de frustração, Obembe e eu estávamos na sala de estar com a Mãe quando a mulher bateu à porta.

— Ah, Iya Iyabo — disse a Mãe, levantando depressa quando a mulher entrou.

— Mama Ike — saudou a mulher, que eu ainda odiava por ter nos denunciado.

— Vamos entrando, vamos entrando — convidou a Mãe.

Nkem levantou as mãos da mesa em direção à mulher, que logo a tirou da cadeira.

— O que aconteceu? — perguntou a Mãe.

— Aderonke — começou a mulher. — Aderonke matou o marido hoje.

— *E-woh!* — gritou a Mãe.

— *Wo, bi o se, shele ni.* — Em geral, a mulher falava em iorubá com a Mãe, que entendia perfeitamente o idioma, apesar de nunca ter se considerado proficiente e quase nunca falar nessa língua, pois sempre nos fazia conversar com as pessoas no lugar dela. — Biyi bebeu de novo ontem à noite e chegou em casa pelado — relatou Iya Iyabo, mudando para o inglês. Levou as mãos à cabeça e começou a gemer, inconsolada.

— Por favor, Iya Iyabo, fique calma e conte o que aconteceu.

— O *pikin* dela, Onyiladun, estava doente. Quando o marido chegou em casa, ela pediu dinheiro para o remédio, mas ele começou a bater e bater nela e no *pikin*.

— *Chi-neke!* — arquejou a Mãe, cobrindo a boca com as mãos.

— *Bee ni...* isso mesmo — confirmou Iya Iyabo. — Aderonke foi lá e bateu no *pikin* doente. A Aderonke está com medo e diz que ele fez isso por causa do álcool. Ele ia matar o *pikin*, então ela bateu no Biyi com uma cadeira.

— Eh, eh — gaguejou a Mãe.

— O homem morreu — continuou Iya Iyabo. — Morreu desse jeito.

A mulher tinha sentado no chão, a cabeça apoiada na porta, balançando e encolhendo as pernas. A Mãe ficou rígida de choque; abraçou o próprio corpo, parecendo assustada. A comida que eu tinha posto na boca foi instantaneamente esquecida diante daquela notícia da morte de Oga Biyi, pois eu conhecia o coitado. Parecia um bode. Apesar de não ser louco, costumava grunhir e bater os pés quando estava bêbado, o que era bem comum. De manhã, às vezes o víamos a caminho da escola, sóbrio, mas à noite já estava cambaleando, bêbado de novo.

— Mas sabe de uma coisa? — Iya Iyabo enxugou os olhos. — Acho que ela sabia muito bem o que estava fazendo.

— Eh, o que você quer dizer com isso? — perguntou a Mãe.

— Foi tudo culpa daquele louco, daquele Abulu. Ele falou para o Biyi que a mulher ia acabar matando ele. Agora a mulher matou mesmo.

A Mãe ficou estarrecida. Olhou para nós todos — para Boja, Obembe e para mim —, avaliando nossas expressões com o olhar. Alguém levantou da cadeira em algum lugar, não na sala, abriu a porta devagar e apareceu lá dentro. Mesmo sem olhar para trás para ver quem era, eu já sabia. E ficou claro que a Mãe e todos na sala também sabiam que era Ikenna.

— Não, não — retrucou Mãe em voz alta. — Iya Iyabo, não quero que diga esses absurdos, que diga essas coisas aqui em casa.

— Ah, mas o que...

— Já disse que não! — gritou a Mãe. — Como você pode acreditar que um louco desses pode ver o futuro? Como?

Mas, mama Ike  murmurou a mulher  Todo mundo soube disso...

— Não — repetiu a Mãe. — Onde está Aderonke?

— Na delegacia.

A Mãe balançou a cabeça.

— Vão prender ela — disse Iya Iyabo.

— Vamos conversar lá fora — ordenou a Mãe.

A mulher se levantou e as duas saíram juntas, com Nkem. Quando deixaram a sala, Ikenna ficou ali parado, os olhos inertes como os de um boneco. De repente, segurando o estômago, saiu correndo para o banheiro, vomitando ruidosamente na pia. Foi ali que começou sua doença, quando o medo roubou sua saúde, pois parece que o relato da morte do homem estabeleceu para ele a inquestionável veracidade dos poderes clarividentes de Abulu, fazendo surgir fumaça de coisas ainda não queimadas.

Alguns dias depois disso, num sábado de manhã, estávamos todos tomando café da manhã à mesa, inhame frito com papa de milho, quando Ikenna, que tinha levado o prato para comer no quarto, apareceu de repente segurando a barriga, gemendo. Antes que conseguíssemos entender o que acontecia, uma golfada de comida regurgitada caiu no piso atrás da poltrona azul que chamávamos de "trono do Pai". Ikenna estava a caminho do banheiro, mas agora, impelido por uma força que não conseguia conter, caiu de joelhos no chão e vomitou, parcialmente oculto pela poltrona.

— Ikenna, Ikenna — gritou a Mãe, saindo da cozinha e correndo até ele para ajudar a levantá-lo, mas ele contestou dizendo que estava bem, quando na verdade parecia pálido e doente.

— O que foi, Ikenna? Quando isso começou? — perguntou a Mãe quando ele melhorou um pouco, porém sem obter resposta.

— Ikenna, por que você nem me responde, por quê? Eh, por quê?

— Eu não sei — ele resmungou. — Por favor, eu preciso me lavar.

A Mãe largou a mão dele, e, enquanto Ikenna andava até o banheiro, Boja falou:

— Sinto muito, Ike. — Eu disse o mesmo. Assim como Obembe e David também. Apesar de não ter reagido a esses comentários solidários, dessa vez ele não bateu a porta. Só fechou e trancou, delicadamente.

Quando Ikenna saiu do recinto, Boja correu até a cozinha e voltou com uma vassoura — um punhado de cerdas de ráfia amarradas com uma corda apertada — e uma pá de lixo. A rapidez com que Boja correu para limpar a sujeira deixou a Mãe comovida.

— Ikenna, você vive com medo de que um de seus irmãos vá te matar — ela disse em voz alta, para Ikenna ouvir sua voz apesar do barulho da água corrente. — Mas venha ver uma coisa...

— Não, não, não. Nne, não; não diga nada, por favor... — implorou Boja, efusivo.

— Deixa disso, eu preciso contar a ele — retrucou a Mãe. — Ikenna, venha ver, venha até aqui... — Boja disse que Ikenna não ia gostar de saber que ele estava limpando o vômito, mas a Mãe se mostrou irredutível.

— Veja esses mesmos irmãos chorando por você — continuou. — Venha ver eles limpando o seu vômito. Venha ver os "seus inimigos" cuidando de você, mesmo contra a sua vontade.

Talvez por causa disso, demorou muito tempo para Ikenna sair do banheiro naquele dia, mas ele acabou saindo, enrolado numa toalha. Naquele momento, Boja já tinha limpado a sujeira e até lavado o assoalho e partes da parede atrás da poltrona onde o vômito havia sujado. E a Mãe borrifara desinfetante Dettol por toda parte. Ela conseguiu obrigar Ikenna a ir ao hospital, ameaçando telefonar para o Pai se ele recusasse. Ikenna sabia que o Pai levava muito a sério questões de saúde, por isso cedeu.

Para minha consternação, a Mãe voltou para casa sozinha naquela noite. Ikenna estava com tifo e ficou internado no hospital, recebendo injeções intravenosas. Quando Obembe e eu desabamos, abatidos pelo medo, a Mãe nos consolou dizendo que com certeza ele teria alta no dia seguinte e tudo ficaria bem.

No entanto, eu começava a temer que algo ruim estava para acontecer com Ikenna. Eu quase não falava nada na escola e brigava com qualquer um que me provocasse, até quando fui açoitado por um dos inspetores. Isso era uma coisa rara, pois eu era um garoto obediente, não só com meus pais, mas também com os professores. Tinha horror a castigos corporais, fazia qualquer coisa para não ser punido. Mas a tristeza que sentia pela situação deteriorante do meu irmão inflamou um ressentimento amargurado a tudo, em especial à escola e a tudo o que implicava. A esperança de que meu irmão se redimiria fora aniquilada; eu estava com medo por ele.

Depois de roubar sua saúde e bem-estar, o veneno matou a fé de Ikenna. Ele deixou de ir à missa três domingos seguidos, usando a doença como desculpa — mais a que não pôde ir por causa das duas noites que passou no hospital. Na manhã do domingo seguinte, talvez encorajado pela notícia de que o Pai — que tinha viajado a Gana para um curso de três meses — só voltaria a Akure depois da conclusão do treinamento, Ikenna declarou que não iria mais à igreja.

— Será que eu ouvi direito, Ikenna? — perguntou a Mãe.

— Sim, ouviu — respondeu Ikenna, convicto. — Escuta, mamãe, eu sou um cientista, não acredito mais na existência de um Deus.

— O quê? — contestou a Mãe, recuando como se tivesse pisado num espinho afiado. — Ikenna, o que você disse?

Ikenna hesitou, uma expressão de desdém no rosto.

*104 Chigozie Obioma*

— Eu perguntei o que você disse, Ikenna.

— Eu disse que sou um cientista — ele repetiu, dizendo a palavra "cientista" em inglês, por não existir um termo em igbo para isso, o que ressoou com um desafio alarmante.

— E...? — O silêncio de Ikenna fez com que a Mãe prosseguisse: — Continue, Ikenna, conclua essa coisa abominável que você disse. — Em seguida, com o dedo apontando para o rosto dele, falou: — Olha aqui, Ikenna: uma coisa que eu e Eme não podemos aceitar, e nunca aceitaremos, é um filho ateu. Nunca!

Ela estalou a língua, estalou dois dedos acima da cabeça num gesto supersticioso, para afastar a possibilidade daquele fenômeno.

— Então, Ikenna, se você ainda quiser fazer parte desta família e continuar comendo aqui, saia já dessa cama, senão eu e você vamos ter uma conversa séria.

Ikenna se intimidou com aquela ameaça; pois a Mãe só usava a expressão "conversa séria" quando sua raiva atingia o nível máximo. Ela foi até o quarto e voltou com um dos antigos cintos de couro do Pai meio enrolado no punho, pronta para açoitar Ikenna, algo que ela quase nunca fazia. Ao ver aquilo, Ikenna se arrastou até o banheiro para tomar banho e se vestir para ir à igreja.

Quando voltávamos para casa depois da missa, Ikenna seguiu na nossa frente, para não discutir com a Mãe em público e porque ela sempre dava a chave para ele para abrir o portão e a porta para nós. Raramente ela voltava direto para casa depois da igreja; sempre esperava com nossos irmãos menores para conversar com as mulheres depois da missa, ou fazia uma visita a alguém. Assim que saímos da vista da Mãe, Ikenna começou a apertar o passo. Eu e os outros o seguimos em silêncio. Por alguma razão, Ikenna escolheu o caminho mais longo, pela rua Ijoka, habitada por pessoas mais pobres, que moravam em casas baratas — quase todas sem pintura — e barracos de madeira. Criancinhas brincavam em quase todas as esquinas naquele bairro sujo. Havia garotinhas pulando dentro de um quadrado de colunas. Um garoto, de não mais de três anos, abaixava-se sobre o que pareciam ser cordas amareladas de excremento que saíam dele e formavam pirâmides viscosas. Enquanto as pirâmides se formavam e poluíam o ar, o garoto continuava remexendo a sujeira com uma varinha, indiferente ao enxame de moscas voando ao redor de seu traseiro. Meus irmãos e eu cuspimos no chão e, por um instinto inelutável, imediatamente limpamos o cuspe com a sola das sandálias ao passarmos por cima, com Boja xingando o garotinho e as pessoas daquele bairro:

— Porcos, porcos!

Enquanto limpava sua pequena cuspida, Obembe ficou momentaneamente para trás. Ao limpar nossas cuspidas, seguíamos uma superstição: se uma mulher grávida pisasse no cuspe, a pessoa que tivesse cuspido — se fosse homem — ficaria permanentemente impotente, o que na época eu achava que significava que o órgão masculino desaparecia por magia.

Era realmente uma rua suja, era a rua em que o nosso amigo Kayode morava com os pais num sobrado inacabado que só tinha um andar coberto por telhado. A casa estava num estado tão lastimável que hastes de concreto e ferro disformes se estendiam do sótão, projetando estruturas esqueléticas para cima. Pilhas de tijolos esverdeados de musgo espalhavam-se por todo o terreno. Os buracos dos tijolos e toda a estrutura abrigavam multidões de lagartos que andavam por toda parte. Uma vez Kayode nos contou que a mãe dele encontrou um lagarto no tanque da cozinha, onde eles guardavam água potável. O lagarto morto ficou boiando na cisterna durante dias sem ninguém perceber, até a água adquirir um gosto azedo. Quando a mãe dele esvaziou o latão e o lagarto escorreu para o chão junto com a água, a cabeça estava inchada, com o dobro do tamanho, e, *como todas as coisas que se afogam*, começava a se decompor. Em quase todas as esquinas do bairro, pilhas de lixo corroíam as calçadas e invadiam a rua. Parte da sujeira se empilhava em bueiros abertos, fumegando como tumores abafados, invadindo as passarelas de pedestres como ninhos de pássaros entre os quiosques na rua, supurando em pequenos buracos e espaços habitados. E o ar estagnado pairava por todo o lugar, envolvendo as casas com um manto invisível e malcheiroso.

O sol brilhava feroz no céu, obrigando as árvores a criar toldos escuros sob as copas. De um lado da rua, num barraco de madeira aberto, uma mulher fritava peixes numa caçarola sobre um fogareiro. Nuvens de fumaça saíam de ambos os lados e vinham em nossa direção. Atravessamos, passando entre um caminhão estacionado e a varanda de uma casa cujo interior examinei brevemente: dois homens sentados num sofá marrom, gesticulando, um ventilador de tripé girando lentamente. Uma cabra e sua ninhada acomodavam-se embaixo de uma mesa na sacada, rodeadas de poças escuras dos próprios excrementos.

Quando chegamos à nossa casa, enquanto esperávamos Ikenna abrir o portão, Boja falou:

— Eu vi Abulu tentando entrar na igreja no meio da missa de hoje, mas não deixaram porque ele estava pelado. — Boja tinha entrado para a turma de garotos que tocava tambores na nossa igreja. Os garotos se revezavam e aquele foi o dia de Boja tocar, por isso ele ficou mais à frente na igreja, perto do altar, e pôde ver Abulu entrar pela porta dos fundos. Ikenna tentava pegar a chave e teve de virar o bolso do avesso, porque ela havia se enganchado numa costura do forro. O bolso estava sujo: manchado de tinta, e pedacinhos de casca de amendoim caíram no chão como poeira quando ele o virou. Enquanto tentava desemaranhar o enrosco, sem conseguir, acabou puxando a chave com força e abriu um furo no tecido. Quando afinal começou a girar a chave na fechadura, Boja falou:

— Ike, eu sei que você acredita na profecia, mas você sabe que nós somos filhos de Deus...

— Ele é um profeta — replicou Ikenna, convicto.

Abriu a porta e Boja continuou, enquanto tirávamos a chave da fechadura:

— Sim, mas ele não é de Deus.

— Como você sabe? — disparou Ikenna, virando-se na direção de Boja. — Estou perguntando: como é que você sabe?

— Ele não é de Deus, Ike. Tenho certeza.

— Como você pode provar isso? Hein, como você pode provar?

Boja não disse nada. O olhar de Ikenna pairou acima das nossas cabeças, e todos o seguimos e vimos o objeto de sua atenção: uma pipa, feita de diferentes materiais de polietileno, planando tranquila a distância.

— O que ele disse não pode acontecer — insistiu Boja. — Olha só, ele mencionou um rio vermelho. Disse que você ia nadar num rio vermelho. Como pode existir um rio vermelho? — Abriu as mãos num gesto que ilustrava aquela impossibilidade, olhando para nós como se pedisse uma confirmação de que tinha razão no que dizia. Obembe concordou com a cabeça. — Ele é maluco, Ike; não sabe o que diz.

Boja chegou mais perto de Ikenna e pôs a mão em seu ombro, numa inesperada demonstração de coragem. — Você precisa acreditar em mim, Ike, precisa acreditar — falou, sacudindo o ombro de Ikenna como se tentasse demolir a montanha de medo alojada no irmão.

Ikenna ficou parado, olhos fixos no chão, aparentemente tocado pelas palavras de Boja. Foi um momento de esperança, que pareceu ter o poder de restaurar alguém que estava perdido para nós. Assim como Boja, eu também queria dizer a Ikenna que jamais poderia matá-lo, mas foi Obembe quem falou primeiro:

— Ele. Tem. Razão — gaguejou Obembe. — Nenhum de nós vai te matar. Nós não somos... Ike... nós nem somos pescadores de verdade. Ele disse que um pescador ia te matar, Ike, mas nós nem somos pescadores.

Ikenna olhou para Obembe com uma expressão de quem estava confuso com o que tinha ouvido. Seus olhos se encheram de lágrimas. Agora era minha vez.

— Nós não podemos te matar, Ike, você é forte e maior do que todos nós — falei com a voz mais tranquila que consegui, impelido pelo sentimento de que eu também tinha algo a dizer. Mas não sei o que me deu a coragem de pegar na mão dele e declarar: — Irmão Ike, você disse que nós te odiamos, mas isso não é verdade. Nós gostamos de você mais do que de qualquer outro.

Apesar de estar com um nó na garganta naquela hora, consegui dizer aquilo com certa tranquilidade:

— Nós gostamos de você mais ainda do que o papai e a mamãe.

Dei um passo para trás e lancei um olhar para Boja, que concordava com a cabeça. Por um momento, Ikenna pareceu perdido. Parecia que nossas palavras tiveram um impacto sobre ele, e pela primeira vez em muitas semanas todos nos olhamos nos olhos. Os olhos dele estavam vermelhos e o rosto empalidecido, mas sua expressão era tão indescritível, tão irreconhecível — até onde consigo me lembrar daquele momento — que é com aquela expressão que agora eu mais me lembro dele.

Seguiu-se um momento de grande expectativa, com todos nós esperando o que ele faria a seguir. Então, como que impulsionado por um espírito irrequieto, Ikenna saiu correndo para o quarto. Já lá dentro, gritou:

— De agora em diante não quero que ninguém mais me perturbe. Cuidem das suas vidas e me deixem em paz. Estou avisando, me deixem em paz!

Depois de destruir o bem-estar, a saúde e a fé de Ikenna, o medo destruiu seus relacionamentos, sendo que o mais próximo era conosco, seus irmãos. Parecia que ele tinha travado uma batalha interna muito longa e, agora, queria acabar com aquilo. Como se quisesse desafiar a profecia a se cumprir, Ikenna começou a fazer tudo o que podia para nos prejudicar. Dois dias depois de nossa tentativa de convencê-lo, acordamos e descobrimos que havia destruído um bem muito precioso para nós: um exemplar do *Akure Herald* de 15 de junho de 1993. O jornal estampava fotos nossas; mostrava Ikenna na primeira página com a legenda *Jovem herói conduz irmãos mais novos em segurança*. As fotos de Boja, Obembe e minha apareciam numa pequena caixa retangular logo acima da imagem de Ikenna, embaixo do cabeçalho do *Akure Herald*. Era um jornal muito valioso, nossa medalha de honra, ainda mais forte que o calendário M.K.O. Houve época em que Ikenna seria capaz de matar para preservar aquilo. O jornal contava a história de como ele nos salvara durante uma violenta manifestação política, um momento seminal que mudou tudo na vida de Akure.

Naquele dia histórico, mais ou menos dois meses depois de conhecermos M.K.O., estávamos na escola quando os automóveis começaram a buzinar sem parar. Eu estava na minha classe, de garotos de seis anos, e ignorava a candente inquietação que se alastrava em Akure e em toda a Nigéria. Já tinha ouvido falar de uma guerra ocorrida muito tempo antes, uma guerra que o Pai costumava mencionar de passagem. Quando ele dizia "antes da guerra", em geral se seguia uma frase desconectada dos eventos da guerra, que às vezes era concluída com "mas tudo isso foi interrompido pela guerra". Havia ocasiões em que, ao nos repreender por atos que resvalavam na preguiça ou na fraqueza, ele nos contava a história de sua fuga durante a guerra, com dez anos de idade, quando teve de caçar, alimentar e cuidar da mãe e das irmãs mais novas na grande floresta de Ogbuti, por onde tiveram de fugir para escapar da invasão do Exército nigeriano à nossa aldeia. Eram os únicos momentos em que o Pai chegava a falar de alguma coisa que havia acontecido "durante a guerra". A outra opção era "depois da guerra". Mas logo se seguia uma nova sentença, sem nenhuma ligação com a guerra mencionada.

Nossa professora desapareceu assim que a comoção e as buzinas começaram. Logo que ela saiu, minha classe esvaziou, com as crianças correndo e chamando as mães. A escola era um edifício de três andares. O jardim de infância e minha escola maternal ficavam no andar térreo, enquanto as salas mais avançadas, do ensino básico, começavam no primeiro andar e subiam para o segundo. Da janela da minha sala, vi a massa de carros em diferentes situações — portas abertas, alguns se locomovendo, outros estacionados. Fiquei ali parado, esperando o momento em que o Pai ia chegar, como outros pais que tinham ido buscar os filhos. No entanto, quem apareceu na porta da sala de aula foi Boja, chamando o meu nome. Respondi, peguei minha pasta e minha garrafa de água.

— Vamos, vamos pra casa — ele falou, indo na minha direção passando por cima das carteiras.

— Não, vamos esperar o papai — respondi, olhando ao redor.

— Papai não vai vir — ele explicou, levando o dedo aos lábios e pedindo silêncio.

Ele me puxou pela mão para fora da sala de aula. Corremos entre as fileiras de carteiras e cadeiras de madeira, que antes do início do tumulto estavam organizadas. Sob uma carteira emborcada vi uma lancheira quebrada e seu conteúdo — peixe e arroz com açafrão — espalhado no chão. Fora, era como se o mundo tivesse sido serrado em dois e estivéssemos nos equilibrando na beira da fenda. Larguei a mão de Boja. Eu queria voltar para minha classe e esperar o Pai.

— O que está fazendo, seu idiota? — gritou Boja. — Não está vendo que a situação está um caos? Eles estão matando pessoas, vamos para casa!

— Nós devíamos esperar o papai — falei, seguindo-o com passos hesitantes.

— Não, não podemos fazer isso — objetou Boja. — Se esses homens entrarem aqui vão nos ver como inimigos, como os meninos M.K.O., as "Crianças da Esperança 93", e vamos estar mais em perigo do que qualquer um.

As palavras dele esfarelaram minha resistência e me deixaram assustado. Uma multidão de alunos mais velhos tinha se reunido no portão, mas não fomos naquela direção. Atravessamos a cerca caída e começamos a seguir uma fileira de palmeiras perto da escola, onde nos encontramos com Ikenna e Obembe, que já estavam esperando a gente num arbusto atrás de uma árvore, e saímos correndo.

Saímos pisando na vegetação rasteira, e uma lufada de ar encheu meus pulmões. O caminho desembocou numa pequena trilha que alguns minutos depois Obembe identificou como a rua Isolo.

A rua estava quase deserta. Passamos pelas lojas que vendiam madeira, onde em dias normais teríamos de tapar os ouvidos por causa do barulho ensurdecedor das furadeiras. Muitos dos velhos caminhões que traziam os pesados troncos da mata estavam parados diante de uma montanha de serragem, mas não havia ninguém neles. De onde estávamos, vimos que a rua se bifurcava, e havia uma longa linha de trem, da largura de três pés meus, cortando-a. Era a rua que dava no Banco Central da Nigéria, o local para onde Ikenna queria que fôssemos, por ser o lugar mais próximo protegido por guardas armados e onde poderíamos nos esconder, porque nosso pai trabalhava lá. Ikenna insistiu que, se não fôssemos para lá, os soldados da junta — que queria eliminar os apoiadores de M.K.O. em Akure, sua província natal — nos matariam. Naquele dia, a avenida estava atulhada de todo tipo de coisas — objetos pessoais largados por pessoas que fugiam do massacre —, como se uma aeronave houvesse despejado os pertences da população de Akure de uma grande altura. Assim que atravessamos para a calçada onde havia um muro alto e muitas árvores, um carro cheio de gente passou a uma velocidade infernal. Quando o veículo desapareceu na distância, um Mercedes Benz azul saiu da rua onde estávamos com uma de minhas colegas, Mojisola, no banco da frente. Ela acenou para mim, eu respondi, mas o carro seguiu em frente.

— Vamos — disse Ikenna, quando o carro passou. — Não podíamos ficar na escola, eles teriam nos reconhecido como os meninos M.K.O. e estaríamos em perigo. Vamos por aquela rua. — Ele apontou e deu uma olhada ao redor, como se tivesse ouvido algo que não percebemos.

Cada torturante detalhe do tumulto que meus olhos viam e todos os seus cheiros me enchiam com um medo concreto da morte. Tínhamos virado uma esquina quando Ikenna bradou: — Não, não, vamos parar. Não devemos seguir pela rua principal; não é seguro.

Por isso seguimos para o outro sentido, por uma grande avenida comercial cheia de lojas que estavam todas fechadas. A porta de uma delas estava destruída, com pedaços de madeira quebrada, cheios de pregos, pendendo perigosamente dos batentes. Tivemos de parar entre um bar bloqueado por engradados de cerveja empilhados e um caminhão cheio de logotipos da Star Lager Beer, "33", Guinness e outras marcas. Naquele instante, ouvimos um grito de socorro em iorubá, vindo de algum lugar que não conseguimos situar de imediato. Um homem saiu de uma das lojas e correu pela rua em direção à nossa escola. Nosso medo de estar correndo um perigo palpável aumentou.

Passamos por montes de escombros e saímos numa rua onde vimos uma casa pegando fogo com o cadáver de um homem na varanda. Ikenna se esgueirou atrás da casa em chamas e fomos atrás, trêmulos. Era a primeira vez que eu via um homem morto, e provavelmente também os meus irmãos. Meu coração acelerou, e naquele momento tomei consciência de um calor gradual que comecei a sentir nos fundilhos do meu calção escolar. Quando olhei para o chão, tremendo, percebi que tinha molhado a roupa, vendo os últimos pingos escorrendo no chão. Um grupo de homens armados com porretes e facões passou correndo, lançando olhares furtivos e cantando "Morte a Babangida, Abiola no poder". Agachados como sapos, mantivemos um silêncio sepulcral enquanto a turba se mantinha à vista. Quando eles passaram, nos arrastamos para trás de uma das casas e encontramos uma picape parada bem na frente do quintal, a porta dianteira aberta, com um homem morto dentro.

Podíamos dizer pelas vestes — uma bata do Senegal, longa e folgada — que o homem era do norte: as principais vítimas dos ataques dos correligionários de M.K.O. Abiola, que definiam o tumulto como uma luta entre o oeste a que pertenciam e o norte, região de onde viera o presidente militar, general Babangida.

Com uma força que ninguém imaginou que tivesse, Ikenna arrancou o morto do banco do veículo. O homem caiu com um baque, espalhando sangue de seu rosto ferido no chão. Dei um grito e comecei a chorar.

— Fica quieto, Ben! — advertiu Boja, mas eu não conseguia parar; estava com muito medo.

Ikenna sentou no banco do motorista e Boja pulou ao lado, comigo e Obembe no banco traseiro.

— Vamos sair daqui — disse Ikenna. — Vamos até o escritório do papai nesse carro. Fecha logo essa porta!

Com a chave na ignição ao lado do grande volante, Ikenna deu a partida e o motor do carro ganhou vida, rugindo e chiando num gemido prolongado.

— Ike, você sabe dirigir? — perguntou Obembe, tremendo.

— Sei — respondeu Ikenna. — Papai me ensinou algum tempo atrás.

Ele acelerou o motor, deu uma ré com um solavanco, e o carro morreu. Ia dar partida outra vez quando o som de disparos a distância nos manteve em alerta.

— Vai logo, Ikenna — choramingou Obembe, agitando as mãos. Lágrimas começaram a escorrer pelo seu rosto. — Você mandou a gente sair da escola e agora nós vamos morrer?

Havia incêndios e carros pegando em chamas por toda parte, pois Akure ficou chamuscada naquele dia. Estávamos nos aproximando da rua Oshinle, no leste da cidade, quando cruzamos com uma picape militar cheia de soldados armados em trajes de combate. Um deles notou que havia um garoto ao volante do nosso carro e chamou a atenção de um amigo, apontando em nossa direção, mas o caminhão não parou. Ikenna manteve uma velocidade constante, só acelerando quando o ponteiro do velocímetro subia no mostrador, do jeito que via o Pai fazer quando sentava ao seu lado no banco da frente quando ele nos levava à escola. Entramos em outra rua, nos mantendo perto da guia para Boja conseguir ler a placa *Rua Oluwatuyi*, com outra menor abaixo com a inscrição *Banco Central da Nigéria*. Aí percebemos que estávamos salvos, que tínhamos conseguido escapar do levante das eleições de 1993, que matou mais de cem pessoas em Akure. O dia 12 de junho se tornou uma data seminal na história da Nigéria. Todos os anos, quando esse dia se avizinhava, parecia que milhares de cirurgiões invisíveis, armados até os dentes de bisturis, trépanos, agulhas e substâncias anestésicas extraordinárias chegavam no influxo do vento do norte e se estabeleciam em Akure. Durante a noite, enquanto as pessoas dormiam, eles faziam lobotomias temporais frenéticas em suas almas com incisões indolores, para desaparecerem ao amanhecer antes que os efeitos das cirurgias começassem a se revelar. As pessoas acordavam com os corpos encharcados de ansiedade, o coração pulsando de medo, cabeças baixas com a lembrança de suas perdas, olhos comichando de lágrimas, lábios se movimentando em preces solenes, os corpos tremendo de medo. Todos pareciam figuras difusas desenhadas a lápis no bloco amarrotado de alguma criança, esperando para ser apagadas. Nessas condições funestas, a cidade se retraía como um caracol ameaçado. E no lusco-fusco da luz da manhã, os moradores de origem *mallam* saíam da cidade, as lojas fechavam e as igrejas faziam convocações para orações de paz, enquanto a velha frágil em que Akure se transformava naquele mês esperava o dia acabar.

A destruição daquele jornal deixou Boja muito abalado; ele nem conseguiu comer. Disse muitas vezes a mim e a Obembe que Ikenna devia ser detido.

— Isso não pode continuar — repetiu muitas vezes. — Ikenna perdeu o juízo; enlouqueceu. — Na manhã da terça-feira seguinte, já com o céu claro arreganhando seus dentes, Obembe e eu acordamos tarde, pois ficamos contando histórias na calada da noite. De repente a porta do nosso quarto se abriu, rompendo nossa sonolência. Era Boja. Tinha dormido na sala de estar, onde vinha passando as noites desde sua primeira briga com Ikenna. Parecia tristonho e distante, coçando todas as partes do corpo e rilhando os dentes.

— Os mosquitos quase me mataram — falou. — Estou cansado do que Ikenna anda fazendo comigo. Muito cansado mesmo!

Ele falou aquilo tão alto que temi que Ikenna pudesse ter ouvido do seu quarto. Meu coração acelerou. Olhei para Obembe, que estava com os olhos grudados na porta. Percebi que, assim como eu, ele também estava olhando para ver o que poderia surgir por aquela porta.

— Estou com muita raiva dele por não me deixar ficar no meu próprio quarto — continuou Boja. — Já imaginaram? Ele não me deixa entrar no meu quarto. — Ele bateu a mão no peito como um gesto de posse. — O quarto que papai e mamãe deram para nós dois.

Boja tirou a camisa e mostrou os pontos na pele onde tinha sido picado. Apesar de mais baixo que Ikenna, vinha logo atrás em termos de maturidade. O peito já mostrava sinais de pelos crescendo, e pelos de verdade se emaranhavam nas axilas. Uma sombra mais escura começava embaixo do umbigo e entrava pela calça.

— É tão ruim assim dormir na sala? — perguntei, tentando acalmá-lo e fazendo com que parasse de falar, pois tinha medo de que Ikenna o ouvisse.

— É péssimo! — ele declarou ainda mais alto. — Eu odeio Ikenna por isso, odeio! Ninguém consegue dormir lá!

Obembe me deu uma olhada, e notei que ele também estava morrendo de medo. As palavras de Boja tinham caído como uma xícara de porcelana, deixando cacos espalhados. Obembe e eu sabíamos que ia acontecer alguma coisa, e acho que Boja também sabia, pois se sentou e levou as mãos à cabeça. Minutos depois, uma porta se abriu dentro de casa, rangendo, seguida pelo som de passos se aproximando. Ikenna entrou no quarto.

— Você disse que me odeia? — perguntou em voz baixa.

Boja não respondeu, mantendo os olhos fixos na janela. Visivelmente irritado (pois vi lágrimas nos olhos dele), Ikenna fechou a porta devagar e entrou no quarto. Em seguida tirou a camisa, lançando um olhar de desdém a Boja, como costumavam fazer os garotos da cidade quando iam brigar.

— Você disse ou não disse? — gritou Ikenna, mas não esperou por uma resposta e empurrou Boja da cadeira.

Boja deu um grito e levantou quase de imediato, ofegante, furioso, gritando:

— Sim, sim, eu te odeio, Ike, te odeio.

Quase todas as vezes que me recordo desse evento, faço uma súplica frenética para que minha memória tenha dó de mim e pare nesse ponto, mas é sempre em vão. Continuo vendo Ikenna imóvel por um momento, depois de Boja ter proferido aquelas palavras, movimentando os lábios por algum tempo antes de afinal formar as palavras "Você me odeia, Boja". Ikenna murmurou aquelas palavras com tanta intensidade que sua expressão pareceu se iluminar de alívio. Ele sorriu, assentiu e deixou uma lágrima cair.

— Eu sabia, eu sabia; estava me fazendo de bobo esse tempo todo. — Meneou a cabeça. — Foi por isso que você jogou meu passaporte no poço. — Uma expressão do horror surgiu no rosto de Boja diante dessas palavras e ele fez menção de dizer alguma coisa, mas Ikenna falou numa voz mais alta, mudando do iorubá para o igbo: — Está vendo? Se não fosse essa sua atitude maldosa, eu agora estaria no Canadá, vivendo uma vida melhor. — Boja arquejava, de boca aberta, como se cada palavra que Ikenna dizia, cada sentença completa fossem um duro golpe do qual gostaria de se defender, mas as interjeições de Ikenna o impediam. E ainda havia alguns sonhos estranhos, continuou Ikenna, que confirmavam suas suspeitas; em um deles, Boja o perseguia com uma arma. A expressão de Boja se contorceu ante esse relato, a face se afogueava numa mistura de choque e impotência enquanto Ikenna continuava a falar:

— É por isso que eu sei, e meu espírito confirma, o quanto você me odeia.

Boja partiu em direção à porta para sair do quarto, mas parou quando Ikenna falou:

— Desde o momento em que Abulu teve aquela visão, eu sabia que você era o pescador a que ele se referia. Ninguém mais além de você.

Boja ficou parado, escutando, cabeça baixa, como que envergonhado.

— É por isso que não estou surpreso de você confessar agora que me odeia; você sempre me odiou. Mas você não vai conseguir — declarou Ikenna de repente, com ferocidade.

Ele avançou e deu um soco na cara de Boja. Boja caiu no chão e bateu a cabeça numa caixa de ferro de Obembe com um baque alto. Deu um grito de dor lancinante, batendo os pés no chão e gritando. Abalado, Ikenna deu um passo atrás, como que oscilando na beira de um abismo, depois saiu correndo pela porta.

Obembe andou até Boja assim que Ikenna saiu do quarto. De repente, parou e gritou:

— Jesus! — Eu não tinha visto o mesmo que Ikenna e Obembe, o que só aconteceu naquele instante: uma poça de sangue se acumulando no tampo da caixa e escorrendo no chão.

Aflito, Obembe saiu depressa do quarto, e eu fui atrás. Encontramos a Mãe no jardim atrás do quintal, com uma pazinha na mão e alguns tomates no cesto de ráfia, conversando com Iya Iyabo, a vizinha que tinha denunciado nossa pescaria, e pedimos para ela vir com a gente. Quando entrou no quarto com a mulher, as duas ficaram horrorizadas com o que viram. Boja havia parado de choramingar, mas agora estava imóvel, o rosto coberto pelas mãos ensanguentadas, o corpo num estranho estado de tranquilidade, como se estivesse morto. Ao vê-lo ali caído, a Mãe desabou e começou a chorar.

— Depressa, vamos levar ele logo para a Clínica Kunle — disse Mama Iyabo.

Tomada por um nervosismo quase indescritível, a Mãe rapidamente vestiu uma blusa e uma saia longa. Com a ajuda da mulher, levantou Boja nos ombros. Boja continuava calmo, os olhos pairando no vazio, choramingando baixinho.

— O que Ikenna vai dizer se alguma coisa acontecer a Boja agora? — perguntou a Mãe para a mulher. — Vai dizer que matou o próprio irmão?

— *Olohun maje!* Deus nos livre! — retrucou Iya Iyabo. — Mama Ike, como pode pensar uma coisa dessas só por causa disso? Eles estão crescendo, isso é comum em garotos dessa idade. Pare com isso, vamos levá-lo para um hospital.

Assim que elas saíram, tomei consciência de um som ritmado de alguma coisa pingando no assoalho. Olhei e vi que era a poça de sangue. Sentei na minha cama, chocado pelo que viam meus olhos, mas era a lembrança do que Ikenna tinha mencionado que mais me perturbava. Eu me lembro desse incidente, embora só tivesse quatro anos na época. O sr. Bayo, um amigo do Pai que morava no Canadá, estava em visita à Nigéria e tinha prometido levar Ikenna para morar com ele quando voltasse para lá. O sr. Bayo já havia tirado o passaporte de Ikenna e obtido um visto para o país. Contudo, na manhã em que Ikenna ia viajar com o Pai para Lagos, para embarcar no avião com o sr. Bayo, Ikenna não conseguiu encontrar o passaporte. Ele tinha guardado o documento no bolso da jaqueta com que ia viajar e a pendurado no guarda-roupa que dividia com Boja, mas o documento não estava mais lá. Os dois já estavam atrasados, e o Pai, furioso, começou uma busca frenética pelo passaporte, porém ninguém conseguiu encontrar. Com medo de que Ikenna perdesse o avião, de ter de passar por um novo processo para conseguir um passaporte e os documentos de viagem de novo, a raiva de Pai aumentou. Estava prestes a espancar Ikenna por seu descuido quando Boja, escondido atrás da Mãe para não apanhar do Pai, confessou que tinha roubado o passaporte. Por quê?, perguntou o Pai, e onde estava? Visivelmente abalado, Boja respondeu:

— No poço. — E confessou ter jogado lá na noite anterior, pois não queria que Ikenna o deixasse sozinho.

O Pai foi até o poço numa pressa desenfreada, mas só encontrou pedaços do passaporte flutuando na superfície, totalmente irrecuperáveis. Levou as mãos à cabeça, trêmulo. Em seguida, como que possuído por um espírito, foi até a tangerineira, arrancou um galho e correu de volta para casa. Estava prestes a dar uma surra em Boja quando Ikenna interveio. Dizendo ter combinado com Boja para jogar o passaporte no poço porque não queria ir sem ele; que os dois iriam juntos quando fossem mais velhos. Apesar de eu só ter percebido mais tarde (e meus pais também) que era mentira, o Pai se sentiu comovido pelo que Ikenna considerou um ato de amor, que agora, nesse momento de sua metamorfose, tinha se transformado num ato de ódio total.

Os pescadores  *117*

Quando a Mãe voltou com ele da clínica naquela tarde, Boja parecia a quilômetros de si. Tiras de gaze manchadas de sangue, com algodão aparecendo por baixo, cobriam a ferida na sua nuca. Meu coração pesou quando vi aquilo, fiquei imaginando quanto sangue ele tinha perdido e estremecia só de imaginar a dor que tivera de aguentar. Tentei entender o que havia acontecido, o que estava ocorrendo, mas não consegui; não é fácil avaliar esse tipo de coisas.

Durante o resto daquele dia, a Mãe parecia uma estrada minada prestes a explodir se qualquer um chegasse a um centímetro de distância. Mais tarde, enquanto preparava *eba* para o jantar, ela começou um solilóquio. Reclamou que tinha pedido que o Pai pedisse transferência para Akure ou que levasse a família com ele, mas que não tinha sido atendida. E agora, lamentava, os filhos estavam quebrando a cabeça uns dos outros. Ikenna, continuou, tinha se transformado num estranho. Seus lábios continuaram se movimentando enquanto levou o jantar à mesa e nós puxávamos as cadeiras de madeira para sentar. Quando passou o último item, a cuia para lavar os dedos, ela começou a soluçar.

O medo e o silêncio engolfaram a casa naquela noite. Obembe e eu nos recolhemos cedo, e David veio com a gente, receoso de ficar perto da Mãe naquele mau humor. Durante muito tempo, antes de adormecer, fiquei atento para ver se ouvia algum sinal de Ikenna, mas não escutei nada. Mesmo enquanto esperava, desejava secretamente que ele não voltasse para casa até a manhã seguinte. Uma das razões era meu medo da fúria da Mãe, do que poderia fazer se ele voltasse naquele clima. A segunda era um medo gerado por uma afirmação de Boja ao voltarem da clínica, quando ele disse que já não aguentava mais aquilo.

— Prometo que não vou mais ficar fora do meu quarto — declarou, lambendo a ponta do dedinho num gesto de juramento. E, para ilustrar sua decisão, foi dormir no quarto. Eu tinha medo do perigo potencial de Ikenna voltar e encontrá-lo no quarto, o que alimentava uma terrível premonição de que Boja iria retaliá-lo de alguma forma, por se sentir muito lesado. Enquanto meu corpo cedia ao forçoso encerramento daquele dia, comecei a refletir sobre quanto o veneno em Ikenna tinha se alastrado, e tive medo de imaginar como tudo aquilo terminaria.

# 8
## Os gafanhotos

Os gafanhotos foram os precursores:

Eles invadiram Akure e grandes regiões do sul da Nigéria no começo da estação das chuvas. Os insetos alados, pequenos como mariposas, saíam da terra porosa numa invasão instantânea, convergindo para onde houvesse alguma luz — que os atraía de forma magnética. O povo de Akure costumava se alegrar com a chegada dos gafanhotos. Pois a chuva curava a terra depois das estações secas, quando o sol inclemente atormentava a terra, auxiliado pelo vento Harmatão. Crianças agitavam lâmpadas ou lanternas e seguravam recipientes de água para abater os insetos ou fazer com que perdessem as asas e se afogassem. Pessoas se reuniam e se banqueteavam com o que restava dos insetos torrados, comemorando a chegada das chuvas. Contudo, quando a chuva cai — em geral no dia seguinte à invasão dos insetos — é na forma de uma violenta tempestade, arrancando telhados, destruindo casas, afogando muitos e transformando cidades inteiras em rios estranhos. Isso transforma os gafanhotos de precursores de coisas boas a arautos do mal. Foi isso que despontou na semana que se seguiu ao ferimento na cabeça de Boja, do povo de Akure, de todos os nigerianos e de nossa família.

Foi na semana em que o *Dream Team* da equipe olímpica da Nigéria chegou à final do futebol masculino. Nas semanas anteriores ao evento, mercados, escolas e escritórios se iluminaram com o nome de Chioma Ajunwa, que tinha ganhado um ouro para o país que desmoronava. E agora a equipe masculina, depois de vencer o Brasil na semifinal, estava na final com a Argentina. Enquanto alguns agitavam bandeiras da Nigéria no calor do verão em Atlanta, Akure se afogava lentamente. Chuvas fortes, acompanhadas por um vento feroz que tinha deixado a cidade às escuras, precipitaram-se na noite da véspera da partida final entre o *Dream Team* da Nigéria e a Argentina. A chuva se estendeu até a manhã do confronto no dia 3 de agosto, derrubando tetos de zinco e amianto até o pôr do sol, quando diminuiu e parou. Ninguém saiu de casa naquele dia, incluindo Ikenna, que passou a maior parte do dia confinado em seu quarto em silêncio, a não ser nas vezes em que erguia a voz cantando alguma música junto do toca-fitas do rádio portátil que se tornara seu principal companheiro. Naquela semana, seu isolamento estava totalmente consumado.

A Mãe o havia confrontado pelo ferimento infligido a Boja, mas ele respondeu dizendo que tinha razão porque Boja o ameaçara primeiro.

— Eu não podia ficar quieto vendo um garotinho como ele me ameaçar — insistiu, em pé na soleira do quarto, mesmo com a Mãe tendo implorado para ele ir conversar na sala de jantar. Assim que falou isso, ele rompeu em lágrimas. Talvez envergonhado por sua atitude, correu para o quarto e trancou a porta. Naquele dia, a Mãe comentou que *agora* tinha certeza de que Ikenna estava realmente fora do juízo normal, que todo mundo devia evitá-lo até o Pai voltar e trazê-lo de volta à realidade. No entanto, meu medo do que Ikenna havia se tornado aumentava dia após dia. Até Boja, apesar de sua ameaça inicial de que não mais seria enganado, concordou com as instruções da Mãe e ficou longe de Ikenna. Já totalmente recuperado do ferimento, o curativo tinha sido retirado, mostrando uma depressão sinuosa da sutura dos pontos.

A chuva parou à noite, pouco antes do início da partida. Quando chegou a hora do jogo, Ikenna desapareceu. Tínhamos esperança de que a eletricidade fosse restaurada a tempo de assistir à grande partida, mas às oito horas da noite ainda reinava a escuridão. Obembe e eu ficamos na sala de estar o dia todo, lendo sob a luz fraca do céu cinzento. Eu estava lendo uma edição de bolso de um livro interessante, em que os animais falavam e tinham nomes humanos e eram todos domesticados — cães, porcos, galinhas, cabras, etcétera. O livro não mostrava os animais selvagens que eu apreciava, mas continuei lendo, atraído pelo jeito como os animais falavam e pensavam como humanos.

Estava envolvido no livro quando Boja, que estivera em silêncio o tempo todo, disse à Mãe que queria ir assistir ao jogo no La Room. A Mãe estava na sala de estar brincando com David e Nkem.

— Já não é muito tarde? Vocês precisam mesmo ver esse jogo?

— Sim, eu quero ir; não é tão tarde assim...

Ela pareceu ponderar um pouco, depois olhou para nós e disse:

— Tudo bem, mas tenham cuidado.

Pegamos a lanterna do quarto da Mãe e saímos para a rua escura. Por toda parte havia bolsões de casas iluminadas por geradores que zumbiam, enchendo o bairro com uma confluência de ruídos estáticos. As pessoas de Akure em geral acreditavam que os ricos subornavam a subsidiária da Autoridade Nacional de Energia Elétrica para interromper a energia durante grandes partidas como essa, para ganhar dinheiro montando centros improvisados para quem quisesse assistir ao espetáculo. O La Room era o hotel mais moderno do nosso bairro: um edifício de quatro andares, rodeado por uma cerca alta de arame farpado. À noite, mesmo na falta de eletricidade, as brilhantes lâmpadas fosforescentes espalhadas em seu interior lançavam uma perene mancha luminosa pelos arredores. Aquela noite, como quase todas as noites em que faltava energia, tinha transformado o saguão da recepção num teatro improvisado. Um grande cartaz do lado de fora atraía as pessoas com um pôster colorido, mostrando o logotipo dos Jogos Olímpicos e a inscrição *Atlanta 1996*. Realmente, o saguão estava cheio quando chegamos. Havia gente por todos os cantos, em diferentes posições, tentando enxergar os receptores de televisão de quarenta polegadas de frente um para o outro sobre duas grandes mesas compridas. Os espectadores que já tinham chegado ocupavam os bancos de plástico mais perto dos aparelhos de TV, e agora uma multidão cada vez maior se aglomerava atrás deles.

Boja encontrou um lugar de onde uma das televisões podia ser vislumbrada entre dois homens, separando-se de mim e de Obembe, mas nós também achamos um lugar afinal, de onde só conseguíamos enxergar se nos abaixássemos para a esquerda, por um pequeno vão entre dois homens cujos sapatos fediam a porco podre. Obembe e eu ficamos submersos pelos quinze minutos seguintes num nauseante e claustrofóbico mar de corpos que exalavam o mais profundo odor de humanidade. Um dos homens cheirava a parafina de vela, outro cheirava a roupas velhas, outro a sangue e carne de animal, outro a pintura seca, outro a gasolina, e um último, a placas de metal. Quando cansei de tapar o nariz com a mão, cochichei no ouvido de Obembe que queria voltar para casa.

— Por quê? — ele perguntou, como que surpreso, embora também estivesse com medo do homem de cabeça grande atrás da gente e provavelmente também quisesse ir embora. O homem era vesgo. Obembe também estava com medo porque aquele homem assustador tinha mandado ele "ficar direito" e empurrado a cabeça de Obembe com as mãos sujas num gesto rude. O homem era um morcego: feio e terrível.

— É melhor a gente ficar; Ikenna e Boja estão aqui — respondeu num sussurro, olhando para o homem com o canto dos olhos.

— Onde? — perguntei, também sussurrando.

Ele deixou um bom tempo passar, inclinando devagar a cabeça para trás até conseguir murmurar:

— Estão sentados lá na frente, eu vi... — Mas a voz dele foi abafada pelo súbito alarido ao redor. Gritos frenéticos de "Amuneke!" e "Gol!" invadiram a atmosfera, lançando o saguão num tumulto de júbilo. O companheiro do homem-morcego acotovelou a cabeça de Obembe enquanto agitava os braços no ar, aos berros. Obembe deu um grito, que foi absorvido pelos urros de entusiasmo e deu a impressão de que estava comemorando com os outros. Ele caiu em cima de mim, gemendo de dor. O homem que bateu nele nem percebeu, continuou gritando.

— Vamos pra casa, esse lugar é ruim — falei a Obembe depois de ter dito "Sinto muito, Obe" uma dúzia de vezes. Sentindo que aquilo poderia não funcionar, disse o que a Mãe costumava dizer quando insistíamos em sair para assistir a uma partida de futebol: — Não adianta assistir a esse jogo. Afinal de contas, se ganharem, os jogadores não vão dividir o dinheiro com a gente.

Aquilo funcionou. Ele concordou com a cabeça, contendo as lágrimas. Consegui andar um pouco à frente e bati no ombro de Boja, que estava ensanduichado entre dois garotos mais velhos.

— O que foi? — ele perguntou, impaciente.

— Nós estamos indo embora.

— Por quê?

Não respondi.

— Por quê? — perguntou outra vez, ansioso para voltar a olhar para a TV.

— Por nada — respondi.

— Tudo bem, a gente se vê depois — ele concordou, virando-se logo para a televisão.

Obembe pediu a lanterna, mas Boja não ouviu.

— A gente não precisa da lanterna — falei enquanto lutava para abrir espaço entre dois homens altos. — Podemos ir andando devagar. Deus vai nos levar para casa em segurança.

Nós dois saímos, Obembe esfregando a mão no ponto em que tinha levado a cotovelada do homem, talvez apalpando para ver se estava inchado. A noite estava escura — tão escura que só conseguíamos ver alguma coisa quando os faróis de um carro ou das motocicletas passavam pela rua. Mas eram poucos veículos, pois todos estavam em algum outro lugar, assistindo ao futebol da olimpíada.

— Aquele homem era um animal, nem pediu desculpa — falei, lutando contra a vontade de chorar. Era como se eu sentisse a dor que Obembe sentia; a vontade de chorar me dominou.

— Psiu — fez Obembe naquele momento.

Ele me puxou para um canto próximo a um quiosque de madeira. De início não vi nada, mas depois consegui enxergar o que ele estava vendo. Logo ali, perto de uma palmeira do lado de fora do portão, estava Abulu, o louco. Foi uma visão tão repentina que primeiro me pareceu irreal. Eu não via Abulu desde o dia em que o encontramos no Omi-Ala, mas nos dias e semanas que se passaram sem sua presença — ou talvez por causa da distância —, ele aos poucos foi invadindo minha vida, nossas vidas, como uma presença aflitiva. Agora eu conhecia a história dele e, mesmo sem saber, esperava encontrá-lo, até mesmo desejava encontrá-lo. E lá estava ele, de pé em frente ao nosso portão, observando fixamente nossa casa, mas aparentemente sem tentar entrar. Obembe e eu ficamos ali olhando enquanto ele gesticulava, agitando as mãos como se conversasse com alguém que só ele podia ver. Então, de repente, Abulu começou a andar na nossa direção, murmurando alguma coisa enquanto caminhava. Quando passou por nós, conseguimos ouvir entre arquejos abafados o murmúrio de algo que percebi que Obembe também tinha escutado, pois ele agarrou minha mão e me tirou do caminho do louco. Ofegante, fiquei olhando enquanto ele se afastava, entrando na envolvente escuridão. Sua sombra, projetada pelos faróis do caminhão do nosso vizinho, pairou brevemente na rua, para só desaparecer quando o caminhão se aproximou.

— Você ouviu o que ele disse? — Obembe me perguntou assim que Abulu saiu do nosso alcance.

Neguei com a cabeça.

— Você não ouviu? — ele insistiu, sem fôlego.

No momento em que eu ia responder, um homem levando uma criança nos ombros passou perto de nós. A criança cantarolava uma canção infantil:

*Chuva, chuva, vá embora*
*Volte outra hora*
*As crianças querem brincar...*

Os dois estavam quase fora de vista quando Obembe perguntou outra vez.

Neguei com a cabeça, querendo dizer que não tinha ouvido, mas era mentira. Ainda que indistintamente, eu escutara a palavra que Abulu repetia quando passou. Soando do mesmo jeito que no dia em que marcara o começo do fim da nossa paz: *"Ikera"*.


Uma dúbia alegria passou pela Nigéria entre o final da tarde e a manhã seguinte, com os gafanhotos chegando à noite e desaparecendo ao nascer do sol, deixando suas asas espalhadas pela cidade. Obembe, Boja e eu vibramos a noite toda ouvindo os comentários do mais velho sobre o jogo minuto a minuto, no estilo de um filme, descrevendo o jeito como Jay-Jay Okocha driblou os adversários como se fosse o Super-Homem resgatando um sequestrado, e como Emmanuel Amuneke chutou a bola no gol como um Power Ranger. A Mãe teve de intervir por volta da meia-noite, insistindo para que fôssemos nos

124 *Chigozie Obioma*

deitar. Quando afinal consegui dormir, tive um milhão de sonhos e só acordei de manhã com Obembe me sacudindo e gritando:

— Acorda! Acorda, Ben... Eles estão brigando!

— Quem, o quê? — perguntei, confuso.

— Eles estão brigando — repetiu aos trancos. — Ikenna e Boja. É uma briga séria. Vem. — Atravessou a nesga de luz como uma mariposa desorientada e, quando se virou e viu que eu continuava na cama, insistiu: — Presta atenção... é sério. Vem logo!

Bem antes de Obembe me chamar, Boja já tinha acordado, reclamando. O velho caminhão dos vizinhos do lado, os Agbati, havia rompido a camada tênue que separava o mundo dos sonhos do mundo inconsciente com os esporádicos roncos de *vruum, vruuuuum, vruummmmmm!* Boja foi despertado pelo caminhão, mas ele queria mesmo acordar cedo para ir a um ensaio de tambores com outros garotos da nossa igreja. Tomou um banho, comeu sua porção de pão com manteiga deixada para nós pela Mãe, que tinha saído para fazer compras com David e Nkem, mas teve que esperar para trocar a calça e a camisa porque suas roupas continuavam em seu guarda-roupa — apesar de não dormir mais no quarto que dividia com Ikenna. Mãe, a falcoeira, insistiu muito para ele ficar comigo e com Obembe, dizendo:

— *Ha pu lu ekwensu ulo ya.* Deixe o diabo na toca dele.

Mas Boja não cedeu. Replicou que o quarto também era dele, não só de Ikenna, e que não ia sair. E, como ele e Ikenna não se falavam, Boja precisava esperar Ikenna acordar para abrir a porta quando se dispusesse. Ikenna tinha ficado fora quase a noite toda, participando das grandes comemorações de rua que se espalharam pela Nigéria, e ao meio-dia ainda não havia saído do quarto. Obembe acrescentou, bem mais tarde e só para mim, que Ikenna voltara para casa bêbado, pois ele havia sentido um forte cheiro de álcool quando abriu a janela para Ikenna entrar, já que a Mãe trancava a porta e o portão à meia-noite.

Boja ficou esperando impaciente, cada vez mais furioso. Perto das onze horas, sua paciência se esgotou e ele começou a bater na porta, primeiro de leve, depois desesperadamente. Obembe disse que Boja, frustrado, encostou o ouvido na porta como se estivesse na casa de um estranho, olhou para ele como se atingido por um raio e falou:

— Não consigo ouvir sinal de vida. Tem certeza de que Ikenna ainda está vivo?

Boja fez aquela pergunta, disse Obembe, expressando uma preocupação genuína, como se estivesse preocupado que tivesse acontecido alguma coisa a Ikenna. Boja ficou certo tempo tentando captar sinais de vida, antes de começar a bater na porta outra vez, agora com mais força, pedindo para Ikenna abrir.

Como não houve resposta, Boja começou a arremeter o corpo contra a porta, desesperado. De repente parou, recuando com o olhar aliviado e um novo temor.

— Ele está lá dentro — cochichou para Obembe enquanto se afastava da porta. — Acabei de ouvir movimento... ele está vivo.

— Quem é esse louco que está perturbando minha paz? — bradou Ikenna de dentro do quarto.

De início, Boja não falou nada. Depois gritou:

— Ikenna, você é que é louco, não eu! É melhor abrir essa porta logo; esse quarto também é meu.

Houve uma rápida movimentação no quarto, e de repente Ikenna estava do lado de fora. Saiu tão depressa que Boja nem chegou a ver o soco chegando, e de repente estava caído no chão.

— Eu ouvi o que você disse de mim — falou Ikenna enquanto Boja tentava se levantar. — Eu ouvi tudo... você dizendo que eu estava morto, que não estava vivo. Você, Boja, depois de tudo o que fiz por você, quer me ver morto, certo? E ainda me chama de louco. Eu? Hoje você vai ver...

Ainda estava falando quando Boja, num movimento rápido como um raio, trançou as pernas nas dele e o jogou contra a porta e para dentro do quarto. Boja levantou, enquanto Ikenna praguejava e xingava em meio a esgares de dor.

— Eu estou pronto para você — disse Boja na soleira da porta. — Se é isso que você quer, vem aqui até o quintal, para a gente não destruir nada na casa, para a mamãe não ficar sabendo o que aconteceu.

Disse isso e disparou para o quintal, onde ficavam o poço e o jardim, e Ikenna foi atrás.

A primeira coisa que vi ao chegar ao quintal com Obembe foi Boja tentando se esquivar de um soco de Ikenna, mas sem sucesso, pois o soco o acertou no peito e o mandou cambaleando para trás. Enquanto Boja tentava se equilibrar sobre as pernas, Ikenna o empurrou com a perna e rolou com ele no chão enquanto os dois trocavam golpes como gladiadores desarmados. Fui tomado de um horror indescritível. Obembe e eu ficamos paralisados na porta, sem conseguir nos mexer, implorando para que parassem.

Entretanto eles não deram atenção, e logo nos deixamos absorver pela ferocidade dos golpes, espantados com a agilidade animal dos movimentos dos lutadores engalfinhados. Obembe gritava quando um dos dois acertava um soco no outro, gemia quando um deles gania de dor. Eu também não conseguia aguentar a cena. Às vezes fechava os olhos quando um deles fazia um movimento mais violento, com o coração aos saltos, e só abria quando o movimento era concluído. Obembe voltou a implorar que parassem quando Boja começou a sangrar de um corte acima do olho direito. Ikenna estrilou.

— Cala a boca! — vociferou, cuspindo no chão. — Se não ficarem quietos, vocês dois também vão apanhar. Idiotas. Não viram o jeito como ele falou comigo? A culpa não é minha. Foi ele que começou isso e...

Boja o interrompeu com um violento soco nas costas, agarrando Ikenna pela cintura; os dois rolaram na terra, levantando uma nuvem de poeira. Lutavam com uma ferocidade incomum em garotos daquela idade, ainda mais numa briga de irmãos. Ikenna desferia seus socos com uma força bem maior do que quando brigou com o garoto que vendia frango no mercado de Isolo, que chamou nossa mãe de *ashewo*, de puta, quando ela não quis comprar um frango dele nos feriados de Yuletide. Nós aplaudimos. Até a Mãe, que detestava qualquer forma de violência, disse — quando o menino levantou e fugiu com sua gaiola de ráfia — que o garoto tinha merecido a surra. Além disso, os golpes de Ikenna eram muito mais duros — muito mais pesados — do que naquela ocasião. Boja também chutava e atacava com mais ousadia do que num sábado em que lutou contra uns meninos que ameaçaram não nos deixar mais pescar no Omi-Ala. Essa briga era diferente. Era como se seus punhos estivessem sendo controlados por uma força que dominava cada fibra de seus seres, até o menor plasma do sangue, e talvez fosse essa força — e não os seres conscientes — que fazia com que empregassem táticas tão violentas um contra o outro. Enquanto via os dois brigando, fui acometido pelo pressentimento de que as coisas nunca mais seriam as mesmas depois daquilo. Temia que cada golpe estivesse imbuído de um irrefreável poder de destruição que não podia ser evitado, contido ou revertido. Enquanto era envolvido por esses sentimentos, minha mente, como um redemoinho que arrasta grãos de poeira em suas dobras concêntricas, entrou num turbilhão de sensações frenéticas, sendo que a mais dominante era um pensamento estranho e incomum que sobrepujava todos os outros: o pensamento da morte.

Ikenna quebrou o nariz de Boja. O sangue jorrou em golfadas, escorrendo de sua mandíbula para a terra. Visivelmente com dor, Boja afundou no chão, chorando e enxugando o nariz sangrando com os trapos em que sua camisa tinha se tornado. Diante da visão do nariz ensanguentado de Boja, Obembe e eu começamos a chorar. Sabia que a briga estava longe de acabar. Boja ia querer se vingar daquele golpe terrível, pois nunca foi de se acovardar. Quando o vi começando a se arrastar para o jardim, tentando se levantar, tive uma ideia. Virei para Obembe e disse que deveríamos chamar algum adulto para separar os dois.

— Sim — ele concordou, com lágrimas escorrendo pelo rosto.

Saímos correndo para a casa ao lado, mas o portão estava trancado. Tínhamos esquecido que a família tinha viajado dois dias antes e só voltaria naquela noite. Quando saíamos, vimos o pastor Collins — o pastor da nossa igreja — passando na sua caminhonete. Acenamos freneticamente, porém ele não nos viu. Continuou seguindo em frente, balançando a cabeça ao som de alguma música que tocava no rádio do carro. Pulamos uma vala de esgoto onde havia o corpo destroçado de uma cobra, que parecia uma sucuri, esmagada com pedras e paus.

Afinal o homem que encontramos foi o sr. Bode, o mecânico de automóveis que morava a três quarteirões da nossa casa, num conjunto de bangalôs sem reboco ou pintura. Era uma casa não concluída, com pedaços de madeira e pequenas pilhas de areia ao redor. O sr. Bode parecia um militar: muito alto, braços fortes e um rosto severo e cavernoso como a casca de uma árvore de *iroko*. Estava voltando para a oficina depois de se aliviar na latrina que dividia com os outros moradores do bangalô de cinco cômodos quando o encontramos. Ainda estava com o cinto da calça aberto, a cueca puxada na cintura, lavando as mãos na torneira que se projetava do chão perto da parede, cantarolando uma canção.

— Boa tarde, senhor — cumprimentou Obembe.

— Meus garotos — ele respondeu, levantando a cabeça para olhar para nós. — Como estão vocês?

— Tudo bem, senhor — respondemos em coro.

— O que está acontecendo, garotos? — perguntou, enxugando a mão na calça preta de fuligem e óleo de automóvel.

— Sim. Nossos irmãos estão brigando, senhor, e nós... nós... — começou Obembe.

— Eles estão sangrando, *eje ti o po,* muito sangue — falei, ao ver que Obembe não conseguia continuar. — Por favor, venha nos ajudar.

A expressão do homem se contraiu quando viu nossas caras chorosas, como se acometido por um súbito derrame.

— O que está acontecendo? — falou, abanando as mãos para secar. — Por que eles estão brigando?

— Não sabemos, senhor — foi a breve resposta de Obembe. — Por favor, venha ajudar a gente.

— Tudo bem, vamos lá — concordou o sr. Bode.

Ele fez menção de voltar para casa, como se fosse buscar alguma coisa, mas parou e continuou seguindo.

— Vamos. — Durante o trajeto, eu e meu irmão começamos a correr, mas tivemos de parar para esperar o sr. Bode.

— Nós precisamos ir depressa, senhor — implorei.

Ao ouvir isso, o sr. Bode também começou a correr, descalço. Perto de casa, duas mulheres estavam paradas na calçada. Vestidas com batas baratas e encardidas, tinham sacas de milho equilibradas na cabeça. Obembe esbarrou numa delas, e duas pequenas espigas caíram de um furo no saco. A mulher esbravejou enquanto nos afastávamos.

A primeira coisa que vimos ao chegar em casa foi a cabrita grávida dos nossos vizinhos, com a barriga inchada e as tetas penduradas. Abaixada perto do portão, balia com a língua fora da boca, que parecia uma fita adesiva desenrolada do carretel. No entorno de seu corpo escuro, pesado e de cheiro forte, espalhavam-se pequenas poças de fezes, algumas esmagadas numa pasta marrom como pus, outras coaguladas em duas, três e múltiplas manchas. O único som que eu conseguia ouvir era o composto pelos *huii, huii* da respiração pesada da cabra. Corremos para o quintal, mas só vimos pedaços de trapos arrancados das roupas deles, manchas de sangue no chão e um palimpsesto de terra remexida marcada pelas pegadas dos dois. Era impossível imaginar que os dois tivessem parado a briga sem uma mediação. Aonde eles tinham ido? Quem interferiu?

— Onde vocês disseram que eles estavam brigando? — perguntou o sr. Bode, intrigado.

— Aqui mesmo — respondeu Obembe, apontando para o chão, lágrimas escorrendo dos olhos.

— Tem certeza?

— Sim, senhor — confirmou Obembe —, aqui mesmo, onde deixamos os dois. Aqui.

O sr. Bode olhou para mim, e falei:

— Aqui mesmo, eles estavam brigando aqui. Olha o sangue. — Indiquei uma mancha onde o sangue tinha se misturado com a terra e formado um caroço e um local onde ser formara uma mancha escura, redonda, que parecia um olho entreaberto.

O sr. Bode olhou ao redor, confuso.

— Então, onde eles podem estar? — O sr. Bode começou a olhar em volta de novo enquanto eu enxugava os olhos e assoava o nariz com a mão. Um pássaro voando baixo pousou no muro perto da minha mão direita, a ave, batendo as asas rapidamente. Como se sentindo ameaçada, a ave decolou, voando do muro até o poço. Olhei para cima, para ver se o avô de Igbafe ainda estava onde eu o tinha visto durante a briga. Mas ele também não estava mais lá. Só vi um copo de plástico na cadeira onde ele estava até pouco tempo atrás.

— Tudo bem, vamos ver dentro da casa — ouvi o sr. Bode dizer. — Vamos até lá ver. Quem sabe eles pararam de brigar e voltaram pra dentro.

Obembe aquiesceu e tomou a frente, enquanto continuei no quintal. A cabra veio gingando na minha direção, balindo. Fiz um gesto para detê-

-la, mas ela parou de repente, levantou a cabeça chifruda e baliu como uma criatura sem fala que, tendo testemunhado algo terrível, reunisse todas as suas forças para se articular e comunicar sobre o ocorrido. Apesar de todos os esforços, o melhor que pôde fazer foi soltar um ensurdecedor *mbeeeeeeeeeeeh!* — um balido que, rememorando agora, reconheço que deve ter sido um discurso caprino.

Deixei a cabra lá e me dirigi ao jardim. Obembe e o sr. Bode entraram na casa, chamando meus irmãos pelos nomes. Eu tentava passar pelo milharal, que começara a crescer nas chuvas suaves de agosto, e já estava quase saindo do outro lado, onde velhas placas de amianto se empilhavam contra a parede, quando ouvi um grito agudo vindo da nossa cozinha. Parti imediatamente numa corrida louca naquela direção. A cozinha estava uma bagunça total.

Os compartimentos do alto estavam abertos e continham uma garrafa vazia de Horlicks, uma lata de creme amarelo e velhas latas de pó de café umas em cima das outras. Perto da porta, com uma das pernas quebradas e virada para cima, estava a cadeira de plástico da Mãe. Uma poça de azeite de dendê avermelhada desenhava um mapa na bancada ao lado da pia cheia de pratos sujos, escorrendo água no chão. O tonel azul onde o óleo era guardado estava emborcado, enegrecido de sedimentos, com um resto de óleo no fundo. Um garfo parecia um peixe morto, imóvel na poça de óleo vermelho.

Obembe não estava sozinho na cozinha. O sr. Bode estava ao seu lado, as mãos na cabeça, rangendo os dentes. E havia ainda uma terceira pessoa, só que transformada numa criatura inferior aos peixes e girinos que pegávamos no Omi-Ala. Essa pessoa estava encostada na geladeira, os olhos arregalados e imóveis, fixos num ponto. Era óbvio que aqueles olhos não conseguiam enxergar nada. A língua pendia fora da boca, de onde escorria uma espuma branca que traçava uma trilha até o chão, e os braços estavam abertos como se pregados a uma cruz invisível. Do estômago, projetava-se o cabo de madeira da faca de cozinha da Mãe, a lâmina afiada enterrada nas vísceras. O chão era uma poça de sangue: um sangue vivo e em movimento, que escorria lentamente para baixo da geladeira. Surpreendentemente, o sangue se misturava ao azeite de dendê — como os rios Niger e Benue, cuja confluência em Lokoja dera nascimento a um país sujo e sórdido —, formando um fantasmagórico acúmulo de um vermelho lavado, como as poças que se formam nos buracos de estradas de terra. Era a visão daquela poça que fazia com que Obembe, como que possuído de um demônio cantante, continuasse a balbuciar uma espécie de refrão, com os lábios trêmulos:

— Rio vermelho, rio vermelho, rio vermelho.

Era tudo o que ele podia fazer, pois o falcão tinha alçado voo, pairando numa corrente térmica inalcançável. Só o que podia fazer era gritar e uivar, gritar e uivar. Também fiquei imobilizado diante daquela visão e gritei um nome, mas minha língua se misturou à de Abulu e o nome saiu corrompido, fatiado, ferido, subtraído por dentro, morto e desaparecido: *Ikera*.

# 9
## O PARDAL

IKENNA ERA UM PARDAL:

Com asas, capaz de sair voando num piscar de olhos. A vida dele já tinha acabado quando Obembe e eu voltamos para casa com o sr. Bode, e o que encontramos no chão numa poça de sangue foi seu corpo vazio, mutilado e ensanguentado. Pouco tempo depois de o encontrarmos, o corpo já havia desaparecido numa ambulância do Hospital Geral e só voltou para casa quatro dias depois num caixão de madeira, na carroceria de uma picape. Mesmo assim, Obembe e eu não o vimos; nossos ouvidos captaram alusões ao "corpo dele no caixão". Engolimos as muitas palavras que as pessoas diziam para nos consolar como pílulas amargas com poder de nos curar:

— *E jo, ema se sukun mo, oma ma'a da.* Não chorem, tudo vai melhorar.

Ninguém mencionou que Ikenna se tornara um viajante da noite para o dia, um estranho viajante que sai do próprio corpo e deixa um vazio para trás, como cascas simétricas de um amendoim, fechadas depois que o conteúdo foi extraído. Apesar de saber que ele tinha morrido, naquela época aquilo parecia improvável. E, apesar de ele estar na ambulância no portão, era difícil imaginar que nunca mais se ergueria e entraria em casa.

O Pai também soube, pois voltou dois dias depois da morte de Ikenna. Estava garoando, era um dia úmido e fazia um pouco de frio. Vi o carro dele entrando em casa pelo círculo formado ao enxugar a camada de vapor da vidraça da sala, onde eu tinha passado a noite. Era a primeira visita dele desde aquela manhã em que tinha nos definido como seus pescadores. Ele chegou trazendo todas as suas coisas, sem intenção de ir embora novamente. Quando a Mãe começou a falar sobre a mudança no comportamento de Ikenna, ele tentou várias vezes, sem conseguir, obter permissão para se ausentar do curso de treinamento de três meses em Gana para passar alguns dias em Akure. Depois, quando a Mãe fez o telefonema de emergência, horas depois de Ikenna ser encontrado morto — um telefonema em que as únicas palavras que disse, antes de se jogar de novo no chão foram: "Eme, Ikenna *anaaaa!*", o Pai escreveu uma carta de demissão e entregou a um colega no curso de treinamento em Gana. Assim que chegou à Nigéria, tomou um ônibus noturno para Yola, pôs todas as suas coisas no carro e voltou para Akure.

Ikenna foi enterrado quatro dias depois que o Pai voltou, com o paradeiro de Boja ainda desconhecido. Embora as notícias da tragédia tivessem se espalhado pelo bairro e os vizinhos enxameassem em nossa casa para contar o que tinham ouvido ou visto, ninguém sabia onde ele estava. Uma das vizinhas, uma mulher grávida que morava numa casa do outro lado da nossa rua, disse que ouvira um grito alto mais ou menos na hora em que Ikenna tinha morrido. O grito a acordou. Outro vizinho, um estudante de doutorado na universidade a quem todo mundo chamava de "Prof", uma figura esquiva que quase nunca ficava em casa — o pequeno bangalô de um cômodo ao lado da casa de Igbafe —, estava estudando quando ouviu o estrondo de um objeto de metal. Mas foi a mãe de Igbafe que forneceu detalhes mais exatos sobre o que poderia ter acontecido — de acordo com o relato do pai dela, o avô de Igbafe. Um dos dois (Boja, aparentemente) tinha se levantado do chão, cambaleando e, em vez de continuar brigando, correu na direção da cozinha, desesperado de dor e de raiva, com o outro atrás. Àquela altura, o homem, assustado e achando que a briga tinha terminado, levantou da cadeira e entrou na casa. Não sabia dizer para onde Boja teria ido.

Como um milagre, uma multidão de pessoas, quase todos parentes — *Nde Iku na' ibe* —, muitos dos quais eu nunca tinha visto, e outros cujos rostos simplesmente povoavam os muitos daguerreótipos e fotografias esmaecidas encartadas nos nossos álbuns de família, acorreu à nossa casa nos dois dias seguintes. Eles tinham vindo da aldeia de Amano, um lugar que eu mal conhecia. Tínhamos visitado o local só uma vez, para a cerimônia de enterro de Yee Keneolisa, um velho entrevado que era tio do Pai. Viajamos pelo que parecia ser uma estrada interminável, escavada entre duas vastas extensões de mata fechada, até chegarmos a um lugar onde a grande floresta se reduzia a algumas árvores, alguns trechos cultivados e um exército de espantalhos bem distribuídos. Quando o Peugeot do Pai conseguiu vencer as trilhas de areia, sacolejando violentamente, começamos a encontrar pessoas que o conheciam. Pessoas que nos cumprimentavam com uma alegria efusiva e impetuosa. Mais tarde, vestidos de preto, com muitos outros, marchamos numa procissão para o funeral, as pessoas não falavam nada, apenas choravam, como que transformadas de criaturas com o dom da fala a outras que só conseguiam chorar; isso me deixou muito espantado.

Essas mesmas pessoas chegavam agora exatamente do jeito que eu as tinha visto naquela ocasião: vestidas de preto. Na verdade, Ikenna era o único que usava uma roupa diferente no funeral. O branco ofuscante da camisa e da calça que usava lhe conferia a aparência de um anjo que — apanhado desprevenido durante uma manifestação física na terra — tivera os ossos quebrados para impedir que retornasse ao céu. Todos os outros presentes na cerimônia estavam vestidos de preto, amortalhados em diferentes tons de pesar, com exceção de Obembe e de mim: só nós dois não choramos. Nos dias seguintes à morte de Ikenna, que se acumularam como sangue infectado em ebulição, Obembe e eu nos recusamos a chorar, a não ser por aquelas primeiras lágrimas que vertemos na cozinha quando vimos seu corpo sem vida. Até o Pai chorou algumas vezes; uma delas, ao passar pelo anúncio fúnebre de Ikenna na parede da nossa casa, e outra quando conversou com o pastor Collins durante uma visita de condolências. Mesmo sem ter racionalizado a respeito, me ative fortemente à decisão de não derramar lágrima alguma, aparentemente como Obembe, tanto que, em vez de chorar, preferi ficar olhando fixamente para o rosto de Ikenna, que eu temia que logo se perderia para sempre. O rosto dele tinha sido lavado e lubrificado com azeite de oliva e brilhava com uma radiação sobrenatural. Apesar de o corte nos lábios e a cicatriz na sobrancelha ainda serem visíveis, seu semblante mostrava uma paz impossível, como se ele não fosse real, como se eu e todos os presentes no funeral simplesmente estivéssemos sonhando. Só quando ele estava lá deitado que notei pela primeira vez o que Obembe já havia visto e sabia — que Ikenna já começava a ter barba. Parecia ter crescido da noite para o dia e agora fazia um delicado desenho na linha de sua mandíbula.

Dentro do caixão, o corpo de Ikenna — o rosto para cima, tampões de algodão em narinas e ouvidos, braços ao lado do corpo, pernas juntas — tinha a forma de um esferoide alongado; um ovoide no formato de um pássaro. Isso porque, de fato, ele era um pardal; uma coisa frágil incapaz de traçar o próprio destino. Que viveu um destino traçado para ele. Seu *chi*, o deus pessoal que os igbos acreditam que todos possuem, era fraco. Era um *efulefu*: um sentinela irresponsável que às vezes abandonava seus protegidos para sair em jornadas ou tarefas longínquas, deixando-os desamparados. Essa era a razão por que, ainda adolescente, já tivera sua dose de eventos sinistros e tragédias pessoais; Ikenna era um simples pardal, vivendo num mundo de tempestades sombrias.

Quando ele tinha seis anos, durante uma partida de futebol, tomou um chute de um garoto que mandou um dos testículos de sua bolsa escrotal para dentro do corpo. Foi levado às pressas para um hospital, onde os médicos batalharam para realizar um transplante testicular, enquanto isso, em outro quarto do mesmo hospital, eles lutavam para reviver a Mãe, que desmaiara ao saber do acidente de Ikenna. Na manhã seguinte, os dois estavam vivos — com a Mãe já aliviada, não mais angustiada como no dia anterior, quando teve muito medo de que Ikenna morresse, e ele com um pequeno pedregulho no escroto no lugar do testículo perdido. Ficou três anos sem jogar futebol. Mesmo quando voltou a jogar, criou o hábito de segurar a braguilha com as mãos para se proteger quando a bola era chutada na sua direção. Dois anos depois, com oito anos, foi picado por um escorpião perto de uma árvore na escola. Mais uma vez, sobreviveu ao golpe; mas a perna direita ficou atrofiada para sempre, mais curta que a outra.

O funeral foi realizado no Cemitério de Santo André, um terreno murado, cheio de túmulos e algumas árvores. Estava repleto de cartazes feitos para o enterro. Alguns dos avisos fúnebres, impressos em folhas A4, foram afixados nos ônibus que levaram membros da nossa igreja e outros convidados ao funeral, outros foram colados no para-brisa e no vidro de trás do carro do Pai. Um deles ficou exposto na parede externa da nossa casa, ao lado do número postal, escrito a carvão no meio de um círculo desenhado pelos funcionários do censo nacional de 1991. Um foi colado no poste de luz perto do portão da nossa casa, outro no quadro de avisos da igreja. Outros foram colocados no portão da minha escola — onde Ikenna tinha estudado — e no Colégio Aquinas de Akure, a escola em que ele e Boja estudavam. O Pai havia decidido que os avisos só seriam postos onde fosse necessário, "só para comunicar à nossa família e aos amigos o que aconteceu". Os avisos tinham o título de "obituário" impresso em tinta, borrada na impressão na ponta do *b* e nas perninhas do *a* e do *r*. Em quase todos, a brancura do papel parecia manchada pela foto de Ikenna, que parecia retratar alguém que tivesse existido no século XIX. Embaixo da foto, uma inscrição dizia: *Embora você tenha nos deixado cedo demais, nós o amamos muito. Esperamos nos encontrar de novo quando o momento chegar,* acompanhada das seguintes informações:

Ikenna A. Agwu (1981-1996)
deixou os pais,
sr. e sra. Agwu, e os irmãos
Boja, Obembe, Benjamin, David e Nkem Agwu.


No funeral, antes de Ikenna ser tragado pela terra, o pastor Collins pediu que os membros da família se reunissem à sua volta enquanto os outros ficaram mais afastados.

— Afastem-se um *pouco*, por favor — falou num inglês cadenciado com um forte sotaque igbo. — Ah, obrigado, obrigado. Que Deus os abençoe. Um pouco mais, por favor. Que Deus os abençoe.

Meus parentes mais próximos e alguns outros cercaram a cova. Eram rostos que eu não via desde que tinha nascido. Quando quase todos estavam à volta da sepultura, o pastor pediu que fechassem os olhos para rezar, mas nossa mãe irrompeu num lancinante grito de angústia, lançando uma terrível onda de tristeza ao redor. O pastor Collins ignorou-a e continuou orando, com a voz trêmula. Embora suas palavras — *que o perdoe e receba sua alma em seu reino [...] sabemos que, da mesma forma como nos deu, nos tirou [...] força para suportar essa perda [...] obrigado, Nosso Senhor, pois sabemos que nos ouviu...* — parecessem ter pouco significado, todo mundo ecoou um sonoro "amém" ao final. Em seguida, um após o outro colhia terra com a mesma pazinha, jogava na cova e passava a pá para a pessoa ao lado no círculo. Enquanto esperava minha vez, olhei para cima e notei que o horizonte estava cheio de nuvens em forma de algodão, tão densas e cinzentas que imaginei que até as garças brancas seriam salpicadas de cinza se passassem voando naquele momento. Estava absorto nessa reflexão quando ouvi chamarem meu nome. Baixei o olhar e vi Obembe lacrimejante, balbuciando algo inaudível, segurando a pá na minha frente com mãos trêmulas. A pá ficou grande e pesada nas minhas mãos, mais pesada por conta da porção de terra grudada no fundo como um calombo. E fria também. Meus pés afundaram num monte de areia quando enterrei a pá na terra e retirei uma porção. Joguei a terra na cova e passei a pá para o Pai. Ele pegou a pá, escavou uma grande porção de terra e jogou-a na cova. Como era a última pessoa, largou a pá e apoiou a mão no meu ombro.

Em seguida, como se tivesse recebido um sinal, o pastor limpou a garganta e tentou dar um passo adiante, mas se desequilibrou um pouco na beira da cova, derrubando um pouco de terra ao recuperar o equilíbrio para não cair. Um homem o ajudou a se firmar, e ele recuou um pouco.

— Agora chegou o momento de ler umas poucas palavras de Deus — começou o pastor quando se estabilizou. Falava aos trancos, como se as palavras saíssem de sua boca como gafanhotos tropicais voando e parando, como os gafanhotos pulam e param, várias vezes seguidas, até concluir o discurso. Enquanto falava, seu pomo de adão subia e descia na garganta.

— Vamos ler do Livro dos Hebreus; a Carta de Paulo aos Hebreus. Vamos ler o primeiro versículo do capítulo onze. — Ele levantou a cabeça, lançando um olhar severo para todos os presentes. Em seguida, fazendo uma pequena vênia, começou a ler: — A fé é a substância das coisas que se esperam, pois as evidências de coisas não vistas...

Enquanto o pastor lia, senti uma inacreditável necessidade de olhar para Obembe, de avaliar o que ele sentia naquele momento. Ao me virar para ele, fui inundado por lembranças do meu irmão perdido, como se o passado começasse a flutuar livre diante dos meus olhos, como confetes num balão cheio de ar. Primeiro vi o rosto de Ikenna, afunilado, raivoso e de olhos baços, em pé diante de mim e Obembe ajoelhados no chão. Isso perto dos arbustos de *esan*, no caminho para o Omi-Ala, depois de Obembe ter ridicularizado o traje branco da igreja, quando Ikenna nos mandou ajoelhar como castigo por "desrespeitar a fé de outras pessoas". Em seguida, vi Ikenna e a mim sentados no galho da tangerineira na nossa casa, em posturas imitando o John Matrix, de *Comando para matar*, e o Rambo, à espera de Obembe e Boja. Eles eram Hulk Hogan e Chuck Norris, respectivamente, escondidos na varanda do nosso bangalô. De vez em quando os dois saíam de lá, apontando suas armas para nós, reproduzindo sons de tiros numa batalha — *drirririri* ou *ti-ti-ti-ti-ti*. Quando saltavam ou gritavam, respondíamos com um ruído abafado imitando a explosão de uma bomba — *cabum*!

Vi Ikenna em seu colete vermelho, de pé do outro lado da linha branca traçada na terra da quadra de esportes da nossa escola primária. Estamos em 1991, acabei de participar da corrida do jardim de infância pela equipe azul e fiquei em penúltimo lugar — depois de ultrapassar o corredor da Equipe Branca. Agora estou nos braços da Mãe, com Obembe e Boja atrás do longo cordão amarrado a estacas nas duas pontas, isolando os espectadores da pista de corrida. Estamos torcendo por Ikenna a partir do cordão, Boja e Obembe aplaudindo intermitentemente. Soa um apito em algum lugar, e Ikenna, que está alinhado a outros garotos usando as cores verde, azul, branca e amarela, encosta um joelho no chão enquanto a voz do sr. Lawrence, o professor faz-tudo, que era também o mestre de cerimônias dos esportes, grita:

— Em seus lugares! — O sr. Lawrence faz uma pausa enquanto todos os corredores se erguem na perna de trás, com os dedos fincados no chão como cangurus. — Preparar! — Quando ele grita "Já!", parece que, apesar de os atletas começarem a correr, os garotos continuam na mesma linha, ombro a ombro. Depois, um após o outro, começam a se apartar. As cores das camisetas parecem uma visão passageira, que desaparecem para outros tomarem seus lugares. Logo em seguida, o corredor da Equipe Verde tropeça e cai, levantando poeira no ar. Os garotos parecem envolvidos numa nuvem de fumaça, mas logo depois Boja vê Ikenna levantando um dos braços e comemorando na linha de chegada; e eu também vejo. Num instante, ele é cercado por um bando de garotos que envergam o Colete Vermelho e gritam:

— Viva a Equipe Vermelha! Viva a Equipe Vermelha! A Mãe pula de alegria comigo nos braços, mas para de repente. Eu vejo o motivo: Boja passou por baixo do cordão de isolamento e está correndo na direção da linha de chegada, gritando:

— Ike é o vencedor! Ike é o vencedor! — Atrás dele, correndo e segurando um longo bastão, vem o professor que vigiava o cordão de isolamento.

Quando voltei a prestar atenção ao funeral, o pastor havia chegado ao versículo trinta e cinco, tinha a voz mais alta, enlevada, fazendo com que cada versículo se pendurasse no anzol da mente, pulsando como um peixe capturado. O pastor fechou a Bíblia de abas desgastadas e a acomodou debaixo do braço. Com um lenço já úmido, enxugou a testa.

— Vamos agora partilhar a graça — falou.

Em resposta, todos no funeral se massificaram numa camaradagem de ruídos guturais. Recitei o mais alto que pude, os olhos bem fechados:

— Que a graça de nosso Senhor Jesus Cristo, o amor de Deus e a doce confraria do Espírito Santo estejam conosco agora e para todo sempre. Amém.

O amém esvaneceu devagar, transportado pelas fileiras de túmulos cuja única linguagem era o silêncio. O pastor fez sinal para os coveiros, que imediatamente voltaram de onde ficaram durante o funeral, conversando e dando risada. Aqueles homens estranhos começaram a cobrir a cova depressa, apressando o desaparecimento de Ikenna, como se ignorassem o fato de que, assim que o cobrissem, ninguém nunca mais o veria. Enquanto pedaços de terra caíam sobre ele, um novo surto de tristeza irrompeu, e quase todos no funeral se debulharam em lágrimas. Apesar de não ter chorado, vivenciei uma sensação de perda forte, real e palpável. Com um espantoso ar de apatia, os coveiros continuaram cobrindo a sepultura, mais depressa, um deles dando uma breve parada para tirar uma garrafa de água achatada parcialmente enterrada na terra que agora recobria parte do corpo de Ikenna. Enquanto observava os homens jogando mais terra na cova, eu escavava a terra fria dos meus pensamentos, e de repente se tornou claro — do jeito que as coisas sempre se tornavam claras só depois de terem acontecido — que Ikenna era um pássaro frágil e delicado; que era um pardal.

Pequenas coisas podiam machucar sua alma. Pensamentos positivos costumavam remexer seu espírito melancólico em busca de crateras a serem preenchidas pela tristeza. Quando era mais novo, costumava ficar no quintal, cabisbaixo e contemplativo, com os braços em torno dos joelhos. Era muito crítico das coisas, uma parte dele se parecia muito com o Pai. Marcava pequenas coisas com grandes cruzes, ficava longos períodos ponderando sobre uma palavra errada que tivesse dito a alguém; detestava repreender os outros. Não havia lugar em seu modo de ser para sátiras ou ironias; essas coisas o perturbavam.

Assim como os pardais — que acreditávamos não terem casas —, o coração de Ikenna não tinha um lar, nem alianças duradouras. Ele amava o próximo e o distante, o grande e o pequeno, o estranho e o conhecido. Mas eram as coisas pequenas que atraíam e demandavam sua compaixão, sendo que a mais memorável foi um passarinho que teve por alguns dias em 1992. Um dia, Ikenna estava no corredor da nossa casa sozinho, na véspera do Natal, enquanto todo mundo dançava e cantava músicas natalinas, comia e bebia, quando um passarinho caiu na frente dele. Ikenna se abaixou, aproximou-se devagar e envolveu seu corpo emplumado nas mãos. Era um pardal depenado, que tinha sido capturado por alguém e fugido, com um pedaço de barbante ainda em volta de uma das patas. A alma de Ikenna se comoveu com o pardal, do qual cuidou ciosamente durante três dias, alimentando-o com o que conseguisse encontrar. Nossa mãe pediu que Ikenna desistisse daquilo, mas ele se recusou. Então, numa manhã, pegou o corpo sem vida do passarinho na mão e cavou um buraco no quintal; seu coração estava triste. Ele e Boja cobriram o pardal com areia até o passarinho estar enterrado. Foi exatamente assim que Ikenna desapareceu também. Primeiro, sob a terra despejada pelos presentes no funeral e os coveiros cobrindo seu tronco amortalhado, depois as pernas, os braços, o rosto e tudo o mais, até desaparecer para sempre dos nossos olhos.

10

# O FUNGO

Boja era um fungo:

O corpo dele estava cheio de fungos. O coração bombeava sangue cheio de fungos. Sua língua estava infectada por fungos, e talvez a maioria dos órgãos do seu corpo também estivesse. O fato de seus rins estarem cheios de fungos era a razão pela qual molhou a cama até os doze anos. A Mãe se preocupou, achando que ele molhava a cama por estar enfeitiçado. Depois de levá-lo a algumas sessões de orações, começou a passar óleo consagrado nas beiradas da cama — uma garrafinha de azeite de oliva abençoado — todas as noites antes de ele dormir. No entanto, Boja não conseguia parar, mesmo tendo de passar pela vergonha de tirar o colchão da cama todas as manhãs — em geral marcado por nódoas de urina de diferentes formatos e tamanhos — e levá-lo para secar ao sol, correndo o risco de ser visto pelos garotos da vizinhança, principalmente por Igbafe e seu primo Tobi, que conseguiam ver nossa casa do sobrado onde moravam. Foi por causa de uma gozação do Pai por fazer xixi na cama que ele causou aquela agitação na nossa escola na famosa manhã de 1993, quando conhecemos M.K.O.

Da mesma maneira que um fungo se esconde no corpo de um hospedeiro ignorante, Boja continuou vivendo invisível na nossa casa durante quatro dias depois da morte de Ikenna, sem ninguém saber. Ele estava lá — em silêncio, escondido, recusando-se a falar, enquanto o bairro todo e até a cidade procuravam por ele desesperadamente. Não deu nenhuma pista para a polícia nigeriana de que estava ao alcance. Nem ao menos tentou restringir os pranteadores que enxameavam nossa casa como abelhas ao redor de um barril de mel. Não se importou que sua foto — impressa num cartaz com tinta desbotada — flutuasse pela cidade como uma epidemia de gripe, exposta em pontos de ônibus, estacionamentos, hotéis e alamedas, nem que seu nome estivesse nos lábios dos moradores da cidade.

Bojanonimeokpu "Boja" Agwu, 14, foi visto pela última vez em sua casa no nº 21 da rua Araromi, onde está localizada a Escola de Ensino Médio de Akure, em 4 de agosto de 1996. Usava uma camiseta azul desbotada com a estampa de uma praia das Bahamas. Da última vez em que foi visto, a camiseta estava rasgada e manchada de sangue. Por favor, caso ele seja visto, avise à delegacia de polícia mais próxima ou ligue para 04-8904872.

Ele não chorou enquanto sua foto passava sem parar pelas telas dos televisores de Akure, ficando um bom tempo no ar nos canais OSRC e NTA. Em vez de aparecer, ou pelo menos revelar onde estava, preferiu surgir nos nossos sonhos à noite e em fragmentos das inquietantes visões da Mãe. No sonho de Obembe, ele apareceu no vestíbulo da nossa sala de estar na noite anterior ao enterro de Ikenna rindo das tiradas do Mr. Bean na televisão. A Mãe disse muitas vezes que o vira na sala, escondido no escuro, mas sempre desaparecia quando ela o percebia e acendia uma lâmpada ou um lampião. Contudo, Boja era um mero fungo; ele incorporava uma grande variedade dessa espécie. Era um fungo destrutivo: um homem de força, que se impôs para vir ao mundo e fez o mesmo para sair dele. Impôs-se para sair do útero da Mãe quando ela estava na cama prestes a tirar uma soneca, em 1982. O súbito trabalho de parto a pegou desprevenida, como se fosse um forte movimento intestinal induzido por um edema. O primeiro cutucão foi um disparo de dor que a deixou prostrada. A dor a deixou derrubada, incapaz de se mover, mas ela rastejou para a cama, gritando. A proprietária da casa onde meus pais moravam na época ouviu o grito e foi ajudar. Ao ver que o parto era iminente e que não havia tempo para levar a Mãe ao hospital, a mulher fechou a porta, pegou um pedaço de pano e enrolou nas pernas dela. Pouco depois, enquanto a mulher soprava e abanava a parte íntima da Mãe com toda a energia que conseguiu reunir, ela deu à luz na cama que dividia com o Pai. Costumava relembrar, anos depois, que o colchão ficou tão empapado de sangue que formou uma grande e permanente mancha no assoalho embaixo da cama.

Boja destruiu nossa paz, deixando todo mundo estressado. O Pai não conseguia parar um minuto naqueles dias. Menos de duas horas depois que voltamos do enterro de Ikenna, ele anunciou que ia até a delegacia de polícia para saber que progressos haviam sido feitos na busca por Boja. Disse isso quando todos estávamos na sala de estar. Não sei dizer o que me fez sair correndo atrás dele gritando:

— Papai, papai!

— O que foi, Ben? — ele perguntou, virando-se para mim, o molho de chaves pendurado no indicador. Notei que o zíper da calça dele estava aberto e apontei antes de responder. — O que foi? — ele perguntou de novo, depois de olhar para o zíper.

— Eu quero ir com você.

Ele fechou o zíper da calça, me olhando como se eu fosse um objeto suspeito no seu caminho. Talvez tivesse notado que eu não havia derramado nem uma lágrima desde que ele tinha voltado. A delegacia de polícia beirava a antiga via férrea, que fazia uma curva e virava para a esquerda numa rua esburacada e cheia de poças. A delegacia era uma grande construção, com alguns veículos pintados de preto — a cor da polícia da Nigéria — estacionados sob um toldo de lona suspenso por pilares de ferro fundido chumbados no piso. Alguns jovens, todos nus da cintura para cima, discutiam em voz alta em algum lugar embaixo de uma cobertura de lona rasgada enquanto os policiais ouviam. Entramos direto na recepção: um grande balcão de madeira. Atrás dele havia um policial, sentado em um banco mais alto. O Pai perguntou se podia falar com o delegado.

— Pode se identificar, senhor? — respondeu o policial na mesa com uma expressão séria, bocejando enquanto falava, arrastando a última palavra, "senhor", de forma a soar como a palavra final de um hino fúnebre.

— Eu sou o sr. James Agwu, funcionário do Banco Central da Nigéria — informou o Pai.

O Pai levou uma das mãos ao bolso do peito e mostrou ao homem uma carteira de identidade vermelha. O policial a examinou. Seu rosto se contorceu, depois se descontraiu. O homem devolveu a carteira com um grande sorriso, esfregando a mão na têmpora.

— *Oga*, não poderia nos fazer um agrado? — falou. — Sabe o que estou dizendo, *oga*.

O pedido de uma gorjeta deixou o Pai irritado, pois ele era um ardente opositor de todas as formas de corrupção que infestavam a nação nigeriana; era comum ele vituperar contra isso.

— Eu não tenho tempo para essas coisas — replicou. — Meu filho está desaparecido.

— Ah! — bradou o policial, como se de repente estivesse diante de uma epifania sombria. — Então o senhor é o pai daqueles garotos? — perguntou em tom de reflexão. Em seguida, completou, como se tivesse subitamente percebido o que dissera: — Desculpe ter dito aquilo, senhor. Por favor, espere aqui, senhor.

O policial chamou alguém, e outro policial surgiu no corredor, batendo os pés de forma desajeitada. Parou batendo os calcanhares, ergueu a mão até a lateral do rosto fino e trigueiro, mantendo os dedos pouco acima da orelha e descendo o braço para a lateral da perna.

— Leve este senhor ao escritório do *oga* delegado — ordenou o primeiro policial em inglês.

— Sim, senhor! — assentiu o policial mais jovem, batendo o pé no chão mais uma vez.

O policial, que parecia vagamente familiar, veio em nossa direção, o semblante triste.

— Desculpe, mas teremos que fazer uma pequena revista antes de o senhor entrar — falou.

Passou a mão pelo corpo do Pai, por cima dos bolsos da calça, apalpando. Olhou para mim, parecendo me escanear com os olhos por um momento antes de perguntar se eu tinha alguma coisa no bolso. Neguei com a cabeça. Convencido, ele deu meia-volta, repetiu a saudação com a mão em forma de concha acima da orelha e falou para o outro policial:

— Tudo certo, senhor!

O outro aquiesceu brevemente e, fazendo sinal para que o seguíssemos, nos levou pelo corredor.

O delegado era um homem esguio e muito alto, com uma estrutura facial marcante. Tinha uma testa larga que parecia se espalhar como uma laje pelo rosto. Os olhos eram fundos, e as pálpebras sob as sobrancelhas eram salientes, como se estivessem inchadas. Levantou-se rapidamente quando entramos.

— Senhor Agwu, certo? — perguntou, estendendo a mão para cumprimentar o Pai.

— Sim, e esse é meu filho, Benjamin — resmungou o Pai.

— Certo, sejam bem-vindos. Por favor, sentem-se.

O Pai sentou na única cadeira em frente à mesa dele e fez sinal para eu sentar em outra, perto da parede ao lado da porta. O escritório era antiquado. As três estantes na sala estavam cheias de pilhas de livros e pastas. Na falta de eletricidade, uma nesga de luz do dia penetrava pela brecha entre as cortinas marrons. O ar cheirava a lavanda — um aroma que me lembrou minhas visitas ao escritório do Pai quando ele ainda trabalhava na filial do Banco Central em Akure.

Assim que nos sentamos, o homem apoiou os cotovelos na mesa, cruzou os dedos e começou:

— Hã... sr. Agwu, lamento dizer que ainda não temos informação sobre o paradeiro do seu filho. — Acomodou-se na cadeira, desenlaçou as mãos e logo emendou: — Mas estamos fazendo progressos. Interrogamos uma pessoa da sua vizinhança que confirmou ter visto o garoto em algum lugar do outro lado da rua naquela tarde; a descrição que nos deu bate com a sua... O garoto que ela viu estava com as roupas sujas de sangue.

— Para que direção ela disse que ele estava indo? — perguntou o Pai, ansioso.

— Ainda não sabemos, mas estamos investigando com cuidado. Membros da nossa equipe... — o delegado começou a dizer antes de interromper e levar uma das mãos à boca para tossir, estremecendo levemente.

— Sinto muito — o Pai falou em voz baixa, e o homem agradeceu.

— Estava dizendo que nossa equipe tem realizado buscas — continuou, depois de cuspir num lenço. — Mas, o senhor sabe, mesmo isso será em vão se não oferecermos uma recompensa. Pretendo envolver o pessoal da cidade para nos ajudar. – Ele abriu um caderno de capa dura e começou a examinar as páginas. — Se houver uma oferta em dinheiro, tenho certeza de que as pessoas vão responder. Se não, nossos esforços muito provavelmente serão inúteis.

— Entendo o que está dizendo, delegado — concordou o Pai depois de um momento. — Mas prefiro seguir meus instintos nessa questão, esperar a conclusão das suas buscas preliminares antes de entrar com meus próprios planos.

O delegado concordou logo de imediato.

— Algo me diz que ele está seguro em algum lugar — continuou o Pai. — Talvez esteja apenas se escondendo por causa do que fez.

— Sim, pode ser isso — concordou o delegado num tom ligeiramente mais alto. Ele parecia pouco à vontade em seu assento: ajustou a cadeira, pôs as mãos sobre a mesa e começou mecanicamente a pegar folhas de papel espalhadas enquanto prosseguia: — O senhor deve saber que uma criança, ou até mesmo um adulto... depois de ter feito uma coisa tão terrível... quero dizer, depois de matar o irmão de sangue... estaria com medo. Pode estar com medo da polícia, ou até dos pais, do futuro... de tudo. Existe até a possibilidade de ter saído da cidade de vez.

— Sim — concordou o Pai, tristonho, balançando a cabeça.

— Isso me faz lembrar. — O policial estalou os dedos. — O senhor entrou em contato com seus parentes próximos para perguntar...

— Sim, mas acho pouco provável. Meus filhos quase não visitam nossos parentes, só fizeram isso quando eram bem pequenos e sempre comigo ou a mãe. E a maioria dos nossos parentes está aqui, e ninguém o viu. Vieram para o funeral do irmão dele, que só terminou poucas horas atrás.

Os olhos do delegado encontraram os meus no momento em que eu estava olhando para ele, ponderando sobre sua forte semelhança com o militar de óculos escuros no retrato atrás dele, o ditador da Nigéria, general Sani Abacha.

— Entendo o seu ponto de vista. Vamos fazer o melhor possível, mas esperamos que volte sozinho... no devido tempo.

— Nós também esperamos — repetiu o Pai num tom embolado. — Obrigado por sua atenção, senhor.

O homem perguntou mais uma coisa ao Pai que não entendi, pois eu estava de novo ausente, com a imagem de Ikenna, a faca na barriga, pairando na minha cabeça. O Pai e o homem se levantaram e apertaram as mãos, e saímos do escritório.

Boja também se revelou como um fungo. Depois de quatro tortuosos dias nos quais ninguém fazia a menor ideia de onde ele estava ou do que havia acontecido, ele apareceu. Talvez tenha sentido dó da Mãe, que estava quase morrendo de tristeza, ou quem sabe percebeu que o Pai estava tão arrasado com aquilo tudo que nem conseguia mais ficar em casa porque a Mãe não parava de repreendê-lo e culpá-lo. Quando o Pai voltou depois da morte de Ikenna, a Mãe correu até ele, abriu a porta do carro e o arrastou para fora, na chuva, gritando agarrada ao pescoço dele:

— Eu não disse? Não falei que eles estavam saindo do meu controle? Não falei, não falei? Eme, você não sabe que os lagartos só conseguem entrar se uma parede estiver com rachaduras? Você sabe disso, Eme!

A Mãe não parou de atormentá-lo, nem quando a sra. Agbati, despertada pelo barulho, correu até nossa casa e insistiu para que a Mãe deixasse o Pai entrar.

— Não vou deixar, não — resistiu a Mãe, soluçando ainda mais. — Olha para nós, olha só para nós. Nós abrimos uma rachadura, Eme, nós abrimos um monte de rachaduras, e agora os lagartos entraram na nossa casa.

Não consigo esquecer como o Pai, pressionado e encharcado, conseguiu se manter calmo até a Mãe ser apartada, isso era algo do qual não o julgava capaz. Nos quatro dias seguintes, muitas vezes ela tentou atacá-lo, sendo contida por pessoas que tinham vindo nos consolar. Talvez Boja também tivesse notado que Nkem não saía de trás do Pai, chorando sem parar, porque a Mãe não conseguia cuidar dela. Obembe passou a cuidar de David, que às vezes também chorava sem razão, e a Mãe batia nele quando se sentia pressionada. Talvez Boja estivesse vendo tudo isso e tenha se comovido com ela, com todos nós. Ou talvez tenha meramente sido forçado a se revelar por não conseguir mais se esconder. Ninguém nunca vai saber.

Boja se revelou não muito depois que eu e o Pai voltamos da delegacia de polícia. A foto dele, uma em que estava agachado com a mão estendida para o fotógrafo como se fosse derrubar o homem, acabara de ser mostrada nos comerciais do *OSRC News* com os dizeres *Pessoa desaparecida*, logo depois de cenas do *Dream Team* olímpico da Nigéria sendo aclamado quando chegava a Lagos vindo dos Estados Unidos com a medalha olímpica de futebol masculino.

Estávamos comendo inhame com azeite de dendê — Obembe, o Pai, David e eu. A Mãe estava deitada no tapete em outra parte da sala, ainda vestida de preto. Nkem estava sob os cuidados de Mama Bose, a farmacêutica. Uma de nossas tias, a única que ainda continuava por ali depois do enterro, mas que tomaria o ônibus noturno para Aba naquele mesmo dia, estava ao lado de Mama Bose e da Mãe. A Mãe conversava com as duas mulheres sobre paz de espírito, sobre como as pessoas tinham reagido à dor da nossa família, enquanto eu estava concentrado na televisão, que mostrava Austin Jay-Jay Okocha, do *Dream Team*, apertando a mão do general Abacha em Aso Rock. De repente, a sra. Agbati, a vizinha do lado, correu até nossa porta, gritando. Tinha vindo pegar água no nosso poço, um poço de três metros e meio, tido como um dos mais profundos do bairro. Nossos vizinhos, principalmente os Agbati, costumavam usar nosso poço quando o deles secava ou estava com pouca água.

Ela apareceu na soleira da nossa porta, gritando:

— *Ewooooh! Ewooooh!!*

— Bolanle, o que foi? — perguntou o Pai, sobressaltado com o grito da mulher.

— Ele está... no poço *oooooo, Ewoooh* — conseguiu dizer a sra. Agbati, berrando e andando de um lado para o outro.

— Quem? — perguntou o Pai. — O que foi? Quem está no poço?

— Ali, ali no poço! — repetiu a mulher de quem Boja não gostava e costumava chamar de *ashewo*, por tê-la visto uma vez no hotel La Room.

— Quem está no poço? — insistiu o Pai, já saindo correndo da casa. Eu fui atrás, seguido por Obembe.

O poço, com a tampa de metal um tanto danificada, estava com dois metros e meio de água. O balde de plástico da vizinha estava em cima de uma camada de limo perto da abertura do poço. O corpo de Boja boiava na superfície, as roupas formavam uma espécie de paraquedas, infladas como um balão. Um dos olhos estava aberto, visível abaixo da superfície da água clara. O outro estava fechado e inchado. A cabeça despontava um pouco fora da água, apoiada nos tijolos desbotados do poço, enquanto as mãos de pele clara pairavam na água, como se Boja estivesse abraçado a alguém que ninguém podia ver a não ser ele.

O poço em que Boja havia se escondido e de onde depois surgiu sempre fez parte de sua história. Dois anos antes, uma fêmea de gavião — provavelmente cega ou desorientada por alguma razão — caiu no poço aberto e se afogou. Assim como Boja, o pássaro só foi descoberto muitos dias depois, submerso e em silêncio, como veneno numa corrente sanguínea. Quando chegou o tempo certo, seu corpo emergiu, mas àquela altura ela *já tinha começado a se decompor*. Esse incidente aconteceu mais ou menos na época em que Boja se converteu à Grande Cruzada Evangélica, organizada por um pregador internacional alemão, o evangelista Reinhard Bonnke, em 1994. Quando o pássaro foi retirado do poço, Boja estava convencido de que, se rezasse bastante, a água não poderia prejudicá-lo. E anunciou que rezaria pela água e a beberia. Justificou sua fé na seguinte passagem da escritura: *"Vede, eu vos dou poderes para caminhar entre serpentes e escorpiões, e acima de todos os poderes do inimigo: e nada poderá prejudicar-vos de alguma forma"*. Enquanto esperávamos pelos funcionários da Secretaria de Tratamento de Águas, que o Pai tinha chamado para purificar o nosso poço, Boja tomou um copo de água. Temendo que ele morresse, Ikenna contou o que havia acontecido, semeando pânico em nossos pais. O Pai levou Boja para o hospital. Foi um grande alívio quando o resultado dos testes mostrou que estava tudo bem. Daquela vez, Boja venceu o poço; mas, alguns anos depois, o poço o venceu. O poço o matou.

O corpo de Boja estava incrivelmente alterado quando ele foi retirado. Obembe ficou me olhando, horrorizado. Veio gente do bairro todo para ver. Naqueles dias, nas comunidades pequenas da África Ocidental, um acontecimento trágico como esse se alastrava como um incêndio florestal levado pelo vento harmatão. Assim que a mulher deu o alarme, pessoas — tanto conhecidas como estranhas — começaram a chegar à nossa casa até ocupar todos os espaços. Diferentemente da cena da morte de Ikenna, nem Obembe nem eu tentamos impedir que Boja fosse levado dali. No caso de Ikenna, depois de se recuperar de sua entonação hipnótica de "rio vermelho, rio vermelho, rio vermelho", Obembe segurou a cabeça de Ikenna e tentou fazer respiração boca a boca, pedindo:

— Acorda Ike, por favor acorda, Ike — até o sr. Bode tirá-lo de cima do irmão. Dessa vez, com nossos pais presentes, ficamos só observando da varanda.

Tinha tanta gente que mal conseguíamos ver o que acontecia, pois as pessoas de Akure e de quase todas as cidadezinhas da África Ocidental eram como pombos: criaturas passivas, ciscando preguiçosamente nos mercados ou nas praças, como se esperassem por algum boato ou notícia, reunindo-se assim que um punhado de grãos fosse jogado no solo. Todo mundo conhecia você; você conhecia todo mundo. Todo mundo era seu irmão; você era irmão de todo mundo. Era difícil entrar em algum lugar onde não houvesse alguém que conhecia sua mãe ou seu irmão. Isso valia para a maior parte dos nossos vizinhos. O sr. Agbati veio só de camiseta branca e um calção marrom. O pai e a mãe de Igbafe chegaram em trajes coloridos tradicionais, vindos de algum evento sem nem ao menos trocarem de roupa. Havia outras pessoas, incluindo o sr. Bode. Foi ele quem entrou no poço para retirar Boja. Pelos comentários, fiquei sabendo que primeiro ele atravessou uma escada em cima do poço e tentou puxar meu irmão com a mão, mas o peso morto de Boja *se recusou a sair*. Apoiado na beira do poço, o sr. Bode puxou Boja de novo. Dessa vez, a camisa de Boja rasgou embaixo do braço e a escada afundou. Os homens que estavam ao redor tiveram de segurá-lo para que ele não caísse dentro do poço. Três homens seguraram o sr. Bode pelas pernas e pela cintura, e só quando tentou mais uma vez, descendo alguns degraus da escada, ele conseguiu tirar Boja do túmulo aquático em que estava morto havia dias. E, assim como na cena da ressurreição de Lázaro, a multidão vibrou e aplaudiu.

Entretanto, sua aparição não foi a de um corpo ressuscitado, foi a assustadora e inesquecível imagem de um cadáver inchado. Para impedir que aquela imagem ficasse gravada na nossa cabeça, o Pai nos forçou a entrar em casa.

— Vocês dois... sentem aqui — falou, ofegante, com uma expressão que eu nunca tinha visto. Súbitas rugas tinham surgido em seu rosto, os olhos estavam vermelhos. Ajoelhou-se quando nos sentamos, apoiou as duas mãos nas nossas coxas e falou: — A partir deste momento, vocês serão homens fortes. Serão homens que vão olhar nos olhos do mundo e escolher seus caminhos e suas ações com... com... a mesma coragem que os seus irmãos tiveram. Entenderam?

Concordamos com a cabeça.

— Muito bem — retrucou o Pai, aquiescendo algumas vezes, distraído.

Em seguida abaixou a cabeça e escondeu o rosto entre as mãos. Eu podia ouvir os dentes rilhando na boca enquanto emitia um murmúrio mecânico, do qual a única palavra que distingui foi "Jesus". Quando ele abaixou a cabeça, vi sua calvície, diferente da do vovô, interrompida na forma de um arco despelado disfarçada no meio dos cabelos.

— Lembra o que você me disse alguns anos atrás, Obembe? — perguntou o Pai, olhando para nós outra vez.

Obembe negou com a cabeça.

— Você já esqueceu... — Um sorriso magoado lampejou em seu rosto e desapareceu. — O que disse quando o seu irmão Ike dirigiu o carro até o meu escritório durante aqueles tumultos do M.K.O.? Aqui mesmo, na nossa mesa de jantar? — Ele apontou a mesa, abandonada num estado lamentável, com refeições interrompidas nas quais moscas pousavam, copos de água pela metade e um jarro de água quente que continuava exalando vapor, mesmo na ausência dos seus consumidores. — Você perguntou o que faria se eles morressem.

Obembe aquiesceu. Assim como eu, ele se lembrava daquela noite de 12 de junho de 1993, quando o Pai afinal nos trouxe para casa de carro e começamos a nos revezar para contar histórias sobre o tumulto durante o jantar. A Mãe contou como ela e algumas amigas tinham entrado num alojamento militar perto de onde estavam quando os manifestantes pró-M.K.O. invadiram o mercado, matando qualquer um que achassem que era do norte. Quando todos terminaram suas histórias, Obembe indagou:

— O que vai acontecer comigo e com Ben quando Ikenna e Boja ficarem velhos e morrerem?

Todos deram risada, menos eu, Obembe e os pequenos. Embora nunca tivesse considerado aquela possibilidade até aquele momento, achei a pergunta válida.

— Obembe, quando isso acontecer você também vai estar velho; eles não são tão mais velhos do que você — respondeu o Pai, gemendo de tanto rir.

— Tudo bem — concordou Obembe, hesitante, mas só por um momento. Continuou olhando para os dois, com perguntas se acumulando na cabeça como um turbilhão insuportável. — Mas e se eles morrerem?

— Quer calar essa boca? — gritou a Mãe. — Meu Deus! Como você pode deixar esses pensamentos nascer na sua cabeça? Seus irmãos não vão morrer, está ouvindo? — Ela segurou o lóbulo da própria orelha, e Obembe, cheio de medo, aquiesceu.

— Muito bem, agora coma a sua comida! — trovejou a Mãe.

Abatido, Obembe baixou a cabeça e continuou a comer em silêncio.


— Bem, agora que isso aconteceu, Obembe — continuou o Pai depois de assentir algumas vezes —, você precisa se conduzir para o bem e conduzir igualmente seus irmãos mais novos, o Ben aqui e o David. Você vai ser o irmão mais velho.

Obembe aquiesceu.

— Não estou dizendo que é para conduzir os dois de carro, não — O Pai balançou a cabeça. — Só estou dizendo para orientar os dois.

Obembe voltou a aquiescer.

— Liderar os dois — murmurou o Pai.

— Está certo, papai — replicou Obembe.

O Pai levantou e limpou o nariz com uma das mãos. O muco escorreu pelas costas da mão, cor de vaselina. Ao ver aquilo, lembrei de ter lido uma vez no *Atlas animal* que a maioria das águias põe só dois ovos. E que os filhotes de águia, assim que saem dos ovos, costumam ser mortos pelo mais velho, principalmente em períodos de falta de comida, o que o livro chamou de "síndrome de Caim e Abel". Apesar de serem grandes e poderosas, segundo li, as águias não fazem nada para evitar esses fratricídios. Talvez as mortes aconteçam quando as águias estão longe do ninho, percorrendo grandes distâncias para conseguir alimento para a família. Então, quando caçam um esquilo ou um rato e montam nas nuvens para voar de volta para o ninho, elas encontram os filhotes — às vezes os dois — mortos: um ensanguentado no ninho, o sangue escuro escorrendo pelo ninho, e o outro com o dobro do tamanho, inchado, imerso numa poça de sangue ao lado.

— Vocês dois fiquem aqui. — O Pai interrompeu meus pensamentos. — Não saiam até eu chamar. Certo?

— Sim, papai — respondemos em coro.

Ele levantou para sair, mas se virou lentamente. Achei que ia dizer alguma coisa, talvez fazer um pedido: "Por favor, eu queria...", mas foi só isso. Saiu da sala e nos deixou ali, assustados.

Só depois que o Pai saiu me dei conta de que Boja era também um fungo autodestrutivo: um fungo que gradualmente causava a destruição do organismo que habitava. Foi o que ele fez com Ikenna. Primeiro, afundou o espírito de Ikenna, depois baniu sua alma, fazendo uma perfuração mortal que esvaziou o corpo dele de sangue e formou um rio vermelho aos seus pés. Em seguida, como é característico de sua espécie, virou-se contra si e se matou.

Obembe foi o primeiro a me dizer que Boja tinha se matado. Obembe deduziu isso a partir das pessoas que estavam em casa e esperou para me contar. Assim que o Pai saiu da sala, ele virou para mim e disse:

— Você sabe o que o Boja fez?

Aquilo me chocou.

— Você sabe que nós bebemos o sangue da ferida dele? — continuou Obembe. Eu fiz que não com a cabeça. — Você não sabe de nada. Sabe que tinha um grande buraco na cabeça dele? Eu... vi um buraco! E nós fizemos chá com essa água hoje de manhã, e todos tomamos esse chá!

Eu não conseguia entender aquilo, não conseguia entender como ele podia ter estado lá o tempo todo.

— Se ele estava lá, se estava lá todo esse tempo... — comecei a falar, mas parei.

— Continua — disse Obembe.

— Se ele estava lá todo esse tempo... — hesitei.

— Continua! — insistiu Obembe.

OS PESCADORES  155

— Certo, se ele estava lá, como não o vimos no poço quando pegamos água hoje de manhã?

— Porque, quando alguma coisa se afoga, ela demora a subir. Olha, lembra o lagarto que caiu na caixa-d'água de Kayode?

Aquiesci.

— E o passarinho que caiu no nosso poço dois anos atrás?

Aquiesci mais uma vez.

— Então, foi a mesma coisa; é assim que acontece. — Fez um gesto cansado na direção da janela e repetiu: — É assim... que acontece.

Ele levantou da cadeira, deitou na cama e se cobriu com a *wrappa* que a Mãe tinha nos dado, com imagens de um tigre estampadas no tecido. Fiquei observando o movimento da cabeça dele e ouvindo o som dos soluços contidos que saíam de debaixo da coberta. Fiquei quieto, imobilizado onde estava, mas consciente de uma gradual irrupção nas minhas vísceras, como se uma lebre em miniatura me desse pequenas mordidas. As mordidas continuaram até que, de repente, sentindo um gosto avinagrado na boca, vomitei uma golfada de alimento úmido numa massa viscosa no chão. A irrupção foi seguida de acessos de tosse. Abaixei e vomitei mais um pouco.

Obembe pulou da cama e veio na minha direção.

— O que foi? O que aconteceu com você?

Tentei responder, mas não consegui; a lebre continuava arranhando fundo os meus ossos. Ofeguei com falta de ar.

— Ei, água — disse Obembe. — Vou pegar um pouco de água.

Aceitei.

Ele trouxe água e a espirrou no meu rosto, mas senti como se estivesse afundando, como se me afogasse. Arquejei quando a água escorreu pelo meu rosto e me enxuguei freneticamente.

— Você está bem? — ele perguntou.

Assenti e resmunguei:

— Estou.

— Você devia tomar um pouco de água.

Ele saiu e voltou com um copo.

— Toma, bebe isso — falou. — E não tenha mais medo.

Quando ele disse isso, lembrei de uma ocasião, antes de começarmos a pescar, quando voltávamos do campo de futebol e um cachorro pulou de um cômodo em ruínas de uma casa inacabada e começou a latir para nós. Era um cachorro magrinho, dava para contar as costelas. Manchas roxas e esfolados recentes cobriam seu corpo como a casca de um abacaxi. O pobre animal veio na nossa direção com pulos intermitentes, beligerante, como se quisesse nos atacar. Apesar de adorar animais, eu tinha medo de cachorros, leões, tigres, de toda a família dos felinos, pois tinha lido muito sobre como dilaceravam pessoas e outros animais. Gritei quando vi o cachorro e me agarrei a Boja. Para acalmar o meu medo, Boja pegou uma pedra e atirou no cachorro. A pedra não o acertou, mas o cão se assustou tanto que soltou um ganido, recuando instintivamente, abanando o rabo enquanto se afastava, deixando marcas de patas na terra. Então Obembe se virou para mim e disse:

— O cachorro foi embora, Ben; não precisa mais ter medo.

E, naquele instante, meu medo se foi.

Enquanto bebia a água que Obembe tinha trazido, tomei consciência do pandemônio lá fora. Uma sirene uivava a pouca distância. Quando o ruído ficou mais alto, vozes bradaram ordens para as pessoas deixarem que "eles" entrassem. Parecia que uma ambulância estava chegando. O tumulto tomou conta da nossa casa quando homens puseram o corpo inchado de Boja na ambulância. Obembe correu para a janela da sala de estar para ver o cadáver de Boja ser posto no veículo, tomando cuidado para não ser visto pelo Pai, ao mesmo tempo tentando se manter de olho em mim. Voltou para a sala quando as sirenes começaram a uivar outra vez, agora de forma ensurdecedora. Eu tinha tomado a água e parado de vomitar, mas meus pensamentos continuavam girando.

Pensei no que Obembe tinha dito no dia em que Boja bateu a cabeça na caixa de metal quando foi empurrado por Ikenna. Ele ficou sentado em silêncio num canto do quarto, encolhido como se tivesse pegado um resfriado. Depois perguntou se eu tinha visto o que havia no bolso do calção de Ikenna antes de ele entrar no quarto, mais cedo.

— Não, o que era? — perguntei, mas ele ficou só olhando, perplexo, a boca entreaberta, os dentes incisivos parecendo maiores do que na verdade eram. Depois foi até a janela, com aquele mesmo olhar na expressão. Ficou olhando para fora, onde uma longa procissão de formigas seguia pelo muro, ainda molhado de muitos dias de chuva. Um pedaço de pano pendia, pingando água numa longa linha que descia até a base da parede. Uma nuvem do tipo cúmulos pairava no horizonte acima do muro.

Fiquei esperando pacientemente pela resposta de Obembe, mas se passou muito tempo, e eu perguntei de novo.

— Ikenna estava com uma faca... no bolso — ele respondeu, sem se virar para olhar para mim.

Levantei e corri até onde ele estava como se uma fera tivesse entrado no quarto para me devorar.

— Uma faca? — perguntei.

— É — ele respondeu, aquiescendo. — Eu vi, era a faca de cozinha da mamãe, aquela que Boja usou para matar o galo. — Obembe balançou a cabeça mais uma vez. — Eu vi — repetiu, olhando primeiro para o teto, como se alguma coisa ali tivesse concordado com sua afirmação, assegurando que ele estava certo. — Ele estava com uma faca. — Agora com a expressão contorcida e a voz fraquejando, ele continuou: — Talvez estivesse pensando em matar Boja.

A sirene da ambulância começou a uivar mais uma vez, e o barulho da turba subiu a um nível ensurdecedor. Obembe se afastou da janela e veio na minha direção.

— Ele já foi levado — disse com a voz rouca. Repetiu aquilo ao me pegar pela mão e me deitar com delicadeza. Àquela altura, minhas pernas estavam fracas de tanto ficar agachado no chão para vomitar.

— Obrigado — falei.

Ele aquiesceu.

— Vou limpar isso aqui e já volto pra ficar com você. Fique aí deitado — falou, fazendo menção de andar para a porta. Mas, pensando melhor, parou e abriu um sorriso, duas pérolas coruscantes brilhavam em seus olhos.

— Ben — ele chamou.

— Hã?

— Ike e Boja estão mortos. — A mandíbula dele afrouxou, o lábio superior se projetou quando as duas pérolas escorreram, marcando seu rosto com duas linhas líquidas idênticas.

Concordei, pois não sabia o que fazer com o que ele tinha dito. Obembe se virou e saiu do quarto.

Fechei os olhos enquanto ele recolhia a sujeira com a pá de lixo, a cabeça cheia de ideias, imaginando como Boja teria morrido, como — segundo o que diziam — teria se matado. Imaginei-o ao lado do corpo depois de ter esfaqueado Ikenna, percebendo de repente que numa única ação tinha jogado a vida fora como uma gruta de tesouros antigos. Ele deve ter visto, deve ter pensado sobre o que o futuro reservava para ele e sentiu medo. Devem ter sido esses pensamentos que originaram a horripilante coragem de encarar a ideia do suicídio, ministrada como morfina nas veias de sua mente, dando início à sua morte lenta. Com a mente já morta, deve ter sido fácil movimentar as pernas e conduzir o corpo, com o medo e a incerteza entremeados em sua mente, a carga pesando cada vez mais, a ideia se avolumando até o salto final — de cabeça, como um mergulhador, do jeito que sempre mergulhava no rio Omi-Ala. De imediato, deve ter sentido o ar inundando seus olhos antes de afundar, em silêncio, sem um gemido e sem dizer uma palavra. A pulsação e os batimentos cardíacos não devem ter aumentado enquanto submergia; ao contrário, ele deve ter mantido a calma e uma estranha tranquilidade. Naquele estado de espírito, deve ter vislumbrado uma ilusória epifania, uma montagem de imagens de seu passado, talvez composto de imagens imóveis de um Boja com cinco anos de idade montado num galho alto da tangerineira do nosso quintal, cantando "Tarzan Boy" do grupo Baltimora; Boja aos cinco anos com um monte de excremento no fundilho quando lhe pediram para conduzir a oração ao Senhor diante da escola inteira durante uma reunião matinal; Boja com dez anos interpretando José, o carpinteiro, marido de Maria, mãe de Jesus, na peça de Natal da nossa igreja em 1992, quando recitou, para surpresa de todos: "Maria, eu não vou casar com você porque você é uma *ashewo!*"; Boja, a quem M.K.O. disse para nunca brigar, *nunca*!; e o Boja que, ainda naquele ano, se tornaria um zeloso pescador. Essas imagens devem ter convergido em sua cabeça como um enxame de abelhas numa colmeia, enquanto ele afundava até chegar ao fundo do poço. O baque estilhaçou a colmeia e fragmentou as imagens.

A descida, imaginei, deve ter sido rápida. Quando a cabeça afundou, deve ter batido na rocha que se projetava do lado do poço. Esse contato deve ter sido seguido pelo som do crânio batendo e rachando, de ossos quebrando, de um redemoinho de sangue jorrando da cabeça. O cérebro deve ter sido feito em pedaços, as veias que o ligavam a outras partes do corpo se desatando. No momento do contato, a língua deve ter saído da boca, os tímpanos devem ter sido rompidos como um véu desgastado, e um décimo de seus dentes devem ter sido espalhados pela boca como um grande lance de dados. Uma sincronia de reações silenciosas deve ter se seguido. Por um breve período, seus lábios devem ter murmurando algo inteligível, como um caldeirão de água fervendo, enquanto o corpo estrebuchava. Isso deve ter sido o auge de tudo. A convulsão deve ter começado a diminuir gradualmente, com a calma retornando aos seus ossos. Depois, deve ter sido envolvido por uma paz que não pertence a este mundo, acalmando-o até atingir a imobilidade da morte.

## 11
## AS ARANHAS

*Quando uma mãe está com fome, ela diz: "Asse alguma coisa para meus filhos, pois eles precisam comer".*
— PROVÉRBIO ASHANTI

ARANHAS ERAM MONSTROS DE AFLIÇÃO:

Criaturas que os igbos acreditam fazer ninhos nas casas dos aflitos, tecendo suas teias e tramando em silêncio, dolorosamente, até os fios se avolumarem e cobrirem grandes espaços. O aparecimento das aranhas foi uma das muitas coisas que mudaram neste mundo depois da morte de meus irmãos. Na primeira semana depois das mortes dos dois, comecei a me sentir como se um toldo de lona ou um guarda-chuva que nos abrigaram todo aquele tempo tivesse rasgado, me deixando exposto. Comecei a lembrar dos meus irmãos, pensar nos mínimos detalhes da vida deles, como que através de um telescópio retrovisor que aumentasse todos os detalhes, cada pequena atitude, cada evento. No entanto, não foi só o meu mundo que mudou depois dos incidentes. Todos nós — Pai, Mãe, Obembe, eu, David e até Nkem — sofremos de forma diferente, mas, nas primeiras semanas depois das mortes, foi a Mãe quem se destacou como a maior sofredora.

Aranhas construíram abrigos temporários e se aninharam na nossa casa, como o povo igbo acreditava que faziam quando pessoas estavam de luto, mas levaram o processo um passo adiante e invadiram a mente da Mãe. Ela foi a primeira a notar as aranhas, as volumosas orbes presas no teto por suas teias; mas não foi só isso. Começou a ver Ikenna nos observando da carapaça das aranhas suspensas, a avistar os olhos dele espiando através das espirais. Reclamava dessas coisas:

— *Ndi ajo ife*, essas criaturas bestiais, escamosas e aterrorizantes. — Elas a assustavam. Enquanto apontava as aranhas, ela chorava, até que o Pai, numa tentativa de tranquilizá-la, depois de muito pressionado por Mama Bose, a farmacêutica, e Iya Iyabo a atender aos apelos de uma mulher que sofria, por mais absurdo que considerasse o pedido, desalojou todas as teias da casa e esmagou diversas aranhas nas paredes. Depois expulsou também as lagartixas e erigiu linhas de defesa contra as baratas, cuja rápida proliferação se tornava uma ameaça. Só então a paz foi restaurada; ainda que aquela fosse uma paz um tanto capenga.

Assim que as aranhas partiram, a Mãe começou a ouvir vozes ao redor. De repente, tomou consciência das perpétuas manobras de um exército de vorazes cupins, que ela percebeu ter infestado seu cérebro e começado a mastigar sua massa cinzenta. Dizia às pessoas que vinham consolá-la que Boja lhe tinha avisado num sonho que iria morrer. Contava sempre o estranho sonho que teve na manhã em que Ikenna e Boja morreram para os vizinhos e membros da igreja que enxameavam como abelhas nossa casa nos dias que se sucederam às mortes, ligando os sonhos à tragédia, pois as pessoas daquela região, e mesmo do restante da África, acreditavam piamente que, quando o fruto do útero de uma mulher — seu filho — morre, ou está para morrer, de alguma forma ela obtém um conhecimento presciente do fato.

No primeiro dia em que ouvi a Mãe relatar sua experiência — na véspera do funeral de Ikenna —, a reação que se seguiu me comoveu. Mama Bose, a farmacêutica, jogou-se no chão com um uivo estridente.

— Ohhh, deve ter sido Deus alertando você! — gemeu, rolando no chão de uma parede a outra. — Deve ter sido Deus avisando sobre o que ia acontecer, *ooooo, eeeyyy*. — A exclamação de dor e tristeza foi expressa em gemidos inarticulados que consistiam de vogais dissonantes esticadas a níveis abismais, às vezes totalmente sem sentido, mas a nuance de todas era perfeitamente compreendida.

O que impressionou ainda mais a todos os que estavam presentes foi o que a Mãe fez depois de contar a história. Ficou perto do calendário do Banco Central pendurado na parede, ainda aberto na página da águia — maio — porque ninguém se lembrou de mudar durante as terríveis semanas da metamorfose de Ikenna. Erguendo as duas mãos, a Mãe gritou:

— *Elu n'ala.* Céu e terra, olhem para minhas mãos e vejam que elas estão limpas. Olhem, vejam que a cicatriz do nascimento deles ainda não se curou, e agora eles estão mortos. — Ao dizer isso, levantou a blusa e apontou para abaixo do umbigo. — Vejam os seios que eles sugaram; ainda estão cheios, mas eles não existem mais. — Subiu a blusa, talvez para mostrar os seios, porém uma das mulheres se adiantou e puxou a blusa para baixo. Tarde demais, pois todo mundo na sala já tinha visto; os dois seios recobertos de veias, os mamilos proeminentes, em plena luz do dia.

Na primeira vez que ouvi a Mãe contar essa história, senti muito medo de ter recebido um alerta mais claro no meu sonho da ponte, se ao menos eu soubesse que sonhos podiam ser alertas. Falei sobre o sonho com meu irmão depois que a Mãe contou o dela, e ele disse que era um aviso. A Mãe contou de novo aquele sonho ao pastor da nossa igreja, o pastor Collins, e à esposa dele mais ou menos uma semana depois disso, quando o Pai não estava em casa. Ele tinha ido comprar gasolina num posto da periferia da cidade. O governo havia aumentado o preço dos combustíveis na semana em que Boja foi encontrado, de doze nairas para vinte e um, e mandado os postos esconder a gasolina, o que resultou em longas e intermináveis filas em postos de todo o país. O Pai ficou numa dessas filas até o final da tarde para voltar com o tanque do carro cheio, mais um galão de querosene no porta-malas. Cansado, foi direto a uma das poltronas, a que era o seu "trono", e afundou no assento. Ainda estava tirando a camisa suada, quando a Mãe começou a falar sobre todas as pessoas que a tinham visitado naquele dia. Apesar de estar ao lado dele, não percebeu o cheiro forte de vinho de palma que emanava, como moscas revoando uma cabra com uma ferida recente. Ela falou muito tempo antes de ele gritar:

— Chega! Já disse que chega! — ele repetiu, já de pé, a musculatura dos braços retesada, avançando para a Mãe, já encolhida e agarrando as coxas com as mãos. — Que bobagem é essa que está me contando, hein, *minha amiga?*

Os pescadores *163*

Agora minha casa virou um zoológico para todo tipo de coisas vivas dessa cidade? Quantas pessoas vão vir aqui com toda essa comiseração? Daqui a pouco os cachorros também vão chegar, os bodes, os sapos e até os gatos malhados e peludos. Você não percebe que essa gente só sabe fingir, chorando mais alto que os que estão de luto? Será que não há limites?

A Mãe não respondeu. Baixou os olhos para as pernas, cobertas por uma *wrappa* desbotada, meneando a cabeça. Na luz do lampião de querosene sobre a mesa em frente aos dois, vi que os olhos dela se encheram de lágrimas. Depois fiquei achando que aquele confronto foi a agulha que espetou a ferida psíquica da Mãe, que começou a sangrar a partir daquele dia. Ela parou de falar, dando início a um silêncio que amorteceria todo o seu mundo. Desde então, passou a ficar só em casa, em silêncio, olhando aturdida para nada em especial. Quase sempre que o Pai falava com ela, a Mãe olhava para ele como se não tivesse ouvido absolutamente nada. Aquela língua, agora imobilizada, costumava produzir palavras como fungos produzem esporos. Quando agitada, as palavras saíam como tigres de sua boca, jorrando como vazamentos de um cano quebrado quando estava sóbria. A partir daquela noite, as palavras começaram a empoçar em sua mente, e só muito pouco vazava; ficavam acumuladas na cabeça dela. Quando o Pai, ressentido com aquele silêncio, passou a atormentá-la todos os dias, ela rompeu o regime de silêncio e começou a se queixar muito de uma presença que via e achava que era o espírito aflito de Boja. Nos últimos dias de setembro, as queixas tinham se tornado um resmungo diário que o Pai não conseguia mais aguentar.

— Como pode uma mulher da cidade ser tão supersticiosa? — ele disparou numa manhã depois que a Mãe falou que tinha sentido Boja sentado na cozinha enquanto ela cozinhava. — Como, *minha amiga*?

A raiva da Mãe veio do fundo; ela ficou furiosa.

— Como você se atreve a me dizer isso, Eme? — gritou. — Como se atreve? Eu não sou a mãe dessas crianças? Será que não posso saber quando os espíritos deles me perturbam?

Ela enxugou as mãos na *wrappa* enquanto o Pai, cerrando os dentes, pegou o controle remoto e aumentou o volume da televisão até a voz meio cantada do ator em iorubá ameaçar abafar a voz da Mãe.

— Pode fingir que não me ouve — ela bradou, batendo uma mão na outra. — Mas você não pode fingir que nossos filhos morreram como deveriam. Eme, nós dois sabemos que não foi assim! É só sair e ver. *A na eme ye eme.* Não é a regra, em lugar nenhum. Os pais não devem enterrar os filhos; deveria ser o contrário!

Embora a televisão continuasse ligada e o efeito sonoro do filme na tela fosse estridente como uma sirene, as palavras da Mãe envolveram a sala numa mortalha de silêncio. Lá fora, o horizonte estava coberto por uma névoa cinzenta de nuvens pesadas. Assim que a Mãe afundou num dos sofás quando acabou de falar, estrondos de trovão rasgaram o céu, mandando uma lufada de vento úmido que bateu a porta da cozinha. A eletricidade caiu em seguida, envolvendo a sala numa escuridão quase total. O Pai fechou as janelas, mas deixou as cortinas abertas para entrar a luz que ainda vinha de fora. Voltou ao lugar em que estava sentado, cercado pelas legiões geradas pelas palavras da Mãe.

O espaço da Mãe no recinto da existência encolheu gradualmente com a passagem dos dias. Ela foi sendo cercada por palavras normais, metáforas comuns, canções conhecidas, tudo isso transformado em inimigos cujo único propósito era a obliteração de seu ser. O corpo conhecido de Nkem, os braços compridos e os cabelos trançados — todas as coisas que ela adorava — de repente se tornaram detestáveis. E uma vez, quando Nkem tentou sentar no seu colo, ela a chamou de "essa coisa tentando subir no meu colo", assustando a menina. O Pai, concentrado nas palavras do *Guardian* naquele momento, ficou alarmado.

— Valha-me Deus! Você está falando sério, Adaku? — perguntou, horrorizado. — Você tratou Nkem desse jeito?

As palavras do Pai provocaram uma mudança drástica no semblante da Mãe. Ela olhou para Nkem como se estivesse cega e subitamente houvesse recuperado a visão, examinando a menina de forma minuciosa, com a boca entreaberta. Em seguida, mudando o olhar de Nkem para o Pai e voltando a Nkem, ela murmurou:

— Nkem — com a língua dardejando da boca, como que sem controle. Ergueu os olhos de novo e disse: — Esta é Nkem, minha filha — como quem estivesse fazendo uma afirmação, perguntando e sugerindo ao mesmo tempo.

O Pai ficou lá parado, parecendo que seus pés estivessem pregados no chão. Abriu a boca, mas não falou nada.

Quando a Mãe repetiu:

— Eu não sabia que era ela —, ele meneou a cabeça e pegou Nkem, chorando e chupando o dedo, e saiu da casa sem falar nada.

A reação da Mãe foi começar a chorar.

— Eu não sabia que era ela — insistiu.

No dia seguinte, o Pai preparou o café da manhã enquanto a Mãe, usando um suéter como se estivesse resfriada, ficou chorando na cama e se recusou a levantar. Continuou na cama o dia inteiro, até o cair da noite, e só saiu do quarto quando estávamos assistindo à televisão com o Pai.

— Eme, está vendo a vaca branca pastando aqui? — ela perguntou, apontando ao redor da sala.

— Como, que vaca?

A Mãe jogou a cabeça para trás e deu uma risada gutural. Os lábios estavam secos e rachados.

— Não está vendo a vaca comendo capim ali? — ela indagou, abrindo a mão.

— Que vaca, *minha amiga?*

A Mãe disse aquilo com uma expressão tão convicta que por um momento o Pai olhou ao redor da sala, como se esperasse ver realmente uma vaca ali.

— Eme, você ficou cego? É verdade que não está vendo essa vaca branca e lustrosa?

Ela apontou para mim, sentado numa poltrona com as almofadas no colo. Eu não conseguia acreditar. Fiquei tão surpreso que, quando ela apontou para mim, virei para trás para ver — como se fosse possível — se havia uma vaca atrás da cadeira em que eu estava; daí percebi que eu era o alvo da Mãe.

— Olha aquela ali, e outra lá... — continuou, apontando Obembe e David —, e tem uma pastando lá fora, outra aqui na sala... elas estão pastando em toda parte. Eme, por que você não consegue ver?

— Quer calar a boca? — rugiu o Pai. — O que você está dizendo? Valha-me Deus! Desde quando nossos filhos viraram vacas pastando na nossa casa?

Ele pegou-a pelo braço e empurrou-a na direção do quarto do casal. Ela saiu cambaleando, o cabelo trançado caindo no rosto, os grandes seios dançando no suéter cor de cinza.

— Me solta, me solta, me deixa olhar as vaquinhas brancas — ela começou a gritar, tentando se desprender dos braços do Pai.

— Cala a boca! — replicava o Pai aos gritos cada vez que ela falava.

A voz dela foi ficando estranhamente estridente enquanto o Pai a empurrava adiante. Nkem começou a chorar ao ver os dois lutando. Obembe pegou-a no colo para tirá-la dali, mas ela começou a espernear e gritar ainda mais alto chamando a Mãe. O Pai arrastou a Mãe para o quarto e trancou a porta. Os dois ficaram lá por um longo tempo, às vezes as vozes se tornavam audíveis. Finalmente, o Pai saiu e pediu que fôssemos para o nosso quarto. Pediu a David e Nkem para ficarem com a gente por um tempo enquanto ele saía para comprar pão. Eram mais ou menos seis horas da tarde. Eles concordaram, mas, assim que fechamos a porta do quarto, ouvimos o som prolongado de pés se arrastando, a porta batendo e um grito frenético:

— Eme, me deixa em paz, me deixa em paz, aonde você está me levando?

Também ouvíamos o som da respiração ofegante do Pai. A porta da frente se fechou com um estrondo.

A Mãe sumiu por duas semanas. Como eu descobriria mais tarde, ela estava num hospital psiquiátrico, trancada como se fosse um perigoso material explosivo. Houve uma explosão cataclísmica em sua mente, e a percepção do mundo como conhecia foi fragmentada em pedaços. Os sentidos dela ficaram tão extraordinariamente aguçados que, aos seus ouvidos, o som do relógio na ala do hospital em que estava parecia mais alto do que o de uma furadeira. O menor som soava para ela como o repique de muitos sinos.

A Mãe desenvolveu uma nictofobia destrutiva, por isso todas as noites se tornaram uma mãe grávida que dava à luz ninhadas de terrores que a atormentavam. Coisas grandes se reduziam a insignificâncias incríveis, enquanto coisas pequenas cresciam, inchavam, tornavam-se monstruosas. Folhas de bambu ganhavam vida, com caules longos e espinhosos — e o poder

Os pescadores *167*

sobrenatural de crescer a cada minuto — e surgiam à sua volta, prontas para esmagá-la até a inexistência. Atormentada pelas visões dessa planta e da floresta em que estava convencida de estar, começou a ver outras coisas. O pai dela, despedaçado por tiros enquanto lutava no front de Biafra na guerra civil de 1969, costumava aparecer dançando no meio do quarto do hospital. Na maioria das vezes, ele dançava com as duas mãos para o alto com seu corpo de antes da guerra. Em outras, nas ocasiões em que ela gritava mais alto, ele aparecia dançando com seu corpo de durante/depois da guerra, com uma das mãos se mexendo e a outra feito um pedaço de tecido sangrento. Às vezes o pai a atraía com palavras carinhosas, convidando-a para acompanhá-lo. Apesar de tudo isso, as visões com as aranhas invasoras continuavam imbatíveis. Ao término da segunda semana na instituição, todos os traços de teias haviam sido removidos das proximidades, com todas as aranhas sendo esmagadas. E parecia que a cada aranha esmagada, a cada manchinha na parede, a Mãe se mostrava mais perto de estar curada.

Os dias em que ela esteve ausente foram difíceis. Nkem chorava quase sem parar, teimando em não se acalmar. Muitas vezes tentei cantar para ela — canções de ninar que a Mãe cantava, mas Nkem não queria saber. As tentativas de meu irmão também pareciam meros rituais de Sísifo. Certa manhã, o Pai voltou para casa e, ao ver Nkem naquele estado de tristeza e desamparo, anunciou que iria nos levar para visitar a Mãe. O choro de Nkem parou instantaneamente. Antes de sairmos, o Pai — que vinha preparando todas as refeições desde o dia em que a Mãe saíra de casa — fez o café da manhã: pão com ovos fritos. Depois da refeição, Obembe foi com ele até a casa de Igbafe buscar alguns baldes de água — nosso poço estava interditado desde que Boja havia sido retirado dele. Em seguida, um após o outro, tomamos banho e nos vestimos. O Pai vestiu uma grande camiseta branca com o colarinho amarelado de tanto lavar. Ele tinha deixado a barba crescer, o que mudou completamente sua aparência. Todos o seguimos até o carro. Obembe sentou na frente, ao lado dele; e David, Nkem e eu, no banco traseiro. O Pai não disse nada; simplesmente fechou a porta, desceu o vidro e deu a partida.

Ele dirigiu em silêncio pelas ruas, que naquela manhã estavam vivas e agitadas. Pegamos a avenida que contornava o grande estádio, com seus holofotes e incontáveis bandeiras da Nigéria esvoaçando. A grande estátua de Okwaraji, que sempre me inspirava admiração, dominava essa parte da cidade. Quando olhei para ela, notei um enorme pássaro preto, que parecia um abutre, empoleirado na cabeça dela. Passamos pelo lado direito da via de mão dupla que saía da nossa rua, até chegarmos à pequena feira aberta numa praça à beira do acostamento. O carro diminuiu a marcha, percorrendo o trecho de terra da rua cheia de lixo. Uma carcaça de galinha jazia num dos lados da via, esmagada no asfalto, as penas espalhadas. A poucos metros dali, vi um cachorro jantando o conteúdo de um saco de lixo rasgado, com a cabeça enfiada no plástico. A partir dali, o carro se movimentou cuidadosamente entre carretas e caminhões pesados apinhados dos dois lados da estrada. Mendigos segurando cartazes explicando seus pedidos — *Sou cego, por favor me ajude*, ou *Lawrence Ojo, vítima de queimadura, precisa da sua ajuda* — alinhavam-se como uma guarda de honra dos dois lados do caminho para a feira. Um deles, um homem que reconheci por tê-lo visto muitas vezes na nossa rua — perto da igreja, rondando o posto dos correios, próximo à minha escola e até no mercado — arrastava-se numa pequena prancha sobre rodinhas, as mãos protegidas por chinelos surrados. Passando pela estação de rádio Ondo State, nos misturamos ao círculo de tráfego do centro de Akure, onde estátuas de três homens tocavam os tradicionais tambores falantes da Nigéria. Ao redor da placa de concreto na base das estátuas, os cactos competiam com as ervas daninhas.

O Pai estacionou na frente de um edifício amarelo e ficou um momento no carro, como se tivesse acabado de perceber que tinha cometido um engano. Logo entendi por que ele havia adotado essa estratégia. Descendo de um carro bem à nossa frente, um grupo de pessoas cercava um homem de meia-idade que ria loucamente, com seu grande pênis pendurado do zíper aberto da calça. O homem poderia se passar por Abulu, se não tivesse a pele mais clara e melhor aparência. Ao ver o homem, o Pai logo virou para nós e disse em voz alta:

— *Ngwa*, fechem os olhos e vamos rezar pela mamãe... depressa!

Quando olhou para trás, viu que eu continuava observando o homem.

— Todo mundo de olhos fechados já! — insistiu. Ficou observando para ver se todos o atendíamos, antes de dizer: — Benjamin, vamos rezar.

— Sim, papai — respondi, limpando a garganta, e comecei a rezar em inglês, a única língua em que eu sabia rezar. — Em nome de Jesus, Senhor Deus, peço que nos ajude... nos abençoe, ó Deus, por favor cure a mamãe, o senhor que curou os doentes, Lázaro e todos os outros, que ela deixe de falar como louca em nome de Jesus por quem rezamos.

Os outros disseram em coro:

— Amém!

Quando abrimos os olhos, nosso grupo já tinha chegado à entrada do hospital, mas o traseiro empoeirado do homem alucinado continuava visível enquanto era forçado a entrar no edifício. O Pai veio até a porta traseira e a abriu do meu lado, com Nkem ensanduichada entre mim e David.

— Escutem aqui, *meus amigos* — começou a dizer, os olhos vermelhos fixos nos nossos rostos. — Em primeiro lugar, a mãe de vocês não está louca. Prestem atenção: quando vocês entrarem ali, não olhem para os lados; olhem só para a frente. Tudo o que vocês virem dentro daquelas paredes vai ficar nas suas lembranças. Quem não se comportar vai ter uma conversa com Guerdon quando chegarmos em casa.

Todos concordamos com a cabeça. Em seguida, um depois do outro, fizemos uma fila atrás de Obembe, com o Pai ao seu lado. Eu era o último. Percorremos um longo canteiro de flores até a entrada do grande prédio, cujo piso era todo azulejado e cheirava a lavanda. Entramos num saguão cheio de gente tagarelando. Tentei não olhar, para não apanhar de chicote, mas não consegui resistir. Então, quando achei que o Pai não estava prestando atenção, divergi para a esquerda, e meus olhos recaíram numa garota pálida com um pescoço longo e fino que se mexia mecanicamente, como se fosse um robô. A língua dela estava quase toda fora da boca, e o cabelo era tão fino e claro que dava para ver o escalpo. Fiquei horrorizado. Quando virei para o Pai, ele estava pegando um crachá azul de uma mulher de uniforme branco do outro lado do balcão, dizendo:

— Sim, são todos filhos dela, todos vieram comigo.

Quando ele disse isso, a mulher levantou atrás do guichê de vidro e olhou para nós.

— Filhos dela — resmungou papai.

— Tem certeza de que eles devem ver a mãe nessa situação? — perguntou a mulher.

A mulher tinha a pele clara e usava um avental branco. A touca de enfermagem estava firme nos lindos cabelos oleados, e o crachá afixado no bolso superior informava: *Nkechi Daniel*.

— Acho que vai dar tudo certo — respondeu o Pai em voz baixa. — Ponderei bem sobre as consequências e acho que vou conseguir administrar a situação.

Não satisfeita, a mulher meneou a cabeça.

— Nós temos alguns regulamentos, senhor — ela explicou. — Mas, por favor, me dê um minuto, vou perguntar ao meu supervisor.

— Tudo bem — concordou o Pai.

Enquanto esperávamos, amontoados ao redor do Pai, não pude deixar de sentir os olhos da garota pálida fixos em mim. Então, tentei me concentrar num calendário na parede de madeira da saleta atrás do balcão e nas diversas fotos com instruções clínicas e medicinais. Uma delas era a silhueta de uma mulher grávida com uma criança nas costas e duas menores, uma de cada lado. A pouca distância havia um homem que parecia ser o marido, com uma criança sentada nos ombros, e outra, mais ou menos da minha altura, mais adiante levando um cesto de ráfia. Não consegui ler o que estava escrito embaixo, mas deu para adivinhar o que era — um dos inúmeros anúncios da agressiva campanha governamental de controle de natalidade.

A enfermeira voltou e declarou:

— Tudo bem, vocês podem entrar, sr. Agwu; ala trinta e dois. *Chukwu che be unu.*

— *Da-alu.* Obrigado, enfermeira — respondeu o Pai em igbo, fazendo uma pequena reverência.

A Mãe que vimos na ala trinta e dois tinha os olhos perdidos e um corpo emaciado, envolto na mesma blusa preta que vinha usando desde o dia em que Ikenna havia morrido. Estava tão frágil e pálida que quase gritei de tão chocado. Fiquei imaginando, ao vê-la, se aquele lugar horrível sugava a carne dos seres humanos e esvaziava suas grandes ancas. O cabelo dela estava sujo e desgrenhado, os lábios secos e escamados, e ela parecia tão diferente que tudo aquilo me deixou horrorizado. O Pai se aproximou dela, enquanto Nkem gritava:

— Mamãe, mamãe!

— Adaku. — O Pai lhe deu um abraço, mas ela nem se virou. Continuou olhando para o teto, para o ventilador imóvel lá no alto, no meio do quarto, para os cantos das paredes. Sem desviar o olhar, ela murmurou num tom baixo, cuidadoso e compreensivo:

— *Umu ugeredide, umu ugeredide*. As aranhas, as aranhas.

— *Nwuyem*, essas aranhas de novo, elas já não foram todas removidas? — O Pai olhou ao redor, pelos cantos do teto. — Onde você está vendo aranhas agora?

Ela continuou murmurando, as mãos cruzadas no peito, como se não o ouvisse.

— Por que você está fazendo isso com a gente, comigo e com os seus filhos? — perguntou o Pai, ao mesmo tempo que o choro de Nkem aumentava. Obembe pegou-a no colo, mas ela se debateu, chutando violentamente os joelhos dele até ele a soltar.

O Pai fez menção de sentar na cama ao lado da Mãe, mas ela se afastou, gritando: — Me deixa em paz! Vai embora! Me deixa em paz!

— Então é para eu ir embora, é? — disse o Pai, levantando-se. O rosto dele estava pálido, as veias das têmporas bem pronunciadas. — Olhe para você, veja o jeito como está definhando diante dos olhos dos filhos que restaram. Ada, você não sabe que nada que o olho veja pode provocar lágrimas de sangue? Não sabe que não existe perda que não possa ser superada? — O Pai passou a palma da mão aberta da cabeça aos pés dela. — Pode definhar, pode continuar definhando.

Percebi então que David estava ao meu lado, segurando minha camisa. Quando olhei, vi que estava prestes a chorar. Senti uma súbita necessidade de abraçá-lo para que não chorasse. Puxei-o para mais perto e o abracei. Senti o aroma de azeite de oliva que eu tinha passado no cabelo dele naquela manhã e lembrei como Ikenna costumava me dar banho quando eu era menor, como me levava pela mão até a escola. Eu era uma criança tímida, tinha muito medo dos professores por causa dos seus bastões e não levantava a mão quando era pressionado a dizer: "Com licença, professora, eu preciso fazer *pupu*". Preferia erguer a voz e gritar o mais alto que podia em igbo, para que Boja, que estudava numa sala ao lado da minha, separada por uma parede de madeira, pudesse me ouvir dizer: "Irmão Boja, *achoro mi iyun insi*". Boja vinha correndo à minha sala e me levava ao banheiro, fazendo os colegas dele e os meus caírem na risada. Ficava esperando até eu terminar, me limpava e me levava para a sala, onde eu era obrigado a abrir as mãos na frente de todo mundo para a professora me bater por ter interrompido a aula. Isso aconteceu muitas vezes, e em todo aquele tempo Boja não se queixou nem uma vez.


O Pai não deixou mais Obembe e eu voltarmos ao hospital. Às vezes, ele levava Nkem ou David para ver a Mãe, mas só depois de ser tão infernizado por eles que já não aguentava mais. Mãe ficou internada por mais três semanas. Foram dias frios e pouco comuns, até o vento que soprava à noite parecia sussurrar como um animal moribundo. Depois, no final de outubro — na estação em que o vento seco do Saara, do norte da Nigéria, descia para o sul e cobria a maior parte da África subsaariana —, o auge do harmatão parece ter surgido da noite para o dia, deixando uma névoa espessa e pesada suspensa, marcada por coberturas de nuvens do tipo cúmulos sobre Akure que pairavam como uma presença espectral, mesmo no nascer do sol. O Pai chegou em casa com a Mãe ao seu lado no carro. Depois de ficar fora por cinco semanas, parecia que ela tinha sido reduzida duas vezes pela metade. A pele clara havia escurecido, como se ela tivesse se bronzeado durante muitos dias. As mãos estavam marcadas por cicatrizes das injeções intravenosas, e num dos polegares havia um emplastro cheio de lã e algodão. Embora fosse óbvio que ela nunca mais seria a mesma, era difícil entender a enormidade do que havia acontecido.

O Pai a resguardava como o ovo de uma ave rara, nos enxotando — principalmente David — para longe dela como se fôssemos mosquitos. Só Nkem tinha permissão de ficar perto dela. Ele transmitia os recados da Mãe para nós e corria com ela para o quarto se alguém aparecesse para nos visitar. Manteve o tempo todo o estado dela em segredo, a não ser para os amigos mais íntimos, e mentia para os vizinhos dizendo que ela viajara para nossa aldeia, perto de

Umuahia, para ficar com a família e recuperar as forças depois da perda dos filhos. Costumava nos alertar, nos termos mais estritos, com as mãos puxando os lóbulos da orelha, para não falar com ninguém sobre a doença da Mãe.

— Nem um mosquito cantando nas suas orelhas pode saber — alertava. Continuou a preparar todas as refeições, primeiro servindo a Mãe, e só depois a nós. Cuidava sozinho da casa.

Então, quase uma semana depois de ela ter voltado, captamos frases do que parecia ser uma intensa discussão, travada em sussurros e atrás de portas fechadas. Obembe e eu tínhamos ido ao cinema mais cedo, perto do posto dos correios, e ao voltar encontramos o Pai transportando as caixas de papelão onde Ikenna guardava seus livros e desenhos. Muitos dos pertences dos nossos irmãos já estavam reunidos numa pilha que aumentava cada vez mais, no lugar onde jogávamos futebol. Quando Obembe perguntou por que ele ia queimar tudo aquilo, o Pai respondeu que a Mãe tinha insistido que aquelas coisas fossem queimadas. Ela não queria que a maldição dos dois — a maldição de Abulu — fosse transferida para nós pelo contato com seus pertences. O Pai não olhou para nós enquanto explicava e, quando acabou, meneou a cabeça e voltou para casa para pegar mais coisas, até o quarto ficar vazio. A mesa de estudos de Ikenna estava encostada na parede roxa, coberta de esboços a lápis e pinturas a guache. A cadeira reclinável foi colocada por cima. O Pai levou o restante das sacolas de Boja, despejando o conteúdo na pilha. Jogou também o velho violão de Ikenna, presente de um músico rastafári que se apresentava na rua quando Ikenna era criança. Com tranças que chegavam até o peito, o homem tocava canções de Lucky Dube e Bob Marley, atraindo uma grande plateia de garotos e adultos do bairro. Muitas vezes ele cantou embaixo do coqueiro na frente do nosso portão, enquanto Ikenna — contra a recomendação dos nossos pais — dançava para entreter a plateia. Ele ficou conhecido como "Rasta Boy", uma designação que o Pai exorcizava com a inclemência do doloroso Guerdon.

Observamos quando o Pai despejou querosene na pilha com uma lata vermelha, até a última gota que tínhamos em casa. Depois, lançando alguns olhares para a Mãe, ele riscou o fósforo. A pilha acendeu, e uma lufada de fumaça explodiu no ar. Enquanto as labaredas devoravam os pertences de Ikenna e Boja, as coisas em que tinham tocado enquanto estavam na terra, senti o fim de meus dois irmãos como mil agulhadas no corpo. Lembro muito bem como um dos trajes favoritos de Boja, um caftan, lutou contra o fogo. Primeiro distendeu-se de seu estado compacto, quando foi surpreendido pelas chamas como se fosse uma coisa viva lutando para sobreviver, antes de lentamente começar a encolher, ressecar, até se dissolver em cinzas. Ouvi os soluços da Mãe e olhei para trás. Vi que ela havia saído do quarto e estava no quintal, a poucos metros da fogueira, com Nkem agachada ao seu lado. O Pai ficou muito tempo ao lado da pilha, a lata de querosene vazia na mão, enxugando os olhos turvos e o rosto sujo de fuligem. Obembe e eu ficamos ao lado dele. Quando viu que a Mãe estava lá, ele largou a lata e foi até ela.

— *Nwuyem* — falou —, eu disse que essa dor ia passar, hein? Não podemos continuar chorando para sempre. Eu disse que não podíamos inverter a ordem dos fatos. Não podemos recuperar o que ficou para trás, nem podemos fazer regredir o que está à frente. Agora chega, Adaku, por favor. Eu estou aqui, vamos superar isso juntos.

Um bando de pássaros, quase invisível na escuridão que se aproximava, começou a sobrevoar a nuvem de fumaça. O céu tinha ganhado a tonalidade do fogo crepitante, e as árvores, agora transformadas em meras silhuetas, pareciam testemunhas improváveis daquele ritual. Enquanto isso, as cinzas dos cadernos de Ikenna, das sacolas de Boja, de todas as roupas deles, dos sapatos, do surrado violão de Ikenna, dos livros de M.K.O., das fotos, dos blocos com desenhos de Yoyodon, de girinos, do rio Omi-Ala, das roupas de pescaria, de uma das latas que queríamos usar para guardar peixes, mas nunca utilizamos, das caixas de fósforo, das roupas de baixo, das camisas, das calças deles — de todas as coisas que tiveram ou que tocaram — subiam numa nuvem de fumaça que desaparecia no céu.

## 12
## O CÃO DE CAÇA

OBEMBE ERA UM CÃO DE CAÇA:

Aquele que descobria as coisas primeiro, que ficava sabendo das coisas e as examinava quando as descobria. Estava sempre transbordando ideias e, no devido tempo, entregava-as como uma criatura equipada com asas — capaz de voar.

Foi ele quem descobriu que havia uma pistola carregada atrás da estante da sala de estar, dois anos depois que mudamos para nossa nova casa em Akure. Encontrou a arma enquanto perseguia uma mosca pela sala. O inseto esvoaçou ao seu redor, escapando de dois violentos golpes do livro *Álgebra simples*, que Obembe usou de improviso para tentar matá-la. A mosca escapou do último golpe e voou para a prateleira da estante onde ficavam a televisão, o videocassete e o rádio, dispostos em várias colunas. Enquanto procurava a mosca na estante, ele soltou um grito, largando o livro no chão. Desde que havíamos nos mudado para a casa, ninguém tinha olhado atrás daquela estante, de onde despontava o cano de um revólver. Apavorado, como todos nós, o Pai levou a pistola para a delegacia de polícia, aliviado por ela não ter sido encontrada por um dos filhos mais novos, David ou Nkem.

Os olhos de Obembe eram os de um cão de caça.

Olhos que notavam pequenas coisas, detalhes insignificantes que os demais não percebiam. Cheguei até a acreditar que ele suspeitava que Boja estivesse no poço, bem antes de a sra. Agbati o encontrá-lo ali. Pois na manhã em que ela encontrou Boja, Obembe tinha percebido que a água do poço estava gordurosa, com um cheiro ruim. Quando pegou um balde para tomar banho, notou uma camada oleosa na superfície. Ele me chamou para ver, e quando peguei um pouco da água na mão e coloquei na boca, cuspi e joguei fora. Eu também tinha sentido o cheiro — o cheiro de podre, de matéria morta —, mas não consegui dizer o que era.

Foi ele quem desvendou o mistério do que aconteceu com o corpo de Boja, já que não fomos ao seu funeral. Não houve avisos, nem visitas, nenhum indício de seu funeral. Ponderei a respeito e perguntei ao meu irmão quando seria o enterro, mas ele não sabia e não queria perguntar aos nossos pais, os dois ventrículos da nossa casa. Apesar de não ter soado nenhum alarme na época ou especulado a respeito, não fosse por ele eu nunca teria sabido o que aconteceu com o corpo de Boja depois de sua morte. No primeiro sábado de novembro, uma semana depois de a Mãe ter voltado do hospital psiquiátrico, ele descobriu uma coisa que eu não tinha notado antes, apesar de estar o tempo todo na prateleira superior da estante da sala de estar, atrás de um retrato emoldurado dos nossos pais no dia do casamento, em 1979. Obembe me mostrou uma pequena jarra transparente naquela prateleira. Dentro dela, havia um saco plástico contendo uma coisa de cor acinzentada, parecendo uma areia argilosa retirada dos troncos de árvores caídos, depois seca ao sol até virar grãos que pareciam de sal. Assim que examinei o recipiente, vi que estava rotulado: *Boja Agwu (1982-1996)*.

Alguns dias depois, quando falamos sobre isso com o Pai, Obembe disse que sabia que aquela estranha substância eram as cinzas de Boja. O Pai teve de admitir a verdade. Explicou que ele e a Mãe tinham recebido recomendações estritas, do clã e de parentes, de que Boja não poderia ser enterrado. Seria um sacrilégio com Ani, deusa da terra, pois uma pessoa que comete suicídio ou fratricídio não pode ser enterrada. Apesar de o cristianismo ter varrido quase todas as crenças dos igbos, algumas migalhas e fragmentos da religião tradicional africana tinham escapado da vassoura. De tempos em tempos, surgiam histórias da nossa aldeia e de clãs na diáspora sobre misteriosos infortúnios — e até mortes — decorrentes de castigos dos deuses do clã. O Pai não acreditava que alguma deusa fosse castigá-lo, nem que existissem os tais dispositivos criados por "mentes incultas", mas decidiu não enterrar Boja por causa da Mãe, e também porque já tivera sua dose de tragédias. Não disseram uma palavra a meu irmão ou a mim, e só ficamos sabendo disso quando Obembe, o cão de caça, descobriu.

A cabeça de Obembe era a de um cão de caça: uma mente inquieta, sempre envolvida na busca por conhecimento. Era uma pessoa que fazia perguntas — um inquiridor, que lia muito para alimentar sua mente. Seu melhor companheiro era o lampião, o instrumento para o cérebro. Antes de meus irmãos morrerem, tínhamos três lampiões de querosene em casa. Um pavio controlado por uma roda dentada mergulhava nos pequenos tanques de combustível para absorver o querosene. Como naquela época o fornecimento de energia elétrica em Akure era quase sempre errático, Obembe lia todas as noites sob a luz de um dos lampiões. Depois da morte dos nossos irmãos, ele começou a ler como se sua vida dependesse disso. Como um animal onívoro, armazenava todas as informações que reunia desses livros na cabeça. Depois, quando já tinha processado e filtrado tudo para chegar ao essencial, me passava na forma de histórias que contava todas as noites antes de dormirmos.

Antes da morte de nossos irmãos, Obembe me contou a história de uma princesa que seguiu um cavalheiro de grande beleza até o coração de uma floresta, insistindo em se casar com ele, só para descobrir que o homem era um esqueleto que tinha tomado emprestado a carne e os órgãos de outras pessoas. Essa história, como todas as boas histórias, plantou uma semente na minha alma e nunca mais me deixou. Durante os dias em que Ikenna havia se transformado em uma sucuri, Obembe me falou sobre Odisseu, rei de Ítaca, citando um exemplar simplificado da *Odisseia* de Homero, inscrevendo para sempre em minha mente imagens dos mares de Poseidon e de deuses imortais. Geralmente ele me contava essas histórias à noite, na semiescuridão do quarto, e eu ia gradualmente me enfronhando no mundo criado por suas palavras.

Duas noites depois de a Mãe voltar do hospital, estávamos sentados na cama no nosso quarto, encostados na parede, quase dormindo. De repente, meu irmão disse:

— Ben, eu sei por que nossos irmãos morreram. — Ele estalou os dedos e se levantou, segurando a cabeça. — Olha só, acabei de descobrir.

Obembe voltou a sentar e começou a me contar uma longa história que lera num livro cujo título não conseguia lembrar, mas que, tinha certeza, havia sido escrito por um igbo. Fiquei ouvindo a voz do meu irmão, embalada pelo matraquear do ventilador de teto. Quando terminou, ficou em silêncio enquanto eu tentava processar a história do homem forte Okonkwo, que foi obrigado a se suicidar por causa de vilanias dos homens brancos.

— Está vendo, Ben, o povo de Umuofia foi conquistado porque não estava unido.

— É verdade — concordei.

— Os homens brancos eram um inimigo comum que teria sido facilmente derrotado se a tribo tivesse lutado junta. Sabe por que os nossos irmãos morreram?

Neguei com a cabeça.

— Pela mesma razão... porque havia uma separação entre eles.

— Sim — murmurei.

— Mas você sabe por que Ike e Boja estavam divididos? — Obembe desconfiou que eu não tinha uma resposta, por isso não esperou muito para prosseguir: — Pela profecia de Abulu; eles morreram por causa da profecia de Abulu.

Obembe começou a coçar as costas da mão esquerda, distraído, sem perceber as linhas brancas se formando na pele ressecada. Ficamos um tempo em silêncio, meus pensamentos viajando no tempo, como se estivesse descendo uma encosta íngreme de patinete.

— Abulu matou os nossos irmãos. Ele é nosso inimigo.

A voz dele soou entrecortada, as palavras emitidas como um sussurro do fundo de uma caverna. Apesar de saber que Ikenna fora transformado pela maldição de Abulu, eu não achava que ele estava diretamente envolvido, como meu irmão enunciava agora. Nunca pensei que o louco pudesse ser diretamente responsabilizado, apesar de ver sinais de que havia plantado o medo em meu irmão. Quando Obembe disse aquilo, me dei conta de que era verdade. Enquanto refletia sobre o assunto, Obembe levantou os joelhos até o queixo e abraçou as pernas, puxando as cobertas e deixando uma parte do colchão exposta. Em seguida, virando para mim e apoiando uma das mãos na cama, que afundou nas molas, esmurrou o ar e falou:

— Eu vou matar Abulu.

— Por que você faria isso? — arquejei.

Por um instante, ele resvalou os olhos marejados de lágrimas pelo meu rosto e respondeu:

— Eu vou fazer isso por eles, porque ele matou nossos irmãos. Vou fazer isso por eles.

Estupefato, fiquei olhando Obembe trancar a porta, depois a janela e enfiar uma das mãos no bolso do short. Depois percebi duas tentativas de acender um fósforo. Na terceira vez, uma pequena erupção de faísca gerou uma chama que logo desapareceu. Fiquei chocado. Vi a silhueta do meu irmão pondo o cigarro na boca, dando uma tragada virado para cima e exalando no escuro da noite. Quase pulei da cama. Eu não sabia, não poderia ter imaginado, não conseguia dizer como ou o que tinha acontecido.

— Você está fumando... — esganicei.

— É, mas fica quieto, você não sabe de nada.

Numa guinada, a silhueta dele se transformou numa força que se avolumou na minha frente ao lado da cama, a fumaça do cigarro envolvendo minha cabeça.

— Se você contar, só vai aumentar a dor deles. — O olhar de Obembe era ameaçador.

Ele soprou a fumaça pela janela enquanto eu observava, horrorizado, a figura do meu irmão, só dois anos mais velho que eu, fumando e chorando como uma criança.


As coisas que meu irmão lia o transformaram; moldaram sua visão de mundo. Ele acreditava nelas. Agora já aprendi que as coisas em que acreditamos costumam se tornar permanentes, e o que se torna permanente pode ser indestrutível. Foi esse o caso do meu irmão. Depois que me revelou seu plano, ele se distanciou de mim e passou a elaborar suas ideias todos as noites, enquanto fumava. Continuou lendo cada vez mais, às vezes em cima da tangerineira no quintal. Criticava minha atitude de não ser corajoso pelos meus irmãos, reclamando que eu não conseguia entender que o livro *O mundo se despedaça* nos dizia para lutar contra o nosso inimigo comum: Abulu, o louco.

Apesar de o Pai tentar nos remeter aos dias anteriores à sua saída de Akure — aos dias felizes de nossas vidas —, meu irmão continuou inabalável. Não se interessava pelos filmes novos que o Pai trazia para casa — o mais recente do Chuck Norris, um novo filme do James Bond, outro chamado *Waterworld – O segredo das águas* e até um filme interpretado por nigerianos, *Vivendo no cativeiro*.

Ele tinha lido em algum lugar que qualquer problema pode ser resolvido se desenharmos um esboço e visualizarmos a configuração integral. A partir disso, começou a passar a maior parte do dia desenhando bonequinhos com seus planos de vingança pelos nossos irmãos, enquanto eu ficava lendo. Topei com eles certo dia, mais ou menos uma semana depois da nossa discussão, e fiquei assustado. No primeiro, desenhado com um lápis fino, Obembe atira pedras em Abulu, que cai e morre.

Em outro, perto da escarpa onde ficava o caminhão de Abulu, Obembe está com uma faca, com as perninhas se movimentando comigo logo atrás. Algumas árvores são visíveis a distância, e porcos passeiam por perto. Dentro do caminhão, com vista para o que acontece na cabine, o bonequinho que o representa degola Abulu... *da mesma forma que Okonkwo matou o mensageiro da corte.*

Aqueles desenhos me deixaram aterrorizado. Fiquei olhando para o papel, as mãos tremendo, até ele sair do banheiro, depois de ficar uns dez minutos lá dentro.

— O que você tá fazendo com isso? — Obembe gritou, furioso. Ele me deu um empurrão que me fez cair na cama com a folha de papel ainda na mão. — Me dá isso aqui.

Joguei a folha de papel na direção de Obembe, e ele a pegou do chão.

— Nunca mais mexa em nada da minha mesa — rugiu. — Está me ouvindo, seu panaca?

Fiquei deitado na cama, protegendo o rosto com as mãos, com medo de que ele me batesse, mas meu irmão simplesmente guardou os papéis no armário, debaixo de algumas roupas. Depois foi até a janela e ficou ali parado. Lá fora, da casa ao lado, escondida por um muro alto, vozes de crianças brincando chegavam até nós. Conhecíamos quase todas. Igbafe, um dos garotos que pescavam com a gente no rio, era uma delas. A voz dele se destacava, intermitente:

— Isso, isso, passa essa bola, chuta! Chuta! Chuta! Ah, o que você fez? — Depois, risadas, som de crianças correndo e ofegando. Sentei na cama.

— Obe — falei o mais calmamente que consegui.

Ele não respondeu, continuou cantarolando uma música.

— Obe — chamei outra vez, quase gritando. — Por que você precisa matar esse louco?

— É simples, Ben — ele respondeu com tanta calma que me deixou ainda mais nervoso. — Eu quero matar Abulu porque ele matou meus irmãos e por isso não merece viver.

Da primeira vez que ele disse isso, depois de me contar a história de *O mundo se despedaça*, achei que estava só um pouco abalado, que dissera aquilo por causa da raiva; mas agora, ouvindo a gravidade e a determinação com que falava e depois de ver aqueles desenhos, comecei a temer que Obembe estivesse falando sério.

— Mas por que você está querendo... matar alguém?

— Está vendo? — ele replicou, depreciando o alarme transparecido na minha frase, que me levou a gritar a palavra "matar" e não falar normalmente. — Você nem sabe por quê, pois já se esqueceu dos seus irmãos.

— Não esqueci, não — protestei.

— Esqueceu, sim, senão não estaria aqui olhando Abulu viver depois de ter matado nossos irmãos.

— Mas você precisa matar o homem-demônio? Não existe outra maneira, Obe?

— Não — ele respondeu, meneando a cabeça. — Olha, Ben, se eu e você não tivemos medo de interferir quando eles brigaram até se matar, não devemos ter medo de vingar os dois agora. Não vamos ter paz enquanto não matarmos Abulu; eu não consigo ter paz; papai e mamãe não conseguem ter paz. Mamãe foi levada à loucura por causa desse maluco. Ele abriu uma ferida na gente que nunca mais vai sarar. Se não matarmos esse louco, nada nunca mais vai ser o mesmo.

Fiquei ali parado, imobilizado pelo poder daquelas palavras, incapaz de dizer qualquer coisa. Pude ver que ele havia elaborado um plano indestrutível noite após noite, sentado e fumando no beiral da janela, quase sempre sem camisa porque não queria que a roupa ficasse cheirando a cigarro. Ele fumava, tossia e cuspia, sempre se estapeando para matar os mosquitos. Quando Nkem foi até a porta e começou a bater, tagarelando que o jantar estava servido, Obembe abriu a porta e, assim que entrou uma luz, logo a fechou novamente e a escuridão retornou.

Após algumas semanas sem conseguir me convencer de aderir à sua missão, ele se afastou, decidido a realizar a tarefa sozinho.

Em meados de novembro, quando a brisa seca do hermatão deixava a pele das pessoas com um tom acinzentado, nossa família saiu da toca como um camundongo — o primeiro sinal de vida dos escombros de um mundo destruído. O Pai abriu uma livraria. Com as economias de que dispunha e o generoso apoio de amigos — em especial do sr. Bayo no Canadá, que anunciou que viria à Nigéria e cuja visita esperávamos ansiosamente —, ele alugou uma pequena loja a cerca de dois quilômetros do palácio real de Akure. Um carpinteiro local fez uma grande placa de madeira com as palavras *Livraria Ikeboja* gravadas em vermelho no fundo branco, que foi afixada na fachada. O Pai nos levou à loja no dia da inauguração. A maioria dos livros estava organizada nas prateleiras de madeira — todas cheirando a verniz. Disse que tinha comprado quatro mil livros para começar e que levaria dias para arrumar todos nas estantes. Sacos e caixas de livros continuavam guardados num quarto escuro, que ele informou que serviria como depósito. Um rato saiu correndo pela porta assim que ele abriu a loja, e a Mãe deu uma gargalhada longa e gutural — a primeira desde que nossos irmãos tinham morrido.

— O primeiro cliente dele — disse enquanto o Pai perseguia o rato, que era dez vezes mais veloz que ele e fugiu pela porta enquanto todos nós ríamos. Ofegando com falta de ar, o Pai nos contou o estranho caso de um de seus colegas em Yola, que teve a casa invadida por ratos. O homem aguentou a pressão da horda por muito tempo, lutando somente com ratoeiras, pois não queria que morressem num lugar onde ele não pudesse encontrar e começassem a se decompor antes de ser descobertos. Todas as medidas tinham sido fúteis até então. Quando surgiram dois ratos em plena luz do dia, envergonhando-o enquanto recebia a visita de dois colegas, ele resolveu encerrar aquela provação. Mandou todos os membros da família para um hotel por uma semana e minou todos os cantos e fendas da casa com *Ota-pia- -pia*. Quando voltou, havia ratos mortos em quase todos os cantos da casa, até dentro de sapatos.

A escrivaninha e a cadeira do Pai foram dispostas no meio da livraria, em frente à porta. Havia um vaso de flores sobre a mesa e um atlas global atrás de um vidro que David teria derrubado se o Pai não o tivesse salvado num rápido movimento. Quando saímos, vimos um tumulto perto da loja, bem do outro lado da rua. Dois homens estavam brigando, com uma turba em volta. Ignorando-os, o Pai apontou para a grande placa que dizia *Livraria Ikeboja*. Só David não percebeu que o nome era uma combinação dos nomes dos nossos irmãos. De lá, o Pai nos levou de carro até o grande supermercado Tesco para comprar bolos, depois tomamos o caminho para o nosso bairro, passando por uma ruela da qual podíamos ver a vegetação de *esan* que escondia o rio Omi- -Ala. Passamos por um grupo que dançava ao som de uma música vinda de um caminhão carregado de caixas de som. A rua estava cheia de provadores de madeira e toldos de lona sob os quais mulheres vendiam roupas. Outros expunham tubérculos de inhame em sacos de aniagem, arroz em bacias ou cestas, além de muitos outros itens na beira da calçada. Motocicletas repletas de passageiros rodavam perigosamente no meio dos automóveis — seria apenas uma questão de tempo até alguém ter a cabeça esmagada no pavimento. A estátua de Samuel Okwaraji, o jogador de futebol nigeriano que morreu em campo durante uma partida em 1989, pairava sobre os prédios onde ficava o estádio, com uma bola presa aos pés e o dedo apontando perpetuamente em direção a um invisível companheiro de equipe. Suas tranças rastafári estavam empoeiradas, e tiras metálicas, que tinham se soltado da escultura, pendiam de forma desajeitada de suas nádegas. Em frente ao estádio, do outro lado da rua, pessoas vestidas em roupas tradicionais se reuniam embaixo de um olea- do. Sentavam-se em cadeiras de plástico, diante de mesas com vinho e outras bebidas. Dois homens tocavam um ritmo em tambores falantes, enquanto outro, usando um *agbada* e uma calça comprida do mesmo tecido, fazia uma dança ao redor, agitando o manto esvoaçante.

Quando nos aproximávamos do retorno em que entrávamos à esquerda para chegar em casa, vimos Abulu. Era a primeira vez que o víamos desde que meus irmãos tinham morrido. Até então ele estava desaparecido, como se nunca tivesse existido; como se houvesse entrado na nossa casa, acendido uma pequena fogueira e sumido. Quase não foi mencionado por nossos pais depois que a Mãe voltou para casa, a não ser quando ela trouxe notícias sobre ele. Abulu tinha simplesmente sumido, sem qualquer carga ou culpa, da forma como os moradores de Akure sempre permitiram.

Abulu estava no acostamento olhando a distância quando viu nosso carro se aproximando lentamente por causa dos quebra-molas. Veio correndo na direção do automóvel, sorrindo e acenando. Uma falha na dentição superior mostrou que tinha perdido um dente. Sob o braço levantado via-se uma cicatriz recente, ainda avermelhada e sanguinolenta. Estava usando uma *wrappa* toda estampada de flores. Eu o vi subir na calçada, gingando e gesticulando como se estivesse com alguém. Depois, quando chegamos mais perto para abrir caminho para um caminhão Bedford carregado de material de construção passar pela rua estreita, ele parou e começou a examinar alguma coisa no chão com muito interesse. O Pai continuou dirigindo como se não o tivesse visto, mas a Mãe emitiu um lamento prolongado e murmurou em voz baixa, estalando os dedos perto da cabeça.

— Homem do mal. Você vai sofrer uma morte cruel. — Depois continuou em inglês, como se o louco pudesse ouvi-la: — Vai mesmo, com certeza. *Ka eme sia*.

Uma van rebocando um carro enguiçado passou sacolejando pela rua, buzinando de forma errática. No retrovisor lateral, onde fixei os olhos para continuar vendo Abulu, percebi que o louco recuava como um caça a jato. Quando ele desapareceu de vista, continuei olhando para o espelho, lendo a inscrição: *Cuidado: objetos avistados pelo espelho estão mais próximos do que parecem*. Pensei no jeito como Abulu estava próximo do nosso carro e imaginei que ele o tivesse tocado. Aquilo desencadeou uma avalanche de pensamentos na minha cabeça. Primeiro, ponderei sobre a reação da Mãe à visão do louco, a possibilidade da morte dele, e concluí que não seria possível. Quem, conjeturei, iria matá-lo? Quem conseguiria chegar perto para enfiar uma faca na sua barriga? Será que o louco não perceberia e até mataria a pessoa primeiro? Será que a maioria das pessoas dessa cidade não teria matado aquele homem se pudesse? Será que todos não tinham sido transformados em estátuas de sal para que Abulu se mantivesse ileso e intocável?

Quando a Mãe teve aquela explosão, Obembe me lançou um olhar inquiridor, e quando desviei os olhos do espelho, ele me encarou com uma expressão que formulava a pergunta: "Está vendo do que eu venho falando?". Aquilo disparou uma epifania. De repente, vi que Abulu era realmente o artífice da nossa dor. Quando passamos de carro pelo Argentina, o velho caminhão do nosso vizinho da casa ao lado, com o cano de escapamento emitindo nuvens de fumaça negra, percebi que Abulu era o responsável por nossa ferida. Embora ainda não tivesse aderido à ideia do meu irmão de castigar o louco, algo mudou quando vi Abulu naquele dia. Também me senti comovido com a reação da Mãe, com a praga que rogou, com as lágrimas que começaram a correr pelo seu rosto ao ver aquele homem. Senti uma onda entorpecedora passar pelo corpo quando Nkem falou, com sua voz cantarolada:

— Papai, a mamãe tá chorando.

— É, eu sei — disse o Pai, olhando pelo espelho retrovisor. — Diga para ela parar de chorar.

— Mamãe, o papai falou para eu dizer para você parar de chorar — Nkem repetiu, e meu coração estourou como uma represa, rompendo a torrente de desgraças que aquele louco tinha causado para nós.

1. Foi ele quem nos tirou nossos irmãos.
2. Foi ele quem injetou o veneno letal no sangue da nossa irmandade.
3. Foi ele quem tirou o emprego do Pai.
4. Foi ele quem fez com que Obembe e eu perdêssemos o ano na escola.
5. Foi ele quem quase deixou a Mãe louca.
6. Foi ele quem queimou todos os nossos laços fraternais.

7. Foi ele quem fez o corpo de Boja ser incinerado como lixo.
8. Foi ele quem fez Ikenna ser coberto por um monte de terra.
9. Foi ele quem fez Boja inchar como um balão.
10. Foi ele quem fez Boja pairar pela cidade como uma "pessoa desaparecida".

A lista dos males causados por Abulu era infinita. Parei de contar, mas continuei repassando a lista repetitivamente, como uma tabela em aberto. Fiquei chocado com o pensamento de que apesar de tudo o que tinha feito conosco; apesar de tudo o que tinha causado para a nossa família; apesar da tortura que infligiu à minha Mãe; apesar da maneira como nos destruiu — aquele louco não parecia nem remotamente ciente do que havia provocado. A vida dele simplesmente continuava, ilesa, intocável.

11. Ele destruiu o mapa dos sonhos do Pai.
12. Deu origem às aranhas que invadiram nossa casa.
13. Foi ele, não Boja, quem enfiou a faca na barriga de Ikenna.

No momento em que Paı desligou o motor do carro, o monstro que aquela nova descoberta criara em mim se levantou, sacudindo as camadas extras de terra de sua criação. O veredicto estava agora inscrito em sua testa: Abulu era o nosso inimigo.

Quando chegamos ao nosso quarto, eu disse a Obembe, já sem camisa e tirando a calça, que também queria matar Abulu. Ele ficou imóvel, olhando para mim. Logo depois, se aproximou e passou o braço pelos meus ombros.

Naquela noite, no escuro, ele me contou uma história, algo que não fazia havia muito tempo.

# 13
## A SANGUESSUGA

O ÓDIO É UMA SANGUESSUGA:

Uma coisa que gruda na pele das pessoas; alimenta-se delas, suga a seiva de seus espíritos. Transforma uma pessoa e não se vai enquanto não sugar a última gota de paz dela. O ódio gruda à pele da mesma forma que uma sanguessuga, enterrando-se cada vez mais na epiderme, de maneira que, para arrancar o parasita da pele, é preciso rasgar uma parte da carne, e matá-lo é o mesmo que um autoflagelo. Antigamente as pessoas usavam fogo, um ferro quente, e quando queimavam a sanguessuga deixavam a pele marcada. Isso era similar ao caso de ódio de meu irmão por Abulu: estava entranhado em sua pele. Desde a noite em que me aliei a ele, nossa porta estava quase sempre trancada, e confabulávamos diariamente sobre o plano da nossa missão enquanto nossos pais iam trabalhar: a Mãe na venda e o Pai na livraria.

— Primeiro — disse meu irmão certa manhã —, precisamos vencer Abulu aqui no nosso quarto. — Ele levantou os papéis em que tinha esboçado seus planos, com os bonequinhos lutando e matando o louco. — Na nossa cabeça, depois nos nossos papéis, antes de vencê-lo em carne e osso. Quantas vezes você ouviu o pastor Collins dizer que o que acontece no reino físico já aconteceu no espiritual? — Não era uma pergunta para a qual ele esperava uma resposta, por isso continuou: — Então, antes de sair desse quarto em busca de Abulu, primeiro precisamos matá-lo aqui.

De início, consideramos os cinco desenhos que ilustravam o momento da destruição de Abulu, a possibilidade de realizá-los. O primeiro ficou sendo chamado de "Plano Davi e Golias"; Obembe atira pedras, e Abulu morre.

Questionei a viabilidade de o esquema dar certo. Argumentei que, como não éramos servos de Deus, como Davi, nem destinados a ser um rei como ele, talvez não conseguíssemos acertar a testa do nosso Golias. O sol estava muito forte no momento em que falei isso, e Obembe tinha ligado o ventilador de teto. Em algum lugar nas proximidades, ouvi um homem vendendo sandálias de borracha, gritando seu slogan:

— Borracha, borracha... aquiiiii!

Meu irmão sentou em sua cadeira e pôs uma das mãos no queixo, refletindo sobre o que eu tinha dito.

— Olha, eu entendo os seus temores — ele falou afinal. — Você pode estar certo, mas eu sempre achei que a gente podia matar ele a pedradas, só que como apedrejaremos o sujeito? Onde, a que hora do dia podemos fazer isso sem sermos apanhados no ato? Esses são os verdadeiros problemas com essa ideia, não o fato de não sermos reis como Davi.

Concordei com a cabeça.

— Se apedrejarmos Abulu com gente ao redor, nao dá pra saber o que pode acontecer. E se nós errarmos a pontaria e acertarmos outra pessoa?

— Tem razão — aquiesci.

Em seguida ele apresentou o plano em que Abulu era esfaqueado, do mesmo jeito que Ikenna foi morto. Ele o tinha chamado de "Plano Okonkwo", como na história de *O mundo se despedaça*. A imagem me assustou.

— E se ele reagir e esfaquear você antes? — perguntei. — Ele é muito malvado, sabe?

Essa possibilidade deixou meu irmão preocupado. Ele pegou um lápis e fez um "X" no desenho.

Uma após a outra, fomos passando pelas ideias esboçadas, pensando a respeito, riscando as que considerávamos insustentáveis. Depois de rasgarmos todas, começamos a tecer um conjunto de incidentes imaginários, a maioria dos quais desenhávamos e descartávamos antes de se completarem. Em um deles, perseguíamos Abulu pela rua numa noite de ventania e ele caía na frente de um carro em movimento que o atropelava, espalhando o conteúdo da cabeça dele no asfalto. Fui eu quem elaborou essa realidade fictícia, minha imaginação marcada por pedaços do corpo do louco esmagado no asfalto, como um dos muitos animais atropelados que já tinha visto — galinhas, cabras, cães, coelhos. Meu irmão ficou pensando por um tempo, os olhos fechados, a cabeça trabalhando na proposta. O vendedor de sandálias de borracha voltou, dessa vez gritando mais alto ainda:

— Borracha, borracha... aquiiiii! Sandálias de borracha aquiiii! — A voz do ambulante parecia estar mais perto da nossa casa agora, tão alta que nem percebi que meu irmão tinha começado a falar.

— ... boa ideia — ouvi ele dizer —, mas você sabe que esses tolos ignorantes tentariam nos impedir, essa gente *kowordly* que não sabe o que o louco fez com a nossa família.

Mais uma vez, como sempre, concordei que ele tinha razão. Obembe rasgou o desenho e jogou os pedaços de papel no chão, frustrado.

A sanguessuga representada pela decisão de Obembe de vingar nossos irmãos estava encravada tão fundo que não podia ser destruída por nada, nem pelo fogo. Durante os dias que se seguiram, assim que nossos pais saíam de casa, saíamos para encontrar o louco. Costumávamos fazer isso no fim da manhã, entre dez da manhã e duas da tarde. Apesar de o novo ano letivo já ter começado, não estávamos matriculados. O Pai havia escrito à diretora da nossa escola pedindo um tempo para nos recuperarmos, pois ainda não estávamos prontos para voltar aos estudos, já que a morte de nossos irmãos ainda estava fresca na nossa cabeça. Assim, para não encontrar colegas de classe ou garotos que conhecíamos na rua ou no bairro, percorríamos caminhos pouco usados. Nos dias seguintes à primeira semana de dezembro, vasculhamos o bairro em busca de qualquer sinal do louco, mas não encontramos nada. Ele não estava no caminhão em que morava, nem pela rua; não estava perto do rio. Não podíamos perguntar a ninguém sobre ele, pois o pessoal do bairro sabia muito sobre nós e costumava fazer expressões de solidariedade quando nos viam, como se usássemos uma insígnia da tragédia dos nossos irmãos na testa.

Esses fracassos não desanimaram meu irmão, nem mesmo o que soubemos do louco naquela semana, um incidente que matou toda a coragem que eu tinha reunido quando me comprometi a me aliar a Obembe naquela missão. O louco andou escondido por muitos dias, sem ser visto no bairro. Então começamos a perguntar às pessoas que achávamos que não nos conheciam se o tinham visto. Para isso, fomos até o extremo norte do nosso bairro, perto de um grande posto de gasolina, num enorme conjunto comercial, adornado com um boneco vestido com roupas coloridas que estava sempre oscilando para todos os lados agitando os braços quando o vento batia. Lá encontramos Nonso, um antigo colega de classe de Ikenna. Estava sentado num banco de madeira na calçada da avenida principal, com jornais e revistas espalhados em sacos de ráfia à sua frente. Depois de nos cumprimentar com uma série de tapinhas, ele nos contou que era o principal comerciante do nosso bairro.

— Vocês não ouviram falar de mim? — perguntou com uma voz esganiçada, como se estivesse tendo o barato de alguma droga, com os olhos passeando pelos nossos rostos.

Os brincos dele cintilavam ao sol, e seu moicano — um tufo de cabelos no meio da cabeça — era escuro e reluzente. Ele já sabia da morte de Ikenna, como o "mano mais novo" tinha enfiado uma faca na barriga dele. Nonso sempre odiou Boja.

— Enfim, que as almas dos dois descansem em paz — falou.

Um homem que estava lendo um exemplar do *Guardian* levantou, largou o jornal e deu algumas moedas a Nonso. Quando ele pôs o periódico na mesa, vi Kudirat Abiola na primeira página, a esposa do vencedor da eleição presidencial de 1993, que fora assassinada. Nonso fez sinal para ocuparmos o lugar do homem no banco embaixo de um toldo de lona. Pensei no dia em que conhecemos M.K.O.; a mulher dele ficou ao nosso lado, acariciou minha cabeça com os dedos cheios de anéis. Lembrei que a voz dela continha medidas iguais de autoridade e humildade quando pedia para a multidão se afastar. Na foto da capa do jornal, os olhos dela estavam fechados e o rosto sem vida, despido de qualquer cor.

— É a mulher de M.K.O., sabe? — observou Obembe, tirando o jornal da minha mão.

Aquiesci. Relembrava agora que, muito depois de conhecer M.K.O., eu quis muito reencontrar aquela mulher. Na época, achei que a amava. Foi a primeira pessoa em quem pensei como uma esposa. Todas as outras mulheres eram apenas uma mulher, a mãe ou namorada de alguém, mas ela era uma *esposa*.

Meu irmão perguntou se Nonso tinha visto Abulu recentemente.

— Aquele demônio? — falou Nonso. — Vi alguns dias atrás... bem aqui. Nessa avenida, perto do posto de gasolina, ao lado do cadáver...

Ele apontou para uma estradinha de terra que saía da avenida principal e se ligava à rodovia em direção a Benin.

— Que cadáver? — perguntou meu irmão.

Nonso meneou a cabeça, pegou uma toalhinha que sempre usava pendurada no ombro e enxugou o suor que escorria pelo pescoço e brilhava ao sol.

— Como assim, vocês não sabem?

Ele então contou que Abulu tinha encontrado o corpo de uma garota morta naquela manhã, provavelmente ao amanhecer. Devido à habitual lentidão da defesa civil naquela parte da Nigéria, o corpo ficou no local por muito tempo, até o meio-dia, e as pessoas que passavam por aquele caminho paravam para ver o cadáver. Quando já quase passava do meio-dia, o corpo começou a atrair menos atenção quando outra multidão começou a se reunir ao redor, dessa vez numa cacofonia indisciplinada. Nonso tentou ver o que estava havendo do outro lado da avenida, mas a multidão tirava a visão do que acontecia.

Com a curiosidade no auge, ele atravessou a rua para ver do que se tratava, abandonando seus jornais. Quando chegou até a aglomeração e conseguiu enxergar alguma coisa, viu o cadáver de uma mulher, com a cabeça caída numa mancha de sangue. Os braços estavam estendidos ao lado do corpo, como ele já tinha visto, com um anel cintilando num dos dedos — o cabelo empapado de sangue grudado num penteado irregular. Mas agora ela estava nua, com os seios despidos, e Abulu estava em cima dela, fazendo movimentos de vai e vem enquanto a multidão observava, horrorizada. Alguns argumentavam se era certo deixar Abulu profanar a morta, enquanto outros diziam que a mulher já estava morta mesmo e não havia mal algum naquilo; outros afirmavam que ele deveria ser impedido de fazer aquilo, mas eram poucos. Depois de se satisfazer, Abulu adormeceu, agarrado à morta como se fosse sua esposa, até a polícia levá-la dali.

Meu irmão e eu ficamos tão chocados com essa história que não realizamos nenhuma outra missão de reconhecimento naquele dia. Uma mortalha de temor do louco caiu sobre mim, e pude ver que até meu irmão teve medo. Ele ficou na sala de estar por muito tempo, em silêncio, até adormecer, a cabeça apoiada no espaldar da poltrona. Eu já começava a ter medo do louco, a desejar que meu irmão desistisse, mas não tinha coragem de dizer isso a ele. Temia que ficasse bravo ou até que me odiasse, porém a providência interveio antes do final daquela semana para nos salvar do que estava por vir — como entendo agora, que as coisas do passado ficaram mais claras. O Pai anunciou que o sr. Bayo, seu amigo que morava no Canadá desde que eu tinha três anos, tinha chegado a Lagos. Foi durante o café da manhã, e a notícia caiu como o lampejo de um trovão. O sr. Bayo, continuou o Pai, havia prometido levar a mim e a meu irmão para o Canadá. A notícia explodiu na mesa como uma granada, espalhando estilhaços de alegria por todo o recinto. A Mãe gritou:

— Aleluia! — Ela se levantou da cadeira e começou a cantar.

Também me senti enlevado, e de repente parecia que meu corpo estava embalado por uma alegria travessa. No entanto, quando olhei para o meu irmão, vi que a expressão do rosto dele não havia mudado. Continuava comendo, o semblante sombrio. Será que ele não tinha ouvido? Parecia que não, pois continuou debruçado sobre a mesa, comendo como se não tivesse ouvido.

— E eu? — perguntou David, lacrimoso.

— Você? — perguntou o Pai, dando risada. — Você também vai. Você é o chefe, como poderia ficar para trás? Você também vai; aliás, vai ser o primeiro a entrar no avião.

Eu ainda refletia sobre o que meu irmão estava pensando quando ele perguntou:

— E a escola?

— Vocês vão estudar numa escola melhor no Canadá — replicou o Pai.

Meu irmão aquiesceu e continuou comendo; fiquei surpreso com aquela falta de entusiasmo ante o que parecia ser a melhor notícia das nossas vidas. Continuamos comendo, enquanto o Pai narrava a história de como o Canadá se desenvolveu num curto período e ultrapassou outros países, incluindo a Inglaterra, de que tinha se separado. Depois começou a falar da Nigéria, sobre a corrupção que devorava as entranhas do país, e afinal, como sempre, do execrável Gowon, um homem que ele odiava, o homem que acusava de ter bombardeado diversas vezes a nossa aldeia, o homem que matou muitas mulheres durante a guerra civil da Nigéria.

*194  Chigozie Obioma*

— Esse idiota — o Pai disparou, o pomo de adão subindo e descendo na garganta, o pescoço tenso e cheio de tendões — é o maior inimigo da Nigéria.

Quando o Pai foi para a livraria e a Mãe saiu com David e Nkem, fui falar com meu irmão, que pegava água do poço para encher a caixa do banheiro, um trabalho que era exclusivo de Ikenna e Boja porque eu e Obembe éramos considerados novos demais para usar o poço. Era a primeira vez que alguém tirava água de lá desde agosto.

— Se for verdade que vamos logo para o Canadá — ele falou —, precisamos matar esse louco o mais depressa possível. Precisamos encontrá-lo logo.

Antes daquele momento, aquilo teria me entusiasmado, mas dessa vez eu queria dizer para esquecermos o louco e começarmos uma nova vida no Canadá. Entretanto, não consegui, e de repente estava assentindo:

— Sim, sim, Obe... precisamos mesmo.

— Precisamos matar logo esse louco.

Meu irmão estava tão preocupado com o que deveria ser uma boa notícia que nem comeu naquela noite. Ficou fazendo desenhos, apagando os traços e rasgando os papéis, de mau humor, até o lápis ficar do tamanho do seu dedo e a mesa estar cheia de aparas de papel. Quando estava no poço, pouco depois de nossos pais saírem para o trabalho, ele disse que devíamos agir logo. Falou isso com intensidade, apontando o poço:

— Boja, nosso irmão, se decompôs aqui nesse lugar como... como um lagarto, por causa daquele louco. Precisamos nos vingar; eu não vou para Canadá nenhum antes de fazer isso.

Obembe lambeu o polegar para reforçar suas palavras, para me mostrar que aquilo era uma promessa. Ele estava determinado. Pegou os baldes de água e foi para casa, me deixando ali parado, começando a matutar — o que ele sempre fazia comigo — se eu sentia tanta falta quanto ele dos meus irmãos Ikenna e Boja. Tranquilizei-me com a convicção de que sim, sentia, e que estava apenas com medo do louco. Tampouco eu achava que conseguiria matar. Matar era uma coisa maligna; como eu poderia fazer isso se era apenas uma criança? Meu irmão disse que estava convencido de que manteria seu plano, determinado a conseguir o que queria, pois seu desejo havia se tornado uma indestrutível sanguessuga.

# 14
## O leviatã

Abulu era um leviatã:

Uma baleia imortal que não podia ser destruída tão facilmente por um bando de marujos valentes. Ele não poderia morrer com a mesma facilidade de outros homens de carne e osso. Apesar de não ser diferente de outras pessoas do seu tipo — um vagabundo insano que, por conta de sua condição mental, chafurdava no mais baixo nível de privação possível, exposto a perigos extremos —, deve ter esbarrado com a morte como qualquer outro. Era sabido que ele se alimentava basicamente de imundície — restos de lixo. Como não tinha uma casa, comia o que encontrasse — sobras de carne espalhadas por pátios de abatedouros, restos de comida de depósitos de lixo, frutas caídas das árvores. Por se alimentar assim já há tanto tempo, esperava-se que tivesse contraído alguma enfermidade. No entanto, continuava vivo e saudável, a barriga cheia como uma bolsa. Na ocasião em que andou sobre uma camada de vidro quebrado e sangrou, as pessoas acharam que era o seu fim, mas ele apareceu de novo dias depois. Essas eram apenas algumas histórias do que poderia ter matado o louco; havia muitas outras.

Solomon nos contou, quando nos reunimos no Omi-Ala no dia seguinte ao encontro com Abulu, que a razão de ter nos alertado a não ouvir a profecia do louco foi por acreditar que Abulu era um espírito do mal se manifestando numa forma humana. Para apoiar essa teoria, nos falou de algo que tinha testemunhado muitos meses antes. Abulu estava andando por um acostamento, quando de repente parou. Caía uma chuva fina, e a garoa o molhava. Olhando para a estrada, o louco começou a chamar o nome da mãe, que acreditava estar no meio da rua, implorando perdão por tudo o que tinha feito a ela. Enquanto implorava, viu um carro passar do outro lado da via. Apavorado, começou a gritar para a mãe sair do meio da rua, mas a aparição, que o louco estava convencido ser verdadeira, continuou imóvel. Abulu correu para a rua no exato momento em que o carro chegou onde ele pensava estar a mãe, para salvá-la. O veículo o jogou no acostamento gramado da rua, derrapando um pouco antes de conseguir parar. Dizia-se que Abulu, que deveria ter morrido na hora, ficou imóvel por um momento onde o carro o deixou, mas logo conseguiu se levantar, todo ensanguentado, com um corte na testa. Começou a espanar as roupas ensopadas como se o carro tivesse apenas jogado poeira em seu corpo. Saiu dali mancando, virando-se algumas vezes na direção do carro, que já tinha partido, dizendo:

— Você quer matar alguém, é? Não pode parar quando vê uma mulher? Você está querendo matar alguém? — Continuou se afastando, mancando, fazendo inúmeras perguntas enquanto caminhava, às vezes parando para dar uma olhada para trás, com a mão no lóbulo da orelha, advertindo o motorista para dirigir mais devagar da próxima vez: — Está me ouvindo? Está me ouvindo?

No dia seguinte ao anúncio do Pai sobre nossa potencial emigração para o Canadá, meu irmão me enfiou um desenho na mão. Fiquei observando a folha de papel enquanto ele falava.


— A gente pode matar Abulu com *Ota-pia-pia*. Podemos botar num pedaço de pão ou coisa assim e dar ao louco, já que ele come qualquer coisa que encontra por aí.

— É verdade — concordei. — Ele come até nos bueiros.

— Isso mesmo — ele aquiesceu. — Você já pensou por que ele não morreu depois de todos esses anos comendo essas coisas? Ele não se alimenta de lixões e de latas de lixo? Por que ainda não morreu?

Obembe ficou esperando uma resposta, mas eu não disse nada.

— Lembra a história que Solomon contou para gente sobre a razão de ter medo de Abulu e de não querer nada com ele?

Concordei com a cabeça.

— Então você entendeu? Escuta, nós não podemos desistir, mas não devemos esquecer que esse homem é estranho. Esses idiotas — o jeito como agora se referia aos moradores de Akure por deixarem o louco continuar vivo — acreditam que ele é uma espécie de ser sobrenatural que não pode ser fisicamente morto; eles são bobos e pensam que esses anos de vida demente alteraram a humanidade dele e por isso não é mais um homem mortal.

— E isso é verdade? — perguntei.

— Se conseguirmos que ele coma um pão envenenado, as pessoas vão pensar que ele morreu por causa de algo que ingeriu em algum depósito de lixo. — Não perguntei como Obembe sabia de tudo aquilo porque ele era o guardião do conhecimento secreto, em quem eu acreditava inquestionavelmente. Por isso, pouco depois, nós saímos, com meu irmão com os bolsos da calça cheios de fatias de pão temperadas com raticida embrulhadas numa sacola. Conseguiu o pão separando um pedaço do seu café da manhã no dia anterior. Meu irmão pegou as migalhas e juntou a elas um pouco mais da mistura envenenada, o que fez com que o recinto fosse invadido por um odor picante. Disse que queria que fôssemos "nessa missão" só uma vez e que tudo estaria resolvido — de uma vez. De posse daquilo tudo, fomos até o caminhão onde Abulu morava, mas ele não estava lá. Apesar de termos ouvido falar que a porta ainda funcionava, ela estava quase sempre aberta. Os bancos surrados estavam reduzidos à armação de madeira, enquanto o estofado forrado com couro tinha sido arrancado ou estava puído. O teto enferrujado mostrava buracos por onde a chuva entrava. Os bancos estavam cheios de diversos materiais descartados: uma cortina azul usada, que ia do banco ao piso do caminhão; a base de um velho lampião de gás sem o tubo de vidro; um bastão; papéis; sapatos arruinados; latas e muitos outros itens apanhados no lixo.

— Talvez ainda não seja o momento — disse meu irmão. — Vamos voltar para casa e retornar à tarde; talvez a gente o encontre.

Fomos para casa e voltamos mais tarde naquele mesmo dia, depois de a Mãe preparar inhame para o almoço e voltar para a loja. Quando chegamos, o louco estava lá, mas nada tinha nos preparado para o que encontramos. Ele estava debruçado sobre uma panela colocada sobre duas pedras grandes, esvaziando o conteúdo de uma garrafa de água. Pedaços de madeira — aparentemente para acender uma fogueira — empilhavam-se entre as pedras, mas estavam apagados. Depois de esvaziar o conteúdo da garrafa na panela de barro, o louco pegou uma lata de bebida, cujo conteúdo não era fácil de decifrar, e começou a despejar o líquido na panela com dificuldade. Sacudiu a lata, examinando seu fundo microscopicamente e raspando o conteúdo na panela, até que, convencido de que estava vazia, deixou-a com cuidado sobre um banquinho no qual havia uma pilha de várias coisas. Em seguida, entrou no caminhão e voltou com um objeto esférico, um pó branco que devia ser sal ou açúcar. Despejou na panela e recuou de repente, como se tivesse despejado aquelas coisas em óleo quente. Ficou claro, para meu grande espanto, que o louco estava — ou achava que estava — preparando um guisado de sujeira e detritos. Por um momento, esquecemos nossa missão e ficamos assistindo à cena, surpresos, até dois homens pararem junto de nós, também como espectadores de Abulu e sua cozinha.

Os homens usavam camisas baratas de manga comprida enfiadas em calças de tecido leve — um de calça preta e o outro de verde. Seguravam livros de capa dura que logo percebemos que eram bíblias; tinham acabado de sair da igreja.

— Talvez a gente possa rezar por ele — sugeriu um dos homens, mais escuro, com uma calvície que parava no meio da cabeça.

— Já estamos jejuando e rezando há três semanas, pedindo poder a Deus — declarou o outro. — Não será o momento de usar isso?

O primeiro homem concordou timidamente. Mas, antes que pudesse responder, alguém disse:

— Claro que não.

Era meu irmão; os dois homens viraram-se para ele.

— Esse homem aqui é uma farsa — continuou Obembe, com uma máscara de medo na expressão. — Isso é tudo fingimento. Ele não é louco. É um malandro bem conhecido, que finge ser desse jeito pra pedir esmola dançando na rua, na frente de lojas ou nos mercados, mas é lúcido. Ele tem filhos. —

Meu irmão olhou para mim, apesar de estar falando com os homens. — Ele é nosso pai.

— O quê? — O homem calvo parecia escandalizado.

— Sim — continuou meu irmão, me deixando totalmente chocado. — Eu e Paul — disse, apontando para mim — estamos aqui a pedido da nossa mãe para levá-lo para casa; já chega por hoje, mas ele se recusa a voltar com a gente.

Obembe fez um gesto de súplica para o louco, que examinava o entorno do banquinho e do chão como se procurasse alguma coisa perdida e nem pareceu notar meu irmão.

— Que coisa inacreditável — espantou-se o homem mais escuro. — As coisas que acontecem neste mundo... um homem fingindo ser louco só para ganhar a vida? Inacreditável.

Os dois homens se afastaram, balançando a cabeça, prometendo rezar a Deus para olhar por ele e convencê-lo de sua ganância.

— Deus pode fazer qualquer coisa — disse o mais escuro — se pedirmos com fé.

Meu irmão concordou e agradeceu aos dois. Quando os homens estavam fora do alcance da voz, perguntei a Obembe do que se tratava tudo aquilo.

— Shiii — ele replicou, com uma careta. — Escuta, eu tive medo de que esses homens tivessem poder. A gente nunca sabe: eles jejuaram três semanas? Puxa! E se eles tivessem um poder como o de Reinhard Bonnke, de Kumuyi ou de Benny Hinn e conseguissem curar Abulu com uma reza? Eu não quero que isso aconteça. Se ele ficar bem, não vai mais andar por aí, talvez até vá embora da cidade... quem sabe? Você sabe o que isso significaria, não? Que esse homem vai escapar, se livrar depois do que fez? Não, não, eu não vou deixar isso acontecer... só por cima do meu cadáver... — Meu irmão foi obrigado a interromper seu discurso por causa do que via agora: um homem, com a mulher e um filho mais ou menos da minha idade tinham parado para ver o louco, que dava risada. Obembe ficou chateado, pois aquelas pessoas podiam mais uma vez nos atrasar até o louco sair de lá. Desanimado, concluiu que o lugar era muito aberto para usar o veneno, por isso voltamos para casa.

Abulu não estava no caminhão quando fomos procurar por ele no dia seguinte, mas o encontramos perto da escolinha primária, cercada por um muro alto. De dentro do prédio, podíamos ouvir as vozes uniformes de crianças recitando poemas e dos professores interrompendo esporadicamente, pedindo uma salva de palmas para todos. O louco se levantou logo, começando a andar com empáfia, as mãos na cintura, parecendo o presidente de uma companhia de petróleo. A pouca distância dele, havia um guarda-chuva aberto com a estrutura se despegando do surrado tecido impermeável. Com os olhos fixos no anel em um de seus dedos, Abulu saiu andando, entoando uma torrente de palavras:

— Esposa, recém-casada, amor, casamento, lindo anel, recém-casada, você, pai, casada...

Obembe me diria depois — quando o louco se afastou de nós com sua tagarelice — que ele estava imitando um cortejo de casamento cristão. Nós o seguimos a distância, devagar. Passamos pelo lugar onde Ikenna tirou o homem morto daquele carro em 1993. Enquanto andávamos, pensei na potência do veneno de rato que levávamos, e meu medo aumentou de novo. Comecei a sentir pena do louco, que parecia viver como um cão de rua, se alimentando em qualquer lugar. Às vezes ele parava, fazia pose de modelo na rua, esticando a mão com o anel. Nunca tínhamos estado naquela rua. Abulu andou na direção de três mulheres numa varanda, na frente de um bangalô, que faziam uma trança em outra sentada num banco. Duas delas ameaçaram Abulu, pegando pedras e atirando na direção dele para afastá-lo.

Bem depois de ser enxotado pelas mulheres — elas mal tinham se mexido, apenas gritaram para que ele saísse dali com toda sua imundície —, o louco ainda estava fugindo, olhando de vez em quando para trás, com um sorriso lascivo no rosto. A rua de terra, como descobrimos pouco depois, quase não era trafegada por automóveis, pois terminava numa ponte de madeira de aproximadamente duzentos metros de comprimento sobre um trecho do Omi-Ala. Isso facilitou para que as crianças de rua convertessem a pista num pequeno playground. As crianças enfileiraram quatro pedras grandes, duas de cada lado da rua, deixando um espaço entre elas; as pedras eram as traves dos gols. Era ali que elas jogavam futebol, gritando e levantando poeira. Abulu as observava, o rosto todo sorridente. Em seguida, posicionando-se aqui e ali — com uma bola invisível na mão —, deu um violento chute no ar, quase caindo. Ele gritou e socou o ar com um floreio.

— Gooool! É. É. Gooool!

Quando chegamos mais perto, vimos que Igbafe e seu irmão estavam entre os garotos. No momento em que pisei na ponte, lembrei-me do sonho que tive na época em que Ikenna passava por sua metamorfose. O cheiro familiar do rio, a vista dos peixes multicoloridos nadando na beira da água, parecidos aos que costumávamos pegar, o som de sapos invisíveis coaxando, dos grilos chilreando e até o cheiro orgânico do rio morto, tudo me lembrou dos nossos dias de pescaria. Fiquei olhando os peixes atentamente, porque fazia tempo que não via peixes nadando. Eu sempre quis ser um peixe, sempre quis que meus irmãos fossem peixes também. E tudo o que faríamos o dia todo, todos os dias, seria nadar para sempre.

Como era de se esperar, Abulu começou a andar na direção da ponte, os olhos fixos no horizonte. Quando chegou lá, sentimos que seu peso fez a tábua de madeira ceder do outro lado da ponte.

— Vamos entregar isso para ele e sair correndo — disse meu irmão, chegando mais perto. — Pode ser até que ele caia na água e morra aí mesmo; ninguém vai ver ele morrer.

Apesar de estar temeroso com esse plano, concordei com a cabeça. Quando Abulu subiu na ponte, logo se aproximou do balaústre, apoiou-se e começou a urinar no rio. Ficamos olhando até ele terminar, o pênis aparecendo como um cordão elástico no meio da cintura, expelindo as últimas gotas na ponte. Meu irmão olhou ao redor para ver se não havia alguém olhando, pegou o pão envenenado e se encaminhou na direção do louco.

Agora observando de mais perto, e certo de que ele logo estaria morto, deixei meus olhos fazer um inventário do louco. Ele parecia um daqueles homens poderosos de antigamente, da época em que os homens rasgavam o que pegavam com as mãos. O rosto estava recoberto por uma barba, espetada dos lados do queixo. O bigode caía sobre a boca como se tivesse sido aplicado por finas pinceladas de carvão. O cabelo era sujo, comprido e emaranhado. Uma densa camada de pelos cobria também boa parte do peito, do rosto gretado e trigueiro, do centro da pélvis e rodeava seu pênis. As unhas dos dedos eram longas e rígidas, com sujeira debaixo das pontas.

Notei que ele transportava uma variedade de odores no corpo, sendo o mais notável um cheiro fecal que me impactou como um zumbido de moscas quando me aproximei. Esse cheiro, pensei, poderia ser resultado de muito tempo sem limpar o ânus depois da excreção. Ele fedia a suor acumulado no denso tufo de pelos na região púbica e nas axilas. Cheirava a comida podre, ferimentos não cicatrizados e pus, a excreções e fluidos corpóreos. Emanava uma fragrância de metais enferrujados, matéria putrefata, roupas velhas e as cuecas descartadas que ele às vezes usava. Cheirava também a folhas, capim, mangas que apodreciam perto do Omi-Ala, à areia das margens do rio e até à própria água. Tinha cheiro de bananeiras e goiabeiras, da poeira levantada pelo harmatão, de roupas descartadas no grande latão atrás da alfaiataria, da carne exposta no matadouro a céu aberto da cidade, de restos devorados por abutres, de camisinhas usadas no motel La Room, da água de esgoto e imundície, do sêmen das ejaculações que expelia sobre si quando se masturbava, de fluidos vaginais e muco seco. Mas não era só isso: ele cheirava a coisas imateriais. Cheirava a vidas destruídas de outras pessoas, à imobilidade de suas almas. Cheirava a coisas desconhecidas, a estranhos elementos, a medo e a coisas esquecidas. Ele tinha cheiro de morte.

Obembe deu um pedaço de pão ao louco quando ele chegou perto de nós. Pareceu não nos reconhecer absolutamente, como se não fôssemos as mesmas pessoas às quais fizera sua profecia.

— Comida! — Ele botou a língua para fora e então irrompeu num monótono coro de palavras: — Comer, arroz, feijão, comer, pão, comer, isso, maná, milho, *eba*, inhame, ovo, comer. — Socou a palma de uma das mãos e continuou seu canto rítmico, disparado pela palavra "comida". — Comida, comida, *ajankro ba*, c-c-c-comida! Comer isso! — Ele arqueou as mãos imitando o formato de uma panela. — Comer, comida, comer, comer...

— Essa comida é boa — gaguejou Obembe. — Pão, coma, coma, Abulu.

Abulu revirou os olhos com tanta habilidade que envergonharia o melhor dos reviradores de olhos. Pegou um pedaço de pão de Obembe, gargalhou e bocejou como se fosse uma espécie de pontuação, portanto parte do discurso proferido. Quando ele pegou o pão, Obembe olhou para mim, recuou até uma distância segura, e saímos correndo. Corremos até a rua seguinte antes de pensarmos em parar. A distância, a movimentada rodovia ondulava na poeira da estrada de terra.

— Não vamos nos afastar muito dele — disse meu irmão, ofegando, apoiando-se no meu ombro.

— Certo — balbuciei, tentando recuperar o fôlego.

— Ele vai cair logo — ronronou meu irmão, os olhos parecendo um horizonte estampando uma única estrela radiante de alegria, mas meus olhos logo se encheram das águas rápidas que sinalizavam uma dilacerante comoção. A história que a Mãe contou sobre Abulu mamar nas tetas de uma vaca veio à minha cabeça naquele momento, assim como a sensação de que a privação e a destituição o tinham levado a tal desespero. Havia litros de leite na nossa geladeira, Cowbell, Peak, todos com fotos de vacas. Talvez ele não pudesse comprar aquelas coisas, eu tinha pensado. Não tinha dinheiro, nem roupas, nem pais, nem casa. Era como os pombos da canção que cantávamos nas festas de domingo na escola: "Vejam os pombos, eles não usam roupas". Não têm jardins, mas Deus vela por eles. Pensei que Abulu era como os pombos, e por isso tive pena do louco, como às vezes me surpreendia sentindo.

— Ele vai morrer logo — disse meu irmão, interrompendo meus pensamentos.

Paramos em frente a um barraco onde uma mulher vendia quinquilharias. O local era coberto por uma tela sob a qual ficava o espaço para interação com os clientes, como um guichê. Pendurados do alto, numa grade, havia vários sacos plásticos contendo bebida, leite em pó, biscoitos, doces e outras comidas. Enquanto esperávamos ali, imaginei Abulu caindo e morrendo na ponte. Tínhamos visto quando levou o pão envenenado à boca, o bigode mexendo enquanto mastigava. Continuávamos assistindo-lhe, ainda segurando o corrimão, olhando para o rio. Alguns homens passaram por ele, um deles se virou para olhar. Meu coração falseou.

— Ele está morrendo — sussurrou Obembe. — Olha, ele deve estar tremendo, é por isso que os homens estão olhando para ele. Viram que o efeito está começando, primeiro o corpo começa a estremecer.

Como que confirmando nossas suspeitas, Abulu se abaixou na ponte, parecia estar cuspindo. Meu irmão tinha razão, pensei. Tínhamos visto muitos filmes em que as pessoas tossiam e espumavam pela boca depois de ingerir veneno, antes de caírem mortas.

— Nós conseguimos, conseguimos — bradou Obembe. — Nos vingamos por Ike e Boja. Eu disse que íamos conseguir. Eu disse.

Enlevado, meu irmão começou a falar que agora teríamos paz, que o louco nunca mais perturbaria ninguém. Parou de falar quando viu Abulu andando na nossa direção, dançando e batendo palmas pelo caminho. Aquele milagre vinha na nossa direção, dançando e cantando rapsódias de um salvador em cujas palmas das mãos foram cravados pregos de vinte centímetros e que um dia retornaria dos mortos. Seu saltério imprimiu no lusco-fusco da tarde uma atmosfera esotérica enquanto o seguimos, estarrecidos por ele ainda estar vivo. Continuamos andando pela longa estrada, passando por várias lojas, até que Obembe, sem palavras, parou e virou-se na direção de casa. Eu sabia que ele, assim como eu, havia percebido a diferença entre um polegar apenas manchado de sangue e um polegar sangrando por causa de um corte. Ele tinha entendido que Abulu não morreria envenenado.


Enquanto a sanguessuga que infestava meu irmão e a mim pasteurizava nossa dor e mantinha nossa ferida aberta, meus pais se curavam. No final de dezembro, a Mãe abandonou o luto e voltou à vida normal. Não tinha mais crises repentinas de raiva nem mergulhava em súbitos abismos de dor, e parecia que as aranhas estavam extintas. Por conta de sua recuperação, a cerimônia de despedida a Ikenna e Boja, que vinha sendo adiada havia muitas semanas por causa da doença da Mãe, foi realizada no sábado seguinte — cinco dias depois de nossa fracassada tentativa de tirar a vida de Abulu. Nessa manhã, todos nos vestimoss de preto, incluindo David e Nkem, e nos amontoamos no carro do Pai, que tinha sido consertado no dia anterior pelo sr. Bode. Seu papel naquela tragédia o aproximou mais da família e ele passou a nos visitar com frequência, uma delas com a noiva, uma garota com dentes tão salientes que não permitiam que fechasse bem a boca. O Pai agora o chamava de "meu irmão".

A cerimônia foi composta de canções de despedida, uma breve história dos "garotos" apresentada pelo Pai e um pequeno sermão do pastor Collins, que naquele dia estava com a cabeça enfaixada, por ter sofrido um acidente poucos dias antes num mototáxi. O auditório estava cheio de rostos conhecidos do nosso bairro, a maioria frequentadora de outras igrejas. Em seu discurso, o Pai disse que Ikenna era um grande homem — Obembe me lançou um olhar demorado quando ele disse aquilo —, um homem que teria sido um líder se tivesse vivido.

— Não vou falar muito sobre ele, mas Ikenna era um ótimo filho. Um filho que sabia muito das durezas da vida. Quero dizer, o diabo tentou roubá-lo muitas vezes, mas Deus foi fiel. Um escorpião o picou quando tinha seis anos...

O Pai foi interrompido por uma golfada de horror que percorreu a congregação diante de sua revelação.

— Sim, em Yola — ele continuou. — Poucos anos depois, tomou um chute, e um dos testículos foi para dentro do corpo. Vou poupar vocês dos detalhes sobre o incidente, mas saibam que Deus estava com ele. O irmão dele, Boja...

E aí um tipo de silêncio que eu nunca havia vivenciado antes envolveu a congregação. Pois, ainda no púlpito, na frente da igreja, o Pai, nosso pai, o homem que sabia todas as coisas, o homem corajoso, o homem forte, o generalíssimo, o comandante das forças da disciplina corporativa, o intelectual, a águia, começou a soluçar. Um sentimento de vergonha me envolveu quando vi o Pai chorando abertamente, então baixei a cabeça e fixei os olhos nos meus sapatos enquanto o Pai continuava; só que, dessa vez, suas palavras como um caminhão de madeira sobrecarregado apanhado no tráfego de Lagos derrapavam pela terra esburacada de seu discurso em movimento, parando, arrancando, atolando.

— Ele também... teria sido grande. Era... um menino talentoso. Se vocês o conhecessem, ele... era um bom filho. Obrigado a todos por terem vindo.

Depois do longo aplauso ao rápido e interrupto discurso do Pai, começaram os hinos. A Mãe chorou um pouco, enxugando os olhos com um lenço. Uma pequena pontada de dor penetrou lentamente meu coração enquanto eu chorava por meus irmãos.

A congregação estava cantando "Está tudo bem com minha alma" quando notei uns movimentos incomuns. De repente, cabeças começaram a se voltar e olhares se viravam para trás. Não quis me virar porque o Pai estava ao meu lado, perto de Obembe. Enquanto pensava a respeito, Obembe inclinou a cabeça na minha direção e cochichou:

— Abulu está aqui.

Virei-me imediatamente e vi Abulu, vestindo uma camisa marrom embarreada com um grande círculo de suor encardido, de pé no meio da congregação. O Pai me lançou um olhar, a expressão mandando me concentrar. Abulu já tinha ido à igreja muitas vezes antes. A primeira vez ele entrou no meio de um sermão, passou pelos porteiros e sentou no banco na fileira das mulheres. Embora a congregação tenha de imediato percebido que estava acontecendo algo incomum, o pastor continuou o sermão enquanto os porteiros, jovens que vigiavam as entradas, ficaram atentos a ele. Abulu manteve uma rara compostura durante todo o sermão e, quando chegou a hora do hino e das preces de encerramento, acompanhou tudo como se não fosse quem todos sabiam que era. Quando a reunião acabou, ele saiu em silêncio, deixando um frisson em seu caminho. Depois disso, voltou mais algumas vezes, quase sempre sentando na ala das mulheres, provocando um debate acalorado entre os que consideravam sua nudez imprópria por causa das mulheres e das crianças e os que achavam que a casa de Deus estava aberta a todos os que quisessem entrar, nu/vestido, pobre/rico, são/insano e para os quais a identidade não tinha nenhuma importância. No fim, a igreja decidiu não permitir que ele comparecesse mais aos cultos, e os porteiros o afugentavam com bastões sempre que chegava perto.

Contudo, naquele dia, na cerimônia de despedida dos meus irmãos, ele pegou todo mundo de surpresa. Entrou em silêncio, sem ninguém perceber, e já estava lá dentro quando foi notado. Devido à natureza sensível da cerimônia, os funcionários deixaram. Mais tarde, quando a igreja estava fechada e ele já tinha ido embora, a mulher ao lado de quem ele sentou contou como ele chorou durante a cerimônia. Disse que perguntou se ela conhecia o garoto e continuou falando que ele o conhecia. Meneando a cabeça como se tivesse visto um fantasma em plena luz do dia, a mulher disse que Abulu repetiu inúmeras vezes o nome de Ikenna.

Eu não sabia o que meus pais pensavam da presença de Abulu na cerimônia de despedida de seus filhos, cujas mortes ele tinha causado, mas pude ver, pelo silêncio que nos amortalhou durante todo o caminho para casa, que ficaram chocados com aquilo. Ninguém falou uma palavra a não ser David, que, arrebatado por uma das canções que entoamos na cerimônia, veio cantarolando o caminho todo. Era meio-dia, a maioria das igrejas daquela cidade predominantemente cristã estava fechada, e os veículos enchiam as ruas. Enquanto avançávamos pelo tráfego congestionado, a inspirada canção de David — uma miraculosa disparidade interpretada com balbucios palatais e pronúncias erradas, palavras truncadas, conotações invertidas e significados estrangulados — encheu o carro com uma atmosfera serena, tornando o silêncio palpável, como se duas outras pessoas que não podiam ser vistas por olhos comuns estivessem entre nós e, como nós, também estavam serenas.

*Quando a "pá" é como um rio e "peenche" meu "carrinho"*
*Quando a dor como as "onda" do mar quebram*
*O que quer que seja meu Deus, as suas "lição" me ensinou*
*"Tá" tudo bem (tudo bem) com a minha alma*
*"Tá" tudo bem (tudo bem) com a minha alma (com a minha alma)*
*"Tá" tudo bem (tudo bem) com a minha alma.*

Assim que chegamos em casa, o Pai saiu e ficou fora o resto do dia. Quando os ponteiros passaram da meia-noite, o medo da Mãe foi aguçado a níveis inquietantes. Ela começou a adejar como um gato frenético pela casa, depois foi até os vizinhos, soando o alarme de que não sabia do paradeiro do marido. Sua ansiedade era tal que um bom número de vizinhos se reuniu na nossa casa, aconselhando-a a ter paciência, a esperar um pouco mais, pelo menos até o dia seguinte, antes de procurar a polícia. Apesar de ter acatado o conselho, a Mãe estava num delirante estado de ansiedade quando o Pai retornou. Os filhos, até mesmo Obembe, já estavam dormindo, menos eu. O Pai não respondeu aos apelos da Mãe para contar onde estivera e por que tinha um curativo em um dos olhos. Ele simplesmente arrastou os pés até o quarto. Quando Obembe perguntou, na manhã seguinte, respondeu simplesmente:

— Eu fiz uma operação de catarata. Chega de perguntas.

Tive de engolir a saliva que se formava como um caroço na minha garganta para não fazer mais perguntas.

— O senhor não estava enxergando? — indaguei, depois de certo tempo.

— Eu já disse. Chega. De. Perguntas — vociferou o Pai.

No entanto, dava para saber, pelo simples fato de que nem ele nem a Mãe foram trabalhar naquele dia, que havia algo muito errado com ele. O Pai, radicalmente transtornado pelas tragédias e pela perda do emprego, nunca mais foi o mesmo. Quando o curativo foi removido, a pálpebra daquele olho não fechava mais totalmente como a do outro.

Obembe e eu não saímos à caça de Abulu naquela semana toda, pois o Pai ficou em casa todo o tempo, ouvindo rádio, assistindo à televisão ou lendo. Meu irmão amaldiçoou repetidas vezes a doença, a "catarata" que fazia o Pai ficar em casa. Em certa ocasião, quando ele estava assistindo ao noticiário, os olhos fixos nas últimas notícias lidas por Cyril Stober, Obembe perguntou quando iríamos para o Canadá.

— No começo do ano que vem — respondeu o Pai, fleumático. Na tela à sua frente transcorria uma cena de incêndio, um pandemônio frenético, seguido de corpos enegrecidos em diferentes tons de cremação, espalhados por um campo calcinado de onde subia uma fumaça preta. Obembe ia dizer mais alguma coisa, mas o Pai levantou a mão aberta para detê-lo quando o noticiário prosseguiu: "Devido a essa infeliz sabotagem, a produção diária do país foi reduzida a cento e cinquenta mil barris por dia. Por isso, o governo do general Sani Abacha conclama os cidadãos a se manterem tranquilos, mesmo se as filas para os postos de gasolina voltarem, certos de que será algo temporário. Mesmo assim, o governo irá punir qualquer vandalismo".

Ficamos esperando pacientemente, para não distrair a atenção dele, até aparecer na tela um homem escovando os dentes.

— Em janeiro? — perguntou meu irmão logo que o homem apareceu na tela.

— Eu disse "no começo do ano que vem" — resmungou o Pai, baixando os olhos, a pálpebra afetada meio fechada. Fiquei cogitando o que havia realmente de errado com o olho dele. Eu tinha entreouvido uma discussão com a Mãe, que o acusava de estar mentindo, que ele não tinha "catacata" nenhuma.

Achei que talvez algum inseto houvesse entrado no olho dele. Eu sentia muito por não poder fazer nada e achava que, se Ikenna e Boja estivessem vivos, eles poderiam dar alguma resposta em virtude de sua sabedoria superior.

— No começo do ano que vem — resmungou Obembe quando voltamos ao nosso quarto. Em seguida, baixando a voz como um camelo se ajoelhando, repetiu: — No começo do ano que vem.

— Talvez em janeiro? — sugeri, deliciado por dentro.

— É, janeiro, mas isso quer dizer que não temos muito tempo... aliás, não temos tempo algum. Não temos nada de tempo. — Obembe meneou a cabeça. — Eu não vou conseguir ser feliz no Canadá, nem em lugar algum, se aquele louco continuar andando por aí à vontade.

Apesar do meu receio de inflamar a ira de meu irmão, não pude deixar de dizer:

— Mas nós tentamos, ele simplesmente não morre. Você mesmo disse, ele é como a baleia...

— Mentira! — ele gritou, e uma única lágrima rolava de seu olho avermelhado. — Ele é um ser humano; também pode morrer. Nós só fizemos uma tentativa, só uma tentativa por Ike e Boja. Mas eu juro que vou vingar meus irmãos.

Nessa hora, o Pai nos chamou e pediu para lavarmos o carro.

— Eu vou conseguir — sussurrou meu irmão mais uma vez.

Ele enxugou os olhos com um pano até estarem secos. Depois de ter limpado o carro com uma toalha molhada num balde de água, ele me disse que deveríamos tentar o "Plano da Faca". Funcionaria da seguinte maneira: sairíamos de casa na calada da noite, encontraríamos Abulu no caminhão, mataríamos o louco a facadas e fugiríamos. A descrição daquela cena me assustou, mas meu irmão, aquele homenzinho triste, trancou a porta e acendeu um cigarro pela primeira vez em muito tempo. Mesmo com a eletricidade funcionando, ele apagou as luzes para que nossos pais achassem que estávamos dormindo. E, embora a noite estivesse um pouco fria, deixou a janela aberta para soltar a fumaça. Quando acabou, virou para mim e cochichou:

— Vai ser hoje à noite.

Meu coração disparou. Ouvi uma conhecida canção de Natal tocando em algum lugar na vizinhança. De repente, percebi que era noite de 23 de dezembro, que no dia seguinte seria a véspera do Natal. Fiquei chocado com a diferença daquele Natal: triste e sem graça, se comparado aos outros. Era uma época de manhãs sempre nubladas que, quando clareavam, deixavam nuvens de pó acumuladas no ar. As pessoas enfeitavam as casas, as rádios e os canais de televisão tocavam uma canção natalina atrás da outra. Às vezes, a estátua da Madona no portão da grande catedral, a igreja nova, construída depois que Abulu profanou a primeira, cintilava de decorações coloridas, atraindo tanta gente quanto as enfáticas comemorações do Yuletide no nosso bairro. Os rostos das pessoas irradiavam sorrisos, até mesmo diante dos preços das mercadorias — em geral de frangos vivos, perus, arroz e todos os ingredientes das requintadas receitas natalinas — que subiam acima do alcance do homem comum. Mas nada daquilo tinha acontecido — não na nossa casa. Nada de decorações. Sem preparativos. O que restou do nosso modo de vida natural parecia ter sido mutilado pelo monstruoso verme do pesar que nos atacou. E nossa família se transformou numa sombra do que era.

— Hoje à noite — repetiu meu irmão depois de um momento, os olhos nos meus, o rosto transformado numa silhueta. — Eu já estou com a faca pronta. Assim que o papai e a mamãe estiverem dormindo, a gente sai pela janela.

Em seguida, como se tivesse projetado as palavras por uma indistinta nuvem de fumaça, ele perguntou:

— Eu vou sozinho?

— Não, eu vou com você — gaguejei.

— Muito bem.

Por mais que eu ansiasse pelo amor do meu irmão e não quisesse desapontá-lo mais uma vez, não conseguia me convencer a sair atrás do louco no meio da noite. Akure era uma cidade perigosa; até os adultos tomavam cuidado quando saíam depois do anoitecer. Perto do final das aulas, antes da morte de Ikenna e Boja, ficamos sabendo numa reunião matinal que Irebami Ojo, um dos meus colegas que morava na nossa rua, havia perdido o pai num assalto à mão armada. Fiquei me perguntando como meu irmão, que ainda era criança, não tinha medo da noite. Será que não sabia, não tinha ouvido essas coisas? E o louco, o demônio, talvez ele soubesse que estávamos indo e estivesse preparado. Imaginei Abulu tomando a faca e nos esfaqueando. Isso me enchia de terror.

212  *Chigozie Obioma*

Levantei da cama e disse que ia tomar um pouco de água. Passei pela sala, onde o Pai continuava sentado, as mãos cruzadas no peito, assistindo à televisão. Peguei um copo com água na cozinha e bebi. Depois sentei na sala perto do Pai, que acenou quase sem notar minha presença e perguntei se o olho dele estava bom.

— Tudo bem — o Pai respondeu, voltando à televisão. Dois homens de paletó e gravata debatiam com um cartaz ao fundo onde se lia *Assuntos econômicos*. Eu tinha que ter uma ideia, pensar numa maneira de não ter de sair com meu irmão. Por isso, peguei um dos jornais que estavam ao lado do Pai e comecei a ler. O Pai adorava isso; apreciava qualquer esforço para adquirir conhecimento. Enquanto folheava o jornal, fiz perguntas que ele respondia com respostas curtas, mas eu queria que ele falasse mais. Por isso, perguntei sobre o dia que nos contou que o tio dele foi lutar na guerra. O Pai aquiesceu e começou a falar, mas já estava com sono, bocejando cada vez mais, e resumiu a história.

Era a mesma história de que eu me lembrava: o tio dele escondido nas árvores na beira da estrada, numa emboscada a um comboio de soldados nigerianos. O tio dele e os homens abrindo uma barragem de fogo sobre os soldados, sem saber de que direção vinham as balas, atirando freneticamente na floresta vazia até serem todos mortos.

— Todos eles — enunciava o Pai. — Ninguém escapou.

Voltei a plantar os olhos no jornal e comecei a ler e rezar para o Pai não sair de lá tão cedo. Estávamos conversando há uma hora, e já eram quase dez da noite. Imaginei o que meu irmão estaria fazendo, se sairia à minha procura. Então o Pai pegou no sono. Apaguei a luz e me acomodei no sofá.

Devia ter se passado menos de uma hora quando ouvi uma porta se abrir e uma movimentação na sala de estar. Percebi um movimento atrás da minha poltrona, depois senti uma mão me chacoalhar, primeiro devagar, em seguida com força, mas não me mexi. Tentei emitir sons guturais abafados, e quando comecei a fazer isso o Pai se mexeu e houve um movimento brusco atrás da minha cadeira — talvez meu irmão se escondendo. Em seguida, percebi que ele voltava sorrateiramente para o nosso quarto. Fiquei esperando um tempo antes de abrir os olhos. A posição do Pai me surpreendeu. Estava dormindo, a cabeça recostada de lado na poltrona, os braços pendendo dos lados. Um

Os pescadores *213*

fluxo constante de luz de uma forte lâmpada incandescente do nosso vizinho, que sempre iluminava nossa casa por cima do muro, clareava uma fração do rosto dele pela cortina entreaberta, fazendo parecer que ele usava uma máscara de duas faces — uma branca e outra preta. Fiquei olhando o rosto do Pai por um tempo até que, convencido de que meu irmão já tinha saído, tentei dormir.

Na manhã seguinte, quando acordei, disse ao meu irmão que tinha ido tomar água e que o Pai começou a conversar comigo, que não percebi quando caí no sono. Meu irmão não disse uma palavra em resposta. Ficou onde estava, olhando para a capa de um livro que tinha um navio no mar e montanhas, a cabeça apoiada em uma das mãos.

— Você matou ele? — perguntei depois de um longo silêncio.

— O idiota não estava lá — Obembe respondeu, para minha surpresa. Eu não esperava, mas tudo indicava que meu irmão tinha acreditado em mim, que meu truque dera certo. Nunca pensei que conseguiria enganá-lo com aquele estratagema... nunca. Mas agora ele me contava como tinha saído sozinho, depois que não fui ao seu encontro, armado de uma faca. Ele andou devagar até o caminhão do louco — não havia ninguém, ninguém mesmo na rua aquela hora da noite —, mas o louco não estava no caminhão! Meu irmão estava indignado.

Fiquei na cama, os pensamentos vagando por um vasto território do passado. Recordei o dia em que pegamos tantos peixes que Ikenna reclamou que suas costas doíam quando sentamos perto do rio e cantamos a canção dos pescadores como se fosse um hino de liberdade, tantas vezes que nossas vozes esganiçaram. Tudo o que fizemos pelo resto daquela tarde foi cantar, com o sol morrendo num canto do céu.


Meu irmão ficou enrolado na própria pele por muitos dias depois, abatido por nossos sucessivos fracassos. No dia de Natal, ficou olhando pela janela na hora do almoço, enquanto o Pai falava sobre o dinheiro que tinha mandado ao amigo para a nossa viagem. A palavra "Toronto" dançava ao redor da mesa como uma fada, em geral enchendo a Mãe de uma alegria genuína. Parecia que o Pai, com aquele olho fechado pela metade, enunciava a palavra para a alegria dela.

Na véspera do Ano-Novo, enquanto as explosões dos fogos de artifício soavam pela cidade, apesar do veto imposto pelo governador militar, o capitão Anthony Onyearugbulem, meu irmão e eu ficamos no nosso quarto, quietos e pensativos. No passado, nós e nossos irmãos estaríamos soltando fogos do outro lado da rua, às vezes com outros meninos do bairro, simulando batalhas com bombinhas. Mas não naquele Ano-Novo.

Era tradição entrar o Ano-Novo em uma missa, por isso nos amontoamos no carro do Pai e fomos à igreja, cheia de gente naquela noite, tão cheia que havia pessoas na calçada; todo mundo procurava as igrejas nas vésperas, até os ateus. Era uma noite assolada por superstições, por temores dos espíritos cruéis e maliciosos dos meses terminados em "bro", que lutavam com garras e dentes para impedir que as pessoas entrassem no Ano-Novo. Acreditava- -se que naqueles meses eram registradas mais mortes — setem*bro*, outu*bro*, novem*bro* e dezem*bro* — do que nos outros meses do ano juntos. Assombrada pelo medo de um espírito ceifador rondando a terra em busca de colheitas de última hora, às doze badaladas da meia-noite a igreja se transformou numa ca- cofonia claustrofóbica, e quando o pastor anunciou que já estávamos oficial- mente em 1997, gritos de "Feliz Ano-Novo, aleluia! Feliz Ano-Novo, aleluia!" encheram o ar com pessoas pulando e se jogando umas nos braços das outras, pessoas que não se conheciam apertando as mãos, assobiando, urrando, can- tando e comemorando. Fora da igreja, fogos de artifício — inofensivos fogue- tes de luzes estroboscópicas, produzidos pela mão do homem — rasgavam o céu a partir do palácio da monarquia de Akure, o Oba. Essa era a maneira como as coisas sempre tinham sido, a maneira como o mundo continuava, apesar de tudo o que havia acontecido.

No espírito de Yuletide, nenhuma tristeza deveria ficar no coração das pes- soas. No entanto, assim como uma cortina aberta para iluminar uma sala durante o dia, ela ficaria pairando no ar, esperando pacientemente o cair da noite para ser fechada outra vez. Era sempre assim. Nós voltávamos da igreja para casa, tomá- vamos sopa de pimenta e comíamos bolo com refrigerantes, e, assim como nos anos anteriores, o Pai punha um vídeo de Ras Kimono para a dança do Ano-Novo.

David, Nkem e eu entramos na dança com meu irmão que, esquecido dos nossos fracassos e até de nossa missão, batia os pés no ritmo *staccato* do reggae de Ras Kimono. A Mãe aplaudia e cantava: *"Onye no chie, Onye no chie"*, enquanto Obembe, meu verdadeiro irmão, dançava na luz. Como a maioria das pessoas, naquele dia procurávamos tanto um alívio transitório que até a tristeza dele pôde ter sido enterrada, deixando-o participar daquele circo abençoado. Ao amanhecer, quando a cidade se deitou para dormir e a calma retornou às ruas, o céu estava tranquilo e a igreja vazia e deserta, os peixes no rio dormiam e um vento murmurante passava pela noite cálida, o Pai dormia no grande sofá e a Mãe no quarto com as crianças, meu irmão saiu pelo portão e a cortina voltou à sua posição inicial, fechando-se atrás dele. A aurora varreu os detritos do festival como uma vassoura infernal, levando a paz, o alívio e até o amor autêntico como confetes espalhados no piso no fim de uma festa.

# 15
## O GIRINO

A ESPERANÇA ERA UM GIRINO:

Uma coisa que você pegava e levava para casa numa lata, mas que logo morria, apesar de estar na água certa. A esperança do Pai de que seríamos grandes homens, seu mapa de sonhos, também morreu logo, por mais que ele tentasse preservá-la. Minha esperança de que meus irmãos estariam sempre ali, que teríamos filhos e aumentaríamos o clã, ainda que alimentada pelas águas mais primais, também morreu. Assim como a esperança de nossa migração para o Canadá, justamente quando estava prestes a se realizar.

A esperança chegou com o Ano-Novo, trazendo um novo espírito, uma paz que desmentia a tristeza do ano que passara. Parecia que a tristeza não ia mais voltar à nossa casa. O Pai pintou o carro de um azul-marinho lustroso e falava sempre, quase incessantemente, da chegada do sr. Bayo e da nossa potencial migração para o Canadá. Voltou a nos chamar de nomes afetivos: a Mãe era *Omalicha*, a linda; David era *Onye-Eze*, o rei; Nkem era *Nnem*, a mãe dele. Anexou o prefixo "pescador" ao meu nome e ao de Obembe. A Mãe também recuperou seu peso normal. Meu irmão, no entanto, permaneceu intocado por essa mudança. Nada o interessava. Nenhuma notícia o agradava, por mais importante que fosse. Não se impressionava com a ideia de voar num avião ou morar numa cidade onde poderíamos andar pelas ruas de bicicleta e skate, como os filhos do sr. Bayo. Quando o Pai anunciou essa possibilidade, a notícia me pareceu sensacional, o equivalente animal a uma vaca ou a um elefante, mas para o meu irmão foi uma mera formiga. E quando voltamos ao nosso quarto mais tarde, ele pegou a promessa de um futuro melhor entre os dedos, do tamanho de uma formiga, e jogou-a pela janela dizendo:

— Eu preciso vingar os nossos irmãos.

No entanto, o Pai estava determinado. Ele nos acordou na manhã do dia 5 de janeiro da mesma forma como entrara no nosso quarto um ano antes para dizer que ia morar em Yola para anunciar que ia viajar para Lagos, causando uma sensação de *déjà-vu* em mim. Eu tinha ouvido alguém falar que o fim da maioria das coisas apresenta uma semelhança, ainda que tênue, com o começo. Isso foi verdade conosco.

— Estou indo para Lagos agora mesmo — anunciou. Ele estava com seus óculos normais, os olhos escondidos, usando uma velha camisa de manga curta com uma insígnia do Banco Central da Nigéria no bolso do peito.

— Vou levar fotografias de vocês comigo para tirar os passaportes para a viagem. Bayo deve estar chegando à Nigéria quando eu voltar, e depois vamos todos juntos para Lagos pedir o visto para o Canadá.

Obembe e eu tínhamos raspado a cabeça dois dias antes, para depois ir com o Pai até o "nosso fotógrafo", o sr. Little, como o chamávamos, que dirigia a Little-by-Little Photos. O sr. Little nos fez sentar em cadeiras estofadas cobertas por um grande toldo de tecido em frente a uma ofuscante lâmpada fluorescente. Atrás das cadeiras uma tela de pano branco cobria um terço da parede. Espocou um flash brilhante, apontou com o dedo e pediu para meu irmão se sentar.

Assim, o Pai tirou do bolso duas notas de cinquenta nairas e as depositou sobre a mesa.

— Tenham cuidado — recomendou. Depois se virou, igualzinho à manhã em que partiu para Yola, e saiu.

Depois de um café da manhã com cereais e batata frita, enquanto pegava água para encher os galões, meu irmão anunciou que tinha chegado a hora das "tentativas finais".

— Vamos encontrar Abulu assim que a mamãe sair com as crianças — ele falou.

— Onde? — perguntei.

— No rio — Obembe respondeu sem olhar para mim. — Vamos matá-lo como um peixe, com nossos anzóis.

Concordei com a cabeça.

— Já vi aquele louco duas vezes no rio. Parece que ele vai lá todas as tardes.

— Vai mesmo?

— Vai. — Meu irmão aquiesceu.

Nos primeiros dias do ano, ele não falou nada sobre a missão, mas continuou pensativo e indiferente, saindo muito de casa sem falar nada, especialmente à noite. Quando voltava, escrevia coisas num caderno, depois desenhava esquemas com bonequinhos. Não perguntei aonde ele ia naquelas saídas, e ele tampouco me informou.

— Eu estou monitorando Abulu já há algum tempo. Ele vai lá todas as tardes — informou meu irmão. — Vai lá todos os dias pra nadar, depois senta embaixo da mangueira onde o encontramos. Se nós o matarmos ali — ele fez uma pausa, como se um pensamento contraditório houvesse passado por sua cabeça —, ninguém vai descobrir.

— Quando nós vamos? — murmurei, balançando a cabeça.

— Ele vai lá perto do pôr do sol.

Mais tarde, quando a Mãe saiu com as crianças e ficamos sozinhos, meu irmão apontou para nossa cama e disse:

— As linhas de pesca estão aqui.

Puxou umas varas compridas de baixo da cama. Eram gravetos compridos e espinhosos, com anzóis afiados amarrados nas pontas. As linhas tinham sido tão encurtadas que os anzóis pareciam se ligar diretamente às varas, tornando-as irreconhecíveis. Eu sabia que meu irmão havia transformado aquele equipamento de pesca numa arma. Aquele pensamento me imobilizou.

— Eu trouxe isso para cá depois de seguir Abulu até o rio ontem — ele explicou. — Agora estou pronto.

Obembe devia ter confeccionado as armas nos dias em que saía de casa sem me falar nada. Aquilo sempre me deixava com medo e me atirava num poço de pensamentos sombrios. Eu saía procurando desesperadamente pela casa, querendo saber onde ele estava, e um dia tive um pensamento que não me largava. Minha reação foi ir até o poço, ofegante, e tentar abrir a tampa, que caiu da minha mão e se fechou como que em protesto. O barulho assustou um passarinho na tangerineira, que saiu voando. Esperei baixar a poeira que subiu do concreto rachado de tanto abrir e fechar. Então levantei a tampa de novo e olhei lá embaixo. Só vi o sol refletido na superfície da água, a areia fina no fundo e um pequeno balde de plástico semienterrado no barro. Olhei mais de perto, sombreando os olhos até me convencer de que Obembe não estava lá. Depois, fechei o poço, ofegante, irritado com a perversidade da minha imaginação.

A visão daquelas armas tornou a missão real e concreta para mim, como se estivesse sabendo dela pela primeira vez. Quando meu irmão pôs tudo de volta embaixo da cama, lembrei de todas as palavras que o Pai dissera naquela manhã. Lembrei da escola que frequentaríamos, com gente branca, para termos a melhor educação ocidental, a que o Pai sempre se referia como se fosse um pedaço do paraíso com o qual até ele se iludia por alguma razão, mas que no Canadá era abundante como folhas numa floresta. Eu queria ir para lá, e queria que meu irmão fosse comigo. Ele continuou falando do rio, como iríamos nos posicionar na margem sem sermos vistos e esperar o louco, quando soltei um grito:

— Não, Obe!

Ele tomou um susto.

— Não, Obe, não vamos fazer isso. Olha, nós vamos para o Canadá, vamos morar lá — continuei, aproveitando o silêncio dele, sentindo o gosto da minha coragem. — Não vamos fazer isso. Vamos para lá, a gente pode crescer e ficar que nem o Chuck Norris ou os Comandos em Ação, depois voltar aqui e dar um tiro nele, até...

Parei de repente, pois Obembe começou a menear a cabeça. Só então vi a fúria em seus olhos lacrimejantes.

— O que foi, o que foi? — gaguejei.

— Você é um idiota! — ele gritou. — Não sabe o que está dizendo. Você quer que a gente fuja para o Canadá? Onde está Ikenna? Onde está Boja, eu pergunto a você?

Enquanto ele falava, as lindas ruas do Canadá começaram a sair de foco na minha cabeça.

— Você não sabe — Obembe continuou. — Mas eu sei. E também sei onde eles estão agora. Você pode ir embora; eu não preciso da sua ajuda. Eu posso fazer isso sozinho.

Na mesma hora, as imagens de crianças andando de bicicleta desapareceram dos meus pensamentos, e fui envolvido por uma desesperada vontade de agradá-lo.

— Não, não, Obe. Eu vou com você.

— Não vai, não! — ele gritou, e saiu correndo.

Fiquei ali parado um momento, com medo de continuar no quarto, temendo que meus irmãos mortos pudessem ter ouvido que eu não queria me vingar, como eles e Obembe desejavam. Saí do quarto, fui até a varanda e me sentei.

Meu irmão ficou fora por muito tempo, em algum lugar que eu nunca soube qual era. Depois de ficar alguns minutos na varanda, fui até o quintal, onde uma das *wrappas* multicoloridas da Mãe estava no varal em que secávamos nossas roupas. Usando um galho baixo da tangerineira, escalei a árvore e fiquei lá, pensando em tudo aquilo.

Mais tarde, quando Obembe voltou, foi direto para o nosso quarto. Desci da árvore e fui atrás dele, ajoelhei-me e comecei a implorar que queria ir com ele.

— Você não quer ir mais para o Canadá? — ele perguntou.

— Não sem você.

Por um momento, meu irmão ficou parado; depois, andou até o outro lado do quarto e falou: — Levanta.

Levantei.

— Olha, eu também quero ir para o Canadá. É exatamente por isso que quero que a gente cuide disso antes de fazer as malas. Você não sabe que o Pai foi tirar os nossos vistos?

Aquiesci.

— Olha, a gente vai se sentir infeliz se sair da Nigéria sem fazer isso. Deixa eu dizer uma coisa. — Ele se aproximou. — Eu sou mais velho e sei muito mais do que você.

Concordei com a cabeça.

— É o que estou dizendo. Olha, se nós formos para o Canadá sem fazer isso, vamos odiar aquele lugar. Não vamos ser felizes. Você quer ser infeliz?

— Não.

— Nem eu.

— Então vamos — concordei, suficientemente convencido. — Eu quero fazer isso.

Obembe, entretanto, continuou hesitante:

— Isso é verdade?

— É verdade.

Os olhos dele passaram pelo meu rosto.

— Mesmo?

— Sim, é verdade — afirmei, aquiescendo sem parar.

— Tudo bem, então vamos.

Era já final de tarde, e as sombras surgiam como afrescos por toda parte. Meu irmão tinha posto as armas do lado de fora da janela, cobertas com uma velha *wrappa* para que a Mãe não as visse. Fiquei esperando ele ir até lá e voltar com as varas de pesca. Ele me deu uma lanterna, que também tinha trazido.

— No caso de termos de esperar escurecer — Obembe resmungou enquanto eu a pegava. — Agora é a melhor hora. Com certeza ele deve estar lá.

Saímos de casa naquela tarde como os pescadores que fomos outrora, levando apetrechos de pesca escondidos em velhas *wrappas*. A aparência do horizonte me evocou fortes sentimentos de *déjà-vu*. O tom era avermelhado, e o sol era um orbe vermelho pendurado. Enquanto andávamos na direção do caminhão de Abulu, notei que os postes de luz da rua tinham sido derrubados, os suportes das lâmpadas quebrados, deixando os fios que ligavam as lâmpadas pendendo inertes. Evitamos lugares onde poderíamos ser vistos pelos transeuntes, que já conheciam nossa história e nos olhavam com simpatia ou até com desconfiança quando passávamos. Nosso plano era ficar esperando o louco no caminho que passava pelos arbustos de *esan* que levava ao rio.

Enquanto esperávamos, meu irmão me contou que tinha encontrado alguns homens no Omi-Ala numa estranha postura, como que venerando alguma deidade, e que esperava que não estivessem ali dessa vez. Ainda estava falando quando ouvimos a voz de Abulu vindo em direção ao rio, cantando alegremente. O louco parou diante de um bangalô onde dois homens sem camisa sentavam um em frente ao outro num banco de madeira jogando ludo. Ao lado, uma placa de vidro retangular mostrava a foto de uma modelo branca. Seguindo uma trilha marcada, os homens jogavam o dado no tabuleiro e mexiam as peças até alcançarem as casas premiadas. Abulu se ajoelhou perto deles, tagarelando e sacudindo a cabeça. Era a hora do crepúsculo, quando geralmente Abulu se transformava numa pessoa extraordinária, e seus olhos se tornavam os de um espírito, não os de um homem. As preces dele eram profundas, uma espécie de grunhido na frente dos homens, que continuavam jogando como se não houvessem percebido que ele rezava por eles, como se um deles não fosse o sr. Kingsley e outro tivesse um nome iorubá terminado em *ke*. Consegui ouvir o final de uma profecia: — ...sr. Kingsley, quando esse seu filho disse que estava pronto para sacrificar a própria filha num ritual para atrair dinheiro. Ele vai ser morto a tiros por ladrões armados, e o sangue dele vai se esparramar na janela do carro. Senhor dos hospedeiros, O Semeador das Coisas Verdes diz que vai...

Abulu ainda falava quando o homem que chamou de "sr. Kingsley" se levantou e entrou furioso no bangalô. Ele surgiu brandindo um facão, vociferando xingamentos cruéis e saiu em perseguição a Abulu até um local em que o caminho se desviava da vegetação de *esan* e parou. O homem voltou para casa, avisando que mataria Abulu se ele chegasse perto do bangalô outra vez. Saímos de onde estávamos e seguimos para o rio atrás de Abulu. Eu ia atrás do meu irmão como uma criança sendo arrastada para o cadafalso ou um castigo corporal, temendo o chicote, mas incapaz de se afastar. No início andamos devagar, Obembe segurando as varas de pesca, eu com a lanterna, para não levantar suspeitas das pessoas ao redor, mas ganhamos velocidade assim que entramos na área onde a Igreja Celestial bloqueava a visão da rua. Uma cabritinha estava deitada de barriga no chão na frente da porta, com uma poça de urina amarelada ao lado. Um pedaço de jornal velho, aparentemente trazido pelo vento, ficou preso na porta da casa como um cartaz, enquanto o resto se espalhou pela terra.

— Vamos esperar aqui — disse meu irmão, tentando recuperar o fôlego.

Estávamos quase no fim do caminho que seguia até a margem. Pude ver que ele também estava com medo e que, assim como eu, o úbere de coragem onde tínhamos bebido estava seco, agora encolhido como o seio de uma velha. Obembe deu uma cuspida e esfregou o muco com a sola do tênis de lona. Percebi que agora estávamos bem perto, pois conseguíamos ouvir Abulu cantando e batendo palmas a caminho do rio.

— Ele está lá, vamos atacar agora — falei, o coração acelerado outra vez.

— Não — sussurrou Obembe, balançando a cabeça. — Temos que esperar um pouco pra ver se não vem ninguém. Depois a gente vai lá e acaba com ele.

— Mas está ficando escuro!

— Não se preocupe — ele recomendou. Olhou ao redor, esticando o pescoço para ver mais longe. — Vamos garantir que aqueles homens não estejam aqui quando o atacarmos... os dois homens.

Percebi que a voz dele agora estava esganiçada, como de alguém que tinha chorado. Imaginei que estávamos nos transformando nos bonequinhos ferozes que ele desenhava, aquelas figurinhas destemidas que eram capazes de matar o louco, mas temia não ter a atitude e a coragem dos garotos fictícios que matavam o louco a pedradas, facadas ou com varas de pesca. Estava absorto nesses pensamentos quando meu irmão desembrulhou as armas e me deu uma delas. As varas eram muito compridas, mais altas que nós quando as apoiamos no chão como lanças de guerreiros do passado. Então, enquanto aguardávamos, ouvimos alguém chapinhando na água, cantando e batendo palmas. Meu irmão me lançou um olhar, ouvi um inaudível *Pronto?*, e cada vez que ouvia aquilo meu coração parava, continuando a bater em seguida com ansiedade, à espera do comando do meu irmão.

— Ben, você está com medo? — ele perguntou depois de me entregar a vara de pesca e jogar a *wrappa* nos arbustos. — Responda, você está com medo?

— Sim, estou.

— Mas por que você está com medo? Estamos prestes a nos vingar pelos nossos irmãos, Ikenna e Boja. — Obembe enxugou a fronte, jogou a vara na grama e pôs a mão no meu ombro.

Ele chegou mais perto, puxando a linha para soltá-la da *wrappa*, e me abraçou.

— Olha, não tenha medo — cochichou no meu ouvido. — Nós estamos fazendo a coisa certa, e Deus sabe disso. Nós vamos ficar livres.

Assustado demais para dizer o que eu realmente queria — que ele devia parar e o certo era voltarmos para casa; que eu tinha medo de que ele se machucasse —, balbuciei uma cortina de fumaça verbal: — Vamos logo com isso.

Ele olhou para mim, e seu rosto se iluminou lentamente, como a luz de um lampião se acendendo. E eu pude dizer, naquele momento memorável, que as mãos delicadas que acenderam a luz eram as dos meus irmãos mortos.

— Vamos! — bradou Obembe na escuridão.

Ele esperou um instante e correu na direção do rio, comigo atrás.

Depois, quando chegamos à margem do rio, eu não sabia dizer exatamente por que tínhamos gritado tão alto quando investimos contra Abulu. Talvez porque meu coração tenha parado no momento em que me levantei e eu queria que voltasse a bater, ou talvez porque meu irmão tenha começado a chorar quando avançamos como soldados, ou porque meu espírito tenha rolado na minha frente como uma bola atravessando um campo enlameado. Abulu estava deitado de costas, voltado para o céu, cantando em voz alta, quando chegamos à margem. O rio se estendia além dele, as águas recobertas por um acolchoado de escuridão. Os olhos do louco estavam fechados, e, apesar de termos avançado com um grito frenético, saído do fundo de nossas almas, ele não percebeu nem quando já estávamos em cima dele. O *djinn* que parecia ter se apossado de nós naquele momento irrompeu no cerne da minha mente e esfrangalhou todos os meus sentidos. Estocamos cegamente os anzóis das nossas varas no peito dele, no rosto, na mão, na cabeça, no pescoço e onde pudemos, gritando e chorando. O louco ficou apoplético, enlouquecido, aturdido. Estendeu os braços para se defender, andando para trás, gritando e gemendo. Os golpes perfuraram sua pele, abrindo lanhos sanguinolentos e arrancando pedaços de carne a cada vez que puxávamos os anzóis. Apesar de eu estar praticamente de olhos fechados o tempo todo, quando os entreabria via pedaços de carne sendo arrancados do corpo dele, o sangue escorrendo por toda parte. Seus gritos indefesos abalaram o cerne do meu ser. Porém, com persistência, como animais enjaulados, descarregamos nossa raiva selvagem contra Abulu, pulando entre as barras da jaula, do teto ao chão. O louco cambaleou, a voz ensurdecedora, o corpo num pânico frenético. Continuamos golpeando, puxando, batendo, gritando, chorando e soluçando até que, coberto de sangue, gemendo como uma criança, Abulu caiu de costas na água com estardalhaço. Uma vez me disseram que, quando um homem deseja uma coisa que não tem, não importa quanto seja ilusória, se seus pés não o impedirem de se locomover, ele acaba conseguindo. Era o nosso caso.

Estávamos observando o corpo de Abulu ser arrastado para longe, espalhando sangue nas águas escuras como um leviatã ferido, quando ouvimos vozes atrás de nós, falando alto, em hausa. Quando nos viramos, vimos as silhuetas de dois homens correndo em nossa direção, com lanternas piscando. Antes que conseguíssemos dar um passo, um deles estava em cima de mim, segurando minha calça por trás. Senti um cheiro pesado de álcool exalando do homem. Ele me jogou no chão, falando numa língua ligeira e rudimentar que eu não conseguia entender. Vi meu irmão correndo por entre as árvores, chamando meu nome em voz alta, enquanto o outro homem, também bêbado, cambaleava atrás dele. O homem segurou meu braço esquerdo num aperto firme, e parecia que, se eu tentasse puxar, meu braço ficaria na mão dele. Enquanto lutava para me libertar, agarrei a vara de pesca e ataquei o homem com a ponta do anzol, com toda a coragem que consegui reunir. Ele gritou e sapateou de dor. Sua lanterna caiu, lançando um facho de luz momentâneo em suas botas. Soube de imediato que era um dos soldados que tínhamos visto perto do rio outro dia.

Uma poeira de medo diabólica me engoliu. Em frenesi, corri o mais rápido que pude entre casas e caminhos de arbustos, até me aproximar do decrépito caminhão de Abulu. Quando parei, apoiei as mãos nos joelhos e tentei respirar, querendo ar, querendo paz... tudo de uma vez. Quando estava ali parado, vi o soldado que tinha saído em perseguição ao meu irmão, agora correndo na direção do rio. Eu me agachei, me encolhendo atrás do caminhão de Abulu, o coração disparado, com medo de que o homem tivesse me visto quando passou. Continuei esperando, imaginando que o homem viria me pegar, me arrastar de trás do caminhão, mas depois me senti mais seguro ao pensar que ele não poderia ter me visto, pois não havia luzes nos postes ao redor do veículo e o poste mais próximo tinha caído e estava solto da base; além disso, moscas revoavam como abutres em torno de sua carcaça. Então me arrastei por uma cobertura de arbustos entre o caminhão e o escarpado atrás dele e corri para casa.

Como sabia que a Mãe já devia ter fechado a barraca e voltado para casa, entrei pelo quintal, passando pelo chiqueiro dos porcos. Uma lua distante iluminava a noite, e as árvores pareciam assustadoras — como monstros imóveis no escuro, com cabeças indecifráveis. Um morcego passou voando quando me aproximei do muro da nossa casa, e o segui com os olhos enquanto planava sobre a casa de Igbafe. Lembrei do avô dele, a única pessoa que pode ter visto Boja cair no poço. Ele tinha morrido em setembro, num hospital fora da cidade. Com oitenta e quatro anos. Estava subindo o muro quando ouvi um sussurro. Era Obembe, perto da casa, depois do poço, esperando por mim.

— Ben! — ele chamou em voz baixa, esticando o pescoço por cima do poço.

— Obe — respondi enquanto subia no muro.

— Onde está sua vara? — perguntou, fazendo força para recuperar o fôlego.

— Eu... deixei lá — gaguejei.

— Por quê?!

— Ficou presa na mão do homem.

— Ficou presa?

Confirmei.

— Ele quase me pegou, o soldado. Eu tive que bater nele com a vara.

Meu irmão pareceu não ter entendido, e enquanto me conduzia pela horta de tomates até o fundo da casa, eu contei o que tinha acontecido. Depois tiramos as camisas manchadas de sangue e jogamos por cima do muro, como pipas, na mata no fundo da casa. Meu irmão pegou a vara de pesca para esconder atrás do jardim. Quando ele acendeu a lanterna, vi um naco de carne ensanguentado de Abulu empalado no anzol. Enquanto Obembe esfregava o anzol na parede para remover aquilo, eu me abaixei e vomitei no chão.

— Não se preocupe. — O chilreio dos grilos noturnos pontuava sua fala. — Está acabado. Está acabado — ele repetiu uma voz nos meus ouvidos. Concordei com a cabeça, e meu irmão, largando a vara, se aproximou devagar e me abraçou.

# 16
## Os galos

Eu e meu irmão éramos galos:

Criaturas que cantam para acordar as pessoas, anunciando o fim da noite como um despertador natural, mas que, em troca de seus serviços, devem ser mortas e consumidas pelo homem. Nós nos tornamos galos depois que matamos Abulu. No entanto, o processo que nos transformou em galos começou na verdade momentos depois que saímos do jardim, entramos em casa e vimos o pastor da nossa igreja, o pastor Collins, que parecia estar quase sempre presente quando acontecia alguma coisa, encerrando uma visita à nossa família. Ainda usava um curativo sobre o ferimento na cabeça. Estava sentado no sofá da sala de estar, perto da janela, as pernas abertas, com Nkem sentada entre elas, brincando e tagarelando. Ele nos cumprimentou com sua voz grave e sonora quando entramos. A Mãe, já meio apreensiva com nosso paradeiro, teria nos crivado de perguntas se o pastor não estivesse lá, mas só nos lançou um olhar de curiosidade quando entramos.

— Os Pescadores — bradou o pastor Collins assim que nos viu, levantando as mãos.

— Senhor — respondemos Obembe e eu em uníssono. — Seja bem-vindo, pastor.

— *Ehen*, meus filhos. Venham me cumprimentar.

Ele se levantou agilmente para apertar nossas mãos. O pastor tinha o hábito de apertar a mão de todos que encontrava, inclusive das criancinhas, com reverência e humildade raras. Ikenna disse uma vez que sua meiguice não era coisa de homem tolo, que o pastor era humilde por ter "renascido". Era uns poucos anos mais velho que o Pai, mais baixo e atarracado.

— Quando o senhor chegou, pastor? — perguntou Obembe, abrindo um sorriso, ficando ao lado dele. Apesar de termos jogado nossas camisas no mato atrás do muro, Obembe cheirava a vegetação de *esan*, a suor e a algo mais. A expressão do pastor se iluminou com a pergunta.

— Estou aqui há algum tempo. — Ele apertou os olhos para consultar o relógio que deslizou da manga em seu pulso. — Acho que estou aqui desde as seis; não, digamos, quinze para as seis.

— Por que vocês estão sem camisa? — quis saber a Mãe, surpresa.

Eu levei um susto. Não tínhamos planejado uma defesa, nem ao menos pensado no que aconteceria, havíamos simplesmente jogado as camisas fora por causa das manchas do sangue de Abulu e entrado em casa só de calção e tênis de lona.

— É o calor, mamãe — respondeu Obembe depois de uma pausa. — Nós estávamos encharcados de suor.

— E... — ela continuou, levantando, os olhos nos examinando com atenção. — E olho só como você está, Benjamin, com a cabeça coberta de lama?

Todos os olhares convergiram para mim.

— Digam uma coisa, onde vocês estavam?

— Estávamos jogando futebol no campo perto da escola pública — respondeu Obembe.

— Oh, Deus! — exclamou o pastor Collins. — Esse pessoal adora um futebol no campinho.

David começou a tirar a camisa, distraindo a Mãe.

— Por que isso? — ela perguntou.

— Calor, calor, mamãe, eu também tô com calor — disse David.

— Eh, está com calor?

David confirmou.

— Ben, ligue o ventilador pra ele — mandou a Mãe, enquanto o pastor dava risada. — E vocês dois vão já para o banheiro se lavar!

— Não, não, deixa que eu faço isso — gritou David, correndo com um banquinho para alcançar o interruptor na parede, girando o botão no sentido horário. O ventilador ganhou vida, começando a girar ruidosamente.

David tinha nos salvado, pois na confusão meu irmão e eu nos esgueiramos para o quarto e trancamos a porta. Embora tivéssemos virado os calções do avesso para esconder as manchas de sangue, eu estava com medo de que a Mãe, que sempre descobria tudo o que fazíamos, percebesse alguma coisa se ficássemos na sala mais um instante.

A luz da lâmpada me fez piscar quando meu irmão a acendeu ao entrarmos no quarto.

— Ben — falou, os olhos cheios de alegria outra vez. — Nós conseguimos. Nós os vingamos... Ike e Boja.

Ele me deu mais um forte abraço, e, quando apoiei a cabeça no ombro dele, tive vontade de chorar.

— Sabe o que isso significa? — perguntou, se afastando um pouco, mas ainda segurando minhas mãos. — *Esan*... ajuste de contas. Eu já li muito e sei que sem isso nossos irmãos nunca nos perdoariam e nós nunca poderíamos ser livres.

Obembe afastou os olhos de mim e olhou para o chão. Segui seu olhar e vi manchas de sangue na panturrilha da perna esquerda dele. Fechei os olhos, concordando com a cabeça.

Entramos no banheiro, e ele começou a se lavar com a água de um balde que tinha posto no canto da banheira, despejando água com uma caneca no corpo para enxaguar a espuma do sabonete. O sabonete havia sido deixado numa pequena poça de água, e isso o reduzira à metade do seu tamanho original. Para usar o sabonete com sensatez, primeiro ele ensaboou a cabeça para fazer espuma. Depois, despejando água na cabeça, esfregou-se com as mãos, espalhando a água e a espuma pelo corpo. Quando acabou, se enrolou numa grande toalha que nós dois usávamos, ainda sorrindo. Quando entrei na banheira, minhas mãos tremiam. Insetos voadores que entravam pelo rasgo da tela da janela do pequeno banheiro enxameavam em volta da lâmpada e subiam pelas paredes, enquanto outros, que já tinham perdido as asas, se misturavam num bolo de insetos que tentavam vagar pelo chão. Fiz um esforço para me concentrar nos insetos no intuito de apaziguar meus pensamentos, mas não consegui. Um sentimento de grande terror paraiva sobre mim, e quando tentei despejar água no corpo, a caneca de plástico caiu da minha mão e quebrou.

— Ah, Ben, Ben — fez Obembe, dando um passo à frente. Ele endireitou meus ombros com as mãos. — Ben, olhe nos meus olhos.

Eu não consegui. Ele ergueu as mãos e virou minha cabeça para que eu fosse obrigado a encará-lo.

— Você está com medo? — perguntou.

Aquiesci.

— Por que, Ben, por quê? *Ati gba esan...* Nós conseguimos o nosso ajuste de contas. Por que, por que você está com medo, Pescador Ben?

— Os soldados — consegui responder. — Estou com medo deles.

— Por quê? O que eles podem fazer?

— Tenho medo de que os soldados venham e matem a gente... matem todos nós.

— Shiii, fala baixo — meu irmão recomendou. Eu não tinha percebido que estava falando tão alto. Escuta, Ben, os soldados não vão fazer isso. Eles não conhecem a gente; não vão fazer nada. Nem pense nessa possibilidade. Eles não sabem onde moramos, nem quem somos nós. Eles não viram a gente entrar aqui, viram?

Neguei com a cabeça.

— Então por que ter medo? Não há razão pra ter medo. Olha, os dias passam, como comida, como peixe, como cadáveres. Essa noite também vai passar, e você vai esquecer. Escuta, você vai esquecer. — Ele meneou a cabeça com vigor. — Não vai acontecer nada com a gente. Ninguém vai nos tocar. O Pai vai voltar amanhã para nos levar até o sr. Bayo, e nós vamos para o Canadá.

Ele me sacudiu para me fazer concordar, e na época eu acreditava que ele sabia claramente quando me convencia, quando transformava uma convicção minha numa opinião comezinha, como se virasse um copo de cabeça para baixo. E havia ocasiões em que eu precisava que ele fizesse isso, quando ansiava por suas palavras de sabedoria, que quase sempre me comoviam.

— Está vendo? — perguntou, me sacudindo.

— Diz uma coisa. E quanto ao papai e à mamãe, os soldados não vão mexer com eles também?

— Não, não vão — ele afirmou, socando a palma da mão esquerda. — Eles vão ficar bem e felizes, e vão visitar muito a gente no Canadá.

Aquiesci, fiquei em silêncio por um tempo antes que outra pergunta pulasse como um tigre da jaula dos meus pensamentos.

— Outra coisa — falei em voz baixa. — E... e você, Obe?

— Eu? Eu? — Ele enxugou o rosto com a mão, meneando a cabeça. — Ben, eu já disse: Eu. Estou. Bem. Você. Vai. Ficar. Bem. Papai vai ficar bem. Mamãe vai ficar bem. E tudo... está tudo bem.

Aquiesci. Deu para perceber que ele estava aborrecido com as minhas perguntas.

Obembe pegou uma caneca menor dentro do grande tambor preto e começou a me lavar. O tambor me lembrou de como Boja, depois de ter sido salvo numa convenção evangélica do Reinhard Bonnke, convenceu-nos a ser batizados para não irmos todos para o inferno. Convenceu-nos a nos arrepender, um a um, e nos batizou nesse mesmo tambor. Eu tinha seis anos na época, e Obembe, oito, e os dois tivemos de subir em engradados de Pepsi vazios para alcançar a água. Boja enfiou nossas cabeças na água até começarmos a tossir, uma de cada vez. Quando acabou, ele nos abraçou e nos declarou livres, todo sorridente.


Estávamos nos vestindo quando a Mãe chamou, porque o pastor Collins queria rezar por nós antes de ir embora. Quando o pastor pediu que e eu e meu irmão nos ajoelhássemos, David insistiu em se ajoelhar com a gente.

— Não! Levanta! — ralhou a Mãe. Mas David fez cara de quem ia chorar. — Se você chorar, eu vou te bater.

— Ah, não, Paulina. — O pastor soltou uma risada. — Dave, não se preocupe, você vai se ajoelhar depois deles.

David concordou. Repousando as mãos nas nossas cabeças, o pastor começou a rezar, às vezes jogando perdigotos na gente. Senti na pele como ele rezava com toda a sua alma, de forma que Deus nos protegeria do mal. No meio da oração, começou a falar das promessas de Deus a respeito de Seus filhos, como se proferisse uma homilia. Quando terminou, pediu que essas promessas recaíssem sobre nós em nome de Jesus. Depois pediu clemência a Deus para nossa família:

— Eu peço, ó Pai celestial, que ajude esses garotos a superar os eventos trágicos do ano passado. Ajude-os a se saírem bem em sua viagem pelos mares e abençoe os dois. Faze com que os funcionários da embaixada do Canadá forneçam seus vistos, ó Deus, pois és capaz de tornar todas as coisas certas; és capaz. — A Mãe interpunha "améns" em voz alta o tempo todo, seguida de perto por Nkem e David, ecoados por murmúrios abafados meus e do meu irmão. Quando de repente o pastor começou a cantar, ela entrou no coro, entremeando a canção com cliques e sibilos.

*Ele é capaz/abundantemente capaz/de prover/e salvar/*
*Ele é capaz/ abundantemente capaz/de prover/os que confiam n'Ele.*

Depois de três rodadas do mesmo verso, o pastor voltou às orações, dessa vez com mais vigor. Falou sobre a questão dos documentos necessários para os vistos, dos recursos e depois de nosso pai. Então começou a rezar pela Mãe.

— Sabeis, ó Deus, o quanto esta mulher sofreu, tanto; tanto pelos filhos. Sabeis de todas as coisas, ó Senhor. — O pastor ergueu a voz quando o som dos soluços convulsos da Mãe se misturou às orações. — Enxugai as lágrimas dela, Senhor — e continuou em igbo: — Enxugai as lágrimas dela, Jesus. Curai a alma dela para sempre. Que ela nunca mais tenha motivo para chorar pelos filhos. — Depois das súplicas, agradeceu a Deus, muitas vezes, por ter respondido suas preces, e em seguida, pedindo que disséssemos um "trovejante amém", concluiu as orações.

Todos agradecemos e apertamos a mão dele mais uma vez. A Mãe o acompanhou até o portão com Nkem.

Senti-me mais animado depois das orações, um pouco aliviado da carga que tinha trazido para casa. Talvez tenha sido a convicção de Obembe, ou as preces; eu não sabia. Sabia, porém, que alguma coisa havia levantado meu espírito do fosso. David nos informou que "nosso feijão" estava na cozinha. Meu irmão e eu estávamos comendo quando a Mãe voltou após se despedir do pastor, cantando e dançando.

— Finalmente meu Deus derrotou meus inimigos — ela cantava, erguendo as mãos. — *Chineke na' eme nma, ime la eke le diri gi...*

— Mamãe, o que aconteceu, o quê? — perguntou meu irmão, mas ela o ignorou e entabulou outra rodada de cantoria enquanto esperávamos, impacientes para saber o que tinha acontecido. Ela cantou mais um hino, com os olhos no teto, antes de se virar para nós com os olhos cheios d'água e dizer:

— Abulu, *Onye Ojo a wungo*. Abulu, o maligno, morreu.

Minha colher caiu no chão como se arrancada da minha mão, espalhando feijão pelo assoalho. A Mãe pareceu nem notar. Contou que tinha ouvido dizer que "alguns meninos" tinham matado Abulu, o louco. Encontrara a vizinha que achou o corpo de Boja no poço quando levava o pastor até a porta. A mulher, exultante, estava a caminho da nossa casa para dar a notícia.

— Disseram que foi morto perto do Omi-Ala — informou a Mãe, ajustando a *wrappa* em torno da cintura, que tinha afrouxado um pouco de tanto Nkem puxá-la pelas pernas. — Estão vendo? Foi meu Deus que manteve vocês em segurança quando iam àquele lugar todas as tardes pra pescar. Apesar de ter resultado num grande prejuízo no final, ao menos nenhum de vocês se machucou. Aquele rio é um local de coisas malignas e horrorosas. Já imaginaram o cadáver daquele homem demoníaco caído por lá? — Ela apontou para a porta. — Estão vendo? Meu *Chi* está vivo e finalmente me vingou. Abulu amaldiçoou meus filhos com a língua e agora aquela língua vai apodrecer na boca dele.

A Mãe continuou a comemorar enquanto Obembe e eu tentávamos entender em que havíamos nos metido. Não conseguimos, porque se uma pessoa tenta prever o futuro, ela não verá nada; era como olhar dentro do ouvido de alguém. Era difícil acreditar que a notícia de um ato realizado sob a cobertura da escuridão houvesse se espalhado tão depressa; Obembe e eu não esperávamos por isso. Queríamos matar o louco e deixar o corpo na margem do rio para ser descoberto quando já estivesse se decompondo... como Boja.

Quando meu irmão e eu nos retiramos em silêncio para o quarto depois do jantar, minha cabeça estava cheia de imagens dos últimos minutos de vida de Abulu. Pensei na estranha força que me possuiu naquele momento, como minhas mãos se movimentaram com tanta precisão, com tanta força em cada golpe que cortou fundo a carne de Abulu. Estava pensando no corpo dele no rio, nos peixes se aproveitando, quando meu irmão, que também não conseguia dormir e não sabia que eu estava acordado, de repente se levantou da cama e começou a chorar.

— Eu não sabia... Eu fiz isso por vocês, Ben e eu, nós fizemos por vocês; por vocês dois — soluçou. — Desculpe, mamãe e papai. Desculpe, nós fizemos isso para vocês não sofrerem mais, mas... — As palavras ficaram inaudíveis, afogadas numa avalanche de soluços convulsos.

Fiquei olhando para ele discretamente, atormentado pelo medo de um futuro que pensei estar mais próximo do que podia imaginar, um futuro que era o dia seguinte. Comecei a rezar, com a voz mais baixa possível, para que o dia seguinte não chegasse, para que os ossos das pernas do tempo tivessem se quebrado.


Não sei a que horas consegui dormir, mas acordei com a voz de um muezim distante chamando os fiéis para a oração. Era início da manhã, a primeira luz do sol se infiltrava no quarto pela janela que meu irmão havia deixado aberta. Não sabia dizer se ele tinha dormido ou não, pois estava sentado à sua escrivaninha, lendo um livro surrado com páginas amareladas. Eu sabia que era o livro sobre o alemão que andara da Sibéria à Alemanha, de cujo título tinha me esquecido. Obembe estava sem camisa, a clavícula saliente. Tinha perdido algum peso durante as semanas de deliberações e planejamento da nossa missão agora cumprida.

— Obe — chamei. Ele se sobressaltou, levantou depressa e foi até a cama.

— Você está com medo? — perguntou.

— Não — respondi de imediato, então falei: — Mas ainda tenho medo de que aqueles soldados encontrem a gente.

— Não, eles não vão nos encontrar — ele replicou, balançando a cabeça. — Mas precisamos ficar dentro de casa, até o Pai chegar e o sr. Bayo levar a gente para o Canadá. Não se preocupe, vamos sair do país, e tudo isso vai ficar para trás.

— Quando eles vão chegar?

— Hoje. O Pai chega hoje, e talvez a gente parta para o Canadá na semana que vem. É possível.

Concordei.

— Escuta, você não tem que sentir medo — ele repetiu.

Meu irmão ficou com o olhar perdido, imerso em pensamentos. Depois, recuperando-se e achando que poderia ter me deixado preocupado, falou:

— Quer que eu conte uma história?

Eu disse que sim. Novamente ele pareceu perdido; os lábios se mexeram sem articular as palavras. Depois, mais uma vez se aprumando, começou a história de Clemens Forell, que tinha fugido de uma prisão russa na Sibéria e viajado até a Alemanha. Continuava me contando a história quando começamos a ouvir gente falando em voz alta pela vizinhança. Sabíamos que deveria ser alguma turba se reunindo em algum lugar. Meu irmão parou de contar a história e fixou os olhos nos meus. Fomos juntos até a sala de estar, onde a Mãe estava vestindo Nkem, preparando-se para sair para a barraca. A manhã já avançava, eram nove horas e a sala cheirava à fritura. Havia sobras de ovos fritos num prato e entre os dentes de um garfo, e um pedaço de inhame frito na mesa perto do prato.

Sentamos perto da Mãe, e Obembe perguntou que vozerio era aquele.

— Abulu — respondeu, enquanto trocava a fralda de Nkem. — Estão levando o corpo dele num caminhão, e dizem que os soldados vão procurar os garotos que mataram o louco. Não entendo muito bem essa gente — continuou em inglês. — Por que alguém não pode matar aquela pessoa inútil? Por que esses meninos não podiam matar esse inútil? Será que ele não plantou no coração deles um medo de que algum mal aconteceria? Quem pode culpá-los? Enfim, estão dizendo que os meninos também lutaram com os soldados.

— Os soldados vão matar os meninos? — perguntei.

A Mãe olhou para mim, demonstrando certa surpresa com a minha pergunta.

— Não, acho que eles não vão matar ninguém. — Ela deu de ombros. — De qualquer forma, é melhor vocês dois ficarem em casa... nada de sair até as coisas se acalmarem. Vocês sabem que já estão ligados a esse louco de alguma forma, por isso não quero que se envolvam nessa história. Nunca mais vocês vão se envolver com essa criatura, seja na vida ou na morte.

— Sim, mamãe — concordou o meu irmão e eu o acompanhei com a voz entrecortada. Depois, com David repetindo cada palavra das ordens que enunciava, a Mãe pediu para trancarmos o portão e a porta de entrada quando elas saíssem para o trabalho. Levantei para ir fechar o portão.

— Não se esqueçam de abrir o portão para Eme quando ele voltar — recomendou. — Ele vai chegar hoje à tarde.

Aquiesci e tranquei logo o portão quando elas saíram, com medo de ser visto por alguém de fora.

Meu irmão me deu um tranco quando entrei em casa e me empurrou contra a porta, me deixando com o coração na boca.

— Por que você tinha que falar aquilo na frente da mamãe, hein? Você é bobo? Quer que ela fique doente outra vez? Quer nos destruir de novo?

— Não! — gritei em resposta a todas as perguntas, balançando a cabeça.

— Escuta — ele continuou, ofegante. — Eles não podem saber de nada. Está entendendo?

Confirmei com a cabeça, os olhos no chão, quase chorando. Pareceu que ele ficou com pena de mim. Relaxou e pôs a mão no meu ombro, como sempre fazia.

— Escuta, Ben, eu não queria te assustar — falou. — Desculpe.

Aquiesci.

— Não se preocupe, se eles vierem, eu não vou abrir a porta. Vão pensar que a casa está vazia e vão embora. Nós estamos seguros.

Ele fechou todas as cortinas da casa e trancou as portas, depois foi até o quarto vazio de Ikenna e Boja. Fui atrás dele, e sentamos no colchão novo que o Pai tinha comprado — aquilo e a cama eram as únicas coisas no quarto. Apesar de estar vazio, havia sinais dos meus irmãos por toda parte, como manchas indeléveis. Olhei para uma parte mais clara da parede, de onde o calendário do M.K.O. havia sido arrancado, os vários desenhos a lápis. Depois, examinei o teto cheio de aranhas e de teias, indicações de que o tempo havia passado desde a morte deles.

Fiquei observando a silhueta de uma lagartixa subindo pelo tecido transparente da cortina banhada pelo sol, enquanto Obembe continuava quieto como um morto, quando ouvimos batidas fortes no nosso portão. Meu irmão entrou rapidamente embaixo da cama, me arrastando com ele, e ficamos encolhidos naquele enclave escuro enquanto as batidas continuavam, seguidas por gritos:

— Abram o portão! Tem alguém em casa? Abram o portão! — Obembe puxou a coberta para baixo da cama, e nós dois nos cobrimos. Sem querer, esbarrei numa lata vazia perto de mim, com camadas de teias de aranha ocupando o espaço vazio, preto como piche. Devia ser uma das latas que juntamos para guardar peixes e girinos, que escapou da inspeção do Pai quando ele esvaziou o quarto.

As batidas no portão pararam pouco depois que entramos embaixo da cama, mas continuamos lá, no escuro, ofegantes, e minha cabeça latejava.

— Eles foram embora — falei com meu irmão depois de um momento.

— Foram — ele concordou. — Mas vamos ficar aqui até ter certeza de que não vão voltar. Eles podem pular o muro e entrar, ou... — Ele parou de falar, o olhar fixo, como se tivesse ouvido algo suspeito. Depois continuou: — Vamos ficar aqui mesmo.

Continuamos ali, eu segurando uma insuportável vontade de urinar. Mas não queria dar razão para ele ficar triste ou com medo.


A próxima batida no portão aconteceu mais ou menos uma hora depois das primeiras. Mais suave, e logo seguida pela conhecida voz do Pai nos chamando pelos nomes, perguntando se estávamos em casa. Saímos de debaixo da cama, tirando o pó das roupas e do corpo.

— Depressa, depressa, vai abrir pra ele. — Meu irmão correu até o banheiro para lavar os olhos.

O Pai era todo sorrisos quando abri o portão. Usava um boné e os óculos habituais.

— Vocês estavam dormindo? — ele indagou.

— Estávamos — respondi.

— Valha-me Deus! Meus garotos agora são homens ociosos. Bom, isso está para mudar — foi falando enquanto entrava.

— Por que você está trancando a porta?

— Teve um assalto aqui hoje — expliquei.

— Como, em plena luz do dia?

— Foi, papai.

Ele entrou na sala de estar, deixou a pasta numa poltrona e começou a falar com meu irmão enquanto tirava o sapato. Quando entrei, ouvi meu irmão dizer:

— Como foi a viagem?

— Muito boa, ótima — respondeu o Pai, sorrindo como havia muito não o via sorrir. — Ben disse que teve um assalto aqui hoje?

Meu irmão me lançou um olhar antes de concordar com a cabeça.

— Uau — exclamou o Pai. — Bom, eu tenho boas notícias para vocês, meus filhos, mas, primeiro, alguém sabe se sua mãe deixou alguma comida na casa?

— Ela fez inhame frito hoje de manhã, acho que ainda sobrou um pouco...

— Mamãe deixou um prato para o senhor — meu irmão completou o que comecei a dizer.

Minha voz saiu trêmula quando falei do inhame, porque o som de uma sirene em algum lugar na rua mais uma vez me deixou com medo dos soldados. O Pai percebeu. Olhou de um rosto a outro como se em busca de algo que não soubesse.

— Vocês dois estão bem?

— É que a gente estava se lembrando de Ike e Boja. — Meu irmão caiu no choro.

O Pai ficou olhando para a parede por um tempo, sem expressão, até levantar a cabeça e dizer:

— Escutem, a partir de agora eu quero que os dois deixem essa história para trás. Essa é a razão de eu estar fazendo isso tudo: pegando dinheiro emprestado, correndo de um lado para o outro e todas essas coisas para colocar vocês num outro ambiente, onde não vão ver nada que possa lembrar os seus irmãos. Vejam só a mãe de vocês, vejam o que aconteceu a ela. — Ele apontou na direção da parede em branco como se a Mãe estivesse lá. — Essa mulher sofreu muito. Por quê? Por causa do amor que sente pelos filhos. Do amor que sente por vocês... por todos vocês. — O Pai meneou a cabeça brevemente. — Agora vou falar algo. Daqui em diante, antes de fazer qualquer coisa, qualquer coisa mesmo, pensem primeiro nela, no que isso poderia fazer com ela... e só depois tomem a decisão. Nem estou pedindo para que pensem em mim; pensem nela. Estão entendendo?

Nós dois aquiescemos.

— Ótimo. Agora, alguém tem que trazer o meu prato de comida. Eu vou comer, mesmo que esteja frio.

Fui até a cozinha com as palavras que ele tinha dito na cabeça. Levei o prato de comida para ele — inhame e ovos fritos — e um garfo. O grande sorriso voltou ao seu rosto enquanto comia, e ele disse que já tinha dado entrada no pedido de nossos passaportes no departamento de imigração de Lagos. Não podia imaginar, nem remotamente, que seu navio havia afundado, que tudo o que tinha de bom na vida — o mapa de seus sonhos (Ikenna = piloto, Boja = advogado, Obembe = médico, Eu = professor) estava acabado.

O Pai trouxera pedaços de bolo embrulhados num papel brilhante e deu uma fatia para cada um de nós.

— E sabem o que mais? — perguntou, ainda remexendo na mala. — Bayo já está na Nigéria. Liguei para Atinuke ontem e falei com ele. Na semana que vem ele vai estar aqui pra levar vocês dois a Lagos para tirar os vistos.

*Semana que vem.*

Aquelas palavras deixaram a possibilidade do Canadá tão próxima mais uma vez que fiquei abalado. Quando o Pai disse "semana que vem", pareceu muito distante. Eu queria que chegássemos até lá. Pensei que talvez pudéssemos fazer as malas e ir a Ibadan para ficar na casa do sr. Bayo, que poderíamos partir de lá quando os vistos estivessem prontos. Ninguém iria até Ibadan atrás de nós. Fiquei com vontade de sugerir isso ao Pai, mas tive medo da reação de Obembe. Mais tarde, depois que o Pai já tinha comido e adormecido, falei sobre essa ideia com meu irmão.

— Isso significa nos entregar — ele replicou, sem levantar o olhar do livro que estava lendo.

Lutei para encontrar uma réplica, mas não consegui.

Ele balançou a cabeça.

— Escuta, Ben, nem tente; de jeito nenhum. Não se preocupe, eu tenho um plano.

Quando a Mãe voltou naquela noite e contou ao Pai sobre a busca de casa em casa e que ficou sabendo que uns garotos tinham matado o louco com varas de pesca, o Pai ficou matutando por que não tínhamos falado sobre aquilo.

— Achei que o assalto fosse mais importante — falei.

— Eles vieram aqui? — O Pai ostentava um olhar severo atrás dos óculos.

— Não — respondeu meu irmão. — Eu fiquei acordado enquanto Ben dormia e só ouvi alguma coisa quando você chegou.

Pai aquiesceu.

— Talvez ele tenha feito alguma profecia com os garotos e eles tenham reagido, com medo de que se tornasse realidade — considerou. — É uma pena que tal espírito tenha possuído esse homem.

— Pode ter sido isso — concordou a Mãe.

Nossos pais passaram o resto da noite falando sobre o Canadá. O Pai relatou sua viagem para a Mãe com a mesma alegria, mas minha cabeça doía muito, e quando me retirei para o quarto — antes de qualquer um — estava me sentindo tão mal que tive medo de morrer. A essa altura, minha vontade de ir para o Canadá era tão forte que eu queria ir de qualquer jeito, mesmo sem Obembe. Isso continuou noite adentro, mesmo depois de o Pai cochilar no sofá, a garganta zumbindo com roncos altos. Foi então que minha calma e minha segurança alçaram voo. Fui acometido por um medo arrepiante, tão forte quanto o de um resfriado. Comecei a sentir medo de algo que ainda não conseguia ver, mas podia sentir o cheiro — sabia que estava chegando — de algo que ia acontecer antes da *semana que vem*. Pulei da cama e cutuquei meu irmão, coberto por uma *wrappa*. Não sabia se ele estava dormindo.

— Obe, precisamos contar o que fizemos a eles. Só assim o Pai pode fugir com a gente para Ibadan e encontrar o sr. Bayo. Só assim vamos conseguir viajar para o Canadá na semana que vem.

Corri com as palavras como se as tivesse memorizado. Meu irmão saiu de debaixo da *wrappa* e sentou.

— Na semana que vem — murmurei, a respiração ofegante.

Mas meu irmão não respondeu. Olhou para mim de um jeito que parecia não estar me vendo. Depois voltou a se cobrir com a *wrappa* e se ausentou.

Deveria ser plena madrugada quando, ofegante e coberto de suor, a cabeça ainda doendo, comecei a ouvir:

— Ben, acorda, acorda — e alguém me chacoalhado.

— Obe — declarei, sobressaltado.

Mas ele não estava visível quando abri os olhos. Depois, o vi tirando roupas do armário e jogando numa sacola, correndo de um lado para outro.

— Vamos, levanta, precisamos ir embora agora mesmo — falou, gesticulando.

— Como, ir embora de casa?

— Isso, agora mesmo. — Ele parou de arrumar as coisas e falou comigo em voz baixa: — Olha, eu percebi as possibilidades... os soldados podem localizar a gente. Eu vi o velho sacerdote daquela igreja quando estava fugindo do soldado, e ele me reconheceu. Eu quase trombei com ele.

Meu irmão pôde ver o horror que encheu meus olhos diante daquela revelação. Pensei no motivo pelo qual ele não me falou aquilo antes.

— Estou com medo de que ele conte que fomos nós. Vamos, vamos sair já. Eles podem vir ainda esta noite e podem nos identificar. Eu não consegui dormir, fiquei ouvindo barulhos do lado de fora a noite toda. Se não vierem agora, com certeza vão vir de manhã a qualquer momento.

— E o que vamos fazer?

— Precisamos sair, sair daqui, é o único jeito. É a única forma de nos proteger e de proteger nossos pais... proteger a mamãe.

— E para onde nós vamos?

— Para qualquer lugar — ele respondeu, começando a chorar. — Escuta, você não entende que eles vão encontrar a gente de manhã?

Eu queria dizer alguma coisa, mas as palavras não me ocorreram. Obembe virou-se e começou a abrir o zíper de uma bolsa.

— Você não vai começar a se mexer para sair? — perguntou quando voltou a olhar e me viu ali parado.

OS PESCADORES 243

— Não — insisti. — Para onde nós vamos?

— Eles vão revistar essa casa de manhã, assim que o céu clarear — disse com a voz entrecortada. — E vão encontrar a gente. — Obembe fez uma pausa e sentou na beira da cama por menos de um segundo, antes de levantar outra vez. — Eles vão encontrar a gente. — Meneou a cabeça, preocupado.

— Eu estou com medo, Obe. Nós não devíamos ter matado Abulu.

— Não diga isso. Ele matou nossos irmãos; ele merecia morrer.

— O Pai vai arranjar um advogado pra gente, é melhor a gente ficar, Obe — falei sem convicção, com o choro abafando minhas palavras. — É melhor ficar aqui mesmo.

— Não seja burro. Os soldados vão matar a gente! Nós atacamos um homem deles, eles vão fuzilar a gente, como Gideon Orkar, você não entende? — Ele fez uma pausa antes que a pergunta se tornasse algo concreto. — Imagine o que vai acontecer com a mamãe. Nós estamos num regime militar, eles são soldados do Abacha. Vamos para qualquer lugar, quem sabe ficar um tempo na nossa aldeia e escrever para eles de lá. Eles podem encontrar a gente depois, nos levar a Ibadan e depois ao Canadá.

As últimas palavras fizeram com que meus temores submergissem temporariamente.

— Tudo bem — concordei.

— Então arruma sua mala, rápido, rápido.

Ele ficou esperando até eu guardar minhas coisas na sacola.

— Rápido, rápido. Estou ouvindo a voz da Mãe, ela está rezando; de repente ela pode querer vir aqui ver a gente.

Obembe ficou com o ouvido atento à porta para ver se ouvia alguma coisa, enquanto eu juntava minhas roupas na bolsa e amarrava nossos sapatos uns nos outros. Depois, antes de eu saber o que estava acontecendo, Obembe pulou a janela com a sacola e os sapatos e se tornou uma silhueta que eu mal conseguia distinguir.

— Joga suas coisas! — sussurrou embaixo da janela.

Joguei minha mochila e pulei atrás dele. Meu irmão me amparou, e saímos pela rua que levava até nossa igreja, passando por casas ainda imersas no sono. A noite era fracamente iluminada pelas lâmpadas das varandas das casas e alguns postes de luz. Meu irmão ia à frente, parando para me esperar, dizendo baixinho "vamos" ou "corre". Enquanto fugíamos, meu medo aumentava. Estranhas visões tolhiam meus movimentos, como lembranças se erguendo de túmulos; de vez em quando eu olhava para trás, na direção da nossa casa, até não conseguir mais enxergá-la. Atrás de nós, a luz da lua infiltrava-se pelo céu noturno, espalhando um matiz cinzento no caminho percorrido e sobre a cidade adormecida. Vindo de algum lugar, o som de vozes cantando, acompanhado por tambores e sinos

Já tínhamos percorrido uma boa distância, e, ainda que fosse difícil distinguir na escuridão, imaginei que estávamos quase chegando ao centro da cidade, quando as palavras do Pai "Daqui em diante, antes de fazer qualquer coisa, qualquer coisa mesmo, pensem primeiro nela, no que isso poderia fazer com ela... e só depois tomem a decisão" me aguilhoaram, plantando uma barreira no meu caminho. Perdi o equilíbrio como um vagão descarrilando, com o coração na boca, e de repente estava estendido no chão.

— O que aconteceu? — perguntou Obembe, virando para trás.

— Eu quero voltar — falei.

— O quê? Benjamin, você ficou louco?

— Eu quero voltar. — Dei um grito quando ele veio na minha direção, com medo de que fosse continuar me arrastando: — Não, não, nem vem, nem vem. Me deixa voltar.

Fez menção de avançar outra vez, mas firmei os pés e dei um passo atrás. Eu tinha esfolado os joelhos e sabia que estavam sangrando.

— Espera! Espera! — ele berrou.

Parei.

— Eu não vou encostar em você — continuou, levantando as mãos como que se rendendo.

Tirou a mochila das costas, deixou-a no chão e andou até mim. Fingiu que ia me abraçar, mas tentou me empurrar para a frente assim que passou os braços ao redor do meu pescoço. Enfiei uma perna entre as dele, como Boja gostava de fazer, e nós dois caímos no chão. Começamos a lutar, ele insistindo que precisávamos ir juntos, enquanto eu pedia para me deixar voltar para os nossos pais, porque não queria que eles ficassem sem nós dois. Afinal consegui me desvencilhar, a camisa parcialmente rasgada.

— Ben — Obembe gritou quando corri até ficar a certa distância.

Eu tinha começado a chorar desenfreadamente. Ele olhou para mim, a boca entreaberta. Percebia agora que eu estava determinado a voltar, pois meu irmão sabia das coisas.

— Se você não vem comigo, então diga a eles — começou a dizer com a voz trêmula. — Diga a papai e a mamãe que eu... fugi.

Ele mal conseguia falar, seu coração devia estar estourando de tristeza.

— Diga a eles que nós... que você e eu... fizemos isso por eles.

Num átimo eu estava de novo ao lado dele, agarrado a seu corpo. Ele me abraçou e pôs a mão na minha nuca. Por um longo tempo, Obembe chorou no meu ombro, antes de se afastar, sem deixar de olhar para mim. Correu até certa distância, depois parou e gritou:

— Eu vou te escrever!

Em seguida, a escuridão o engoliu. Dei um passo à frente e gritei:

— Não vai embora, Obe, não vai, não me deixe aqui sozinho. — Mas não havia mais nada; nem sinal dele na escuridão. — Obe! — chamei em voz alta, esboçando um movimento para a frente. Mas ele não parou, talvez nem tenha me ouvido. Tropecei, caí e levantei cambaleando. — Obe! — chamei ainda mais alto, mais desesperado assim que entrei na estrada. Olhei para a esquerda, à direita, para a frente, para trás, sem avistar sinal de Obembe. Nenhum som, ninguém à vista. Ele tinha ido embora.

Sentei no chão e comecei a chorar de novo.

# 17
## A MARIPOSA

Eu, Benjamin, era uma mariposa:

Um inseto frágil com asas, que gosta de luz, mas logo perde as asas e cai no chão. Quando meus irmãos, Ikenna e Boja, morreram, senti como se um toldo de lona que sempre tinha me protegido tivesse sido arrancado da minha cabeça; porém, quando Obembe se afastou, eu despenquei no vazio, como uma mariposa cujas asas houvessem sido arrancadas em pleno voo, tornando--me um ser que não conseguia mais voar, só me arrastar.

Eu nunca tinha vivido sem meus irmãos. Cresci observando o que faziam, seguindo suas indicações, vivendo uma versão de suas vidas pregressas. Nunca fiz nada sem eles — principalmente sem Obembe, que por ter absorvido muito da sabedoria dos dois mais velhos e destilado um conhecimento maior com os livros que lia, havia me deixado totalmente dependente. Eu estava sempre com eles, confiava tanto neles que nunca formulei um pensamento concreto que não tivesse flutuado pela cabeça deles. E, mesmo depois que Ikenna e Boja morre-ram, continuei vivendo como que incólume, pois Obembe se aproximou mais de mim na ausência dos dois, fornecendo respostas às minhas perguntas. Mas agora ele também tinha ido embora, deixando-me no limiar de uma porta em que eu hesitava em entrar. Não que eu tivesse medo de pensar ou viver por mim mesmo, eu simplesmente não sabia como, não tinha sido preparado para isso.

Quando voltei para casa, nosso quarto estava morto, vazio e escuro. Fi-quei no chão chorando, enquanto meu irmão fugia com a mochila nas costas e a pequena bolsinha de Gana na mão. Enquanto a escuridão aliviava gradualmente Akure, ele continuava fugindo, ofegando, suando. Deve ter corrido muito — talvez impelido pela história de Clemens Forell*, indo o mais longe que seus pés pudessem levá-lo. Deve ter passado por ruas silenciosas e escuras até chegar ao seu destino. Pode ter parado um momento para avaliar os muitos caminhos possíveis, incapaz de decidir, por um instante, por onde seguir. No entanto, assim como Forell, deve ter sido vencido pelo medo da captura, e esse medo deve ter alimentado sua mente como uma turbina, gerando ideias. Deve ter tropeçado muitas vezes enquanto corria, ou caído em buracos e tropeçado em folhagens emaranhadas. Deve ter se cansado no meio do caminho e sentido sede, precisando de água. Deve ter ficado encharcado de suor, sujo. Mas deve ter continuado a correr, carregando a bandeira negra do medo no coração, talvez o medo do que seria de mim, seu irmão, com quem ele havia tentado extinguir o incêndio que engolfara nossa casa. E aquele fogo, por sua vez, ameaçava nos consumir.

Provavelmente meu irmão ainda estava fugindo quando o horizonte clareou e nossa rua despertou com o tremor de vozes, gritos altos e disparos, como se tivesse sendo invadida por um exército inimigo. Vozes comandavam ordens e urravam, punhos batiam em portas, pés martelavam o chão com intensidade furiosa, mãos brandiam armas e chicotes. Eles se reuniram num bando, meia dúzia de soldados, e começaram a bater no nosso portão. Assim que o Pai abriu, eles o empurraram, latindo como cães de caça:

— Onde eles estão? Onde estão esses delinquentes juvenis?

— Assassinos — emendou outro.

Quando irrompeu o tumulto, Nkem começou a chorar, e a Mãe correu até a porta do meu quarto e bateu muitas vezes, chamando:

— Obembe, Benjamin, acordem. Acordem! — Mas enquanto ela falava, as botas soaram mais alto e outras vozes se aproximaram da dela. Ouvi um grito, um estertor e o som de alguém caindo no chão.

---

* Personagem principal do livro *As far as my feet will carry me* ("O mais longe que meus pés me levarem"), de Josef Martin Bauer, baseado na história de Cornellius Rost, soldado alemão capturado pelos soviéticos, em 1945, que teve de atravessar um longo trecho sob temperatura e condições extremas até chegar a um gulag. (N.T.)

— Por favor, senhores soldados, eles são inocentes, são inocentes.

— Cala a boca! Onde estão esses meninos?

Então começaram os chutes e os ferozes murros na porta.

— Meninos, abram agora ou eu arrebento a cabeça de vocês.

Abri a porta.


Só voltei para casa três semanas depois de ter sido preso, bem depois do meu ingresso no novo e assustador mundo sem meus irmãos. Voltei para tomar um banho. Com a insistência do sr. Bayo, o nosso advogado, Biodun, conseguiu convencer o juiz a me deixar voltar para casa pelo menos para tomar um banho. Aquilo não era uma condicional, eles afirmaram, apenas uma licença. O Pai me contou que a Mãe estava preocupada por eu ficar três semanas sem tomar um banho. Na época, sempre que ele me falava de algo que a Mãe tinha dito, eu tentava o máximo que podia imaginar como ela falara aquilo, pois fiquei quase sem ouvir a voz dela naquelas três semanas inteiras. Ela havia regredido ao estado em que ficou quando meus irmãos morreram — afligida por aranhas invisíveis de pesar. No entanto, mesmo sem falar, cada olhar, cada movimento de sua mão pareciam conter mil palavras. Eu a evitava, arrasado pela dor que ela sentia. Uma vez ouvi alguém dizer — quando Ikenna e Boja morreram — que uma mãe que perde um filho perde parte de si. Quando ela me deu uma garrafa de Fanta, pouco antes da segunda audiência no tribunal, eu queria ir até ela e falar alguma coisa, mas não consegui. Duas vezes durante o julgamento, ela perdeu o controle e começou a chorar e gritar. Uma dessas vezes foi depois que os promotores, liderados por um homem muito sombrio e vestido de preto que parecia um demônio de cinema, argumentaram que eu e Obembe éramos acusados de homicídio culposo.

Um dia antes do meu primeiro julgamento, ao me visitar, o advogado Biodun aconselhou a me concentrar em alguma outra coisa — na janela, no corrimão, em qualquer coisa. Os guardas, homens de uniforme cáqui, me levaram para encontrar com ele, meu advogado e velho amigo do Pai. Ele sempre aparecia cheio de sorrisos e com ar confiante que às vezes me aborreciam. Quando ele e o Pai entraram na saleta onde eu recebia visitas, um jovem guarda acertou um cronômetro. O lugar tinha um cheiro pungente, que me lembrava o banheiro da minha escola — cheiro de merda estagnada. O advogado Biodun dizia para eu não me preocupar, que iríamos ganhar o caso. Disse também que a justiça ia ser manipulada, por termos ferido um dos soldados. Mas sempre parecia confiante. No entanto, no último dia do meu julgamento, o advogado Biodun não estava tão sorridente, e sim taciturno e calmo. As emoções em seu rosto eram tensas e ininteligíveis. Quando se aproximou de onde o Pai e eu estávamos, num canto da sala onde havia me revelado o mistério de seu olho, ele falou:

— Vamos fazer o melhor possível e deixar o resto nas mãos de Deus.

Voltamos para casa na caminhonete do pastor Collins. Ele foi me buscar com o Pai e o sr. Bayo, que tinha praticamente abandonado a própria família em Ibadan para voltar a Akure de vez em quando, na esperança de eu ser solto para ele me levar para o Canadá, onde ele morava com os filhos. Eu quase não o reconheci. Estava bem diferente do homem que era quando eu tinha quatro anos ou algo assim. Estava muito mais magro, e mechas de cabelo cinzentas vincavam suas cãs. Parecia fazer pausas entre as falas, como um motorista puxando o freio, reduzindo e seguindo rampa acima.

Entramos na perua, que trazia a seguinte inscrição em letras bem visíveis: "Assembleia de Deus, Araromi, Filial de Akure. Venha como estiver, mas saia como novo". Eles falaram pouco comigo, porque eu mal respondia às perguntas, só meneava a cabeça. Desde o dia em que fui levado para a prisão, passei a evitar falar com meus pais e com o sr. Bayo. Não conseguia encará-los. O destino que eu tinha jogado fora — a perspectiva de uma nova vida no Canadá — foi um golpe tão duro para o Pai que eu sempre me perguntava como ele ainda mantinha um verniz tão calmo e imperecível. Eu me confidenciava mais com o advogado, um homem com uma voz fina, de mulher, que sempre me assegurava, mais do que qualquer outra pessoa, que eu logo seria solto, ressaltando, "em pouco tempo".

Enquanto íamos para casa, não consegui conter a pergunta que pululava em meus pensamentos e indaguei:

— Obembe voltou?

— Não — respondeu o sr. Bayo —, mas vai voltar logo. — O Pai ia dizer alguma coisa, mas o sr. Bayo o interrompeu, acrescentando: — Nós já mandamos buscar Obembe. Ele vai voltar logo.

Eu queria perguntar onde ele tinha sido encontrado, mas o Pai falou apenas:

— Sim, é verdade. — Fiquei esperando um pouco, depois perguntei ao Pai onde estava o carro dele.

— Está com Bode para fazer alguns consertos — foi sua curta resposta. Ele virou para mim e olhou nos meus olhos, mas eu desviei o olhar. — Está com um problema nas velas — explicou o Pai. — As velas estão ruins.

Falou isso em inglês, pois o sr. Bayo, que era iorubá, não falava igbo. Aquiesci. Entramos numa rua tão abandonada e cheia de buracos que o pastor Collins, assim como outros motoristas, teve de sair pelo acostamento para escapar das crateras. Quando ele manobrou nos limites da vegetação, o matagal — basicamente orelhas-de-elefante — arranhou a carroceria da perua.

— Você está sendo bem tratado? — quis saber o sr. Bayo.

Ele estava ao meu lado no banco traseiro, o espaço entre nós cheio de panfletos, livros cristãos e folhetos de divulgação da igreja, quase todos com a mesma imagem do pastor Collins empunhando um microfone.

— Estou — respondi.

Mesmo sem ter sido espancado ou intimidado, achei que estava mentindo. Pois não faltaram ameaças e repreensões verbais. No primeiro dia na prisão, entre lágrimas inconsoláveis e o batimento frenético do meu coração, um dos guardas me chamou de "pequeno assassino". O homem sumiu logo depois de me colocarem numa cela vazia e sem janelas. Através das barras eu não podia ver nada, a não ser outras celas com homens sentados lá dentro como animais enjaulados. Algumas não tinham nada além dos presos. A minha tinha um colchão surrado, um balde com tampa onde eu defecava e uma bacia com água que era renovada uma vez por semana. A cela em frente à minha era ocupada por um homem de pele clara, com o corpo e o rosto cobertos de ferimentos, cicatrizes e sujeira, o que lhe conferia uma aparência horrível. Ficava sentado num canto da cela, olhando fixamente para a parede, a expressão ausente, catatônico. Mais tarde, esse homem ficaria meu amigo.

— Ben, então quer dizer que ninguém bateu ou tocou em você de jeito algum? — perguntou o pastor Collins quando respondi afirmativamente à pergunta do sr. Bayo.

— Não, senhor.

— Ben, diga a verdade. — O Pai olhou para trás. — Por favor, diga a verdade.

Olhei nos olhos dele de novo e dessa vez não consegui desviar o olhar. Em vez de responder, comecei a chorar.

O sr. Bayo pegou na minha mão e começou a apertá-la, dizendo:

— Calma, calma. *Ma su ku mo.* Não chore. — Ele adorava falar em iorubá comigo e meus irmãos. A última vez em que esteve na Nigéria, em 1991, costumava dizer, de brincadeira, que meus irmãos e eu, ainda crianças, tínhamos aprendido o iorubá, o idioma de Akure, melhor que nossos pais.

— Ben — disse o pastor Collins com sua voz meiga quando a caminhonete começou a se aproximar do nosso bairro.

— Senhor? — atendi.

— Você é e será um grande homem. — Ele levantou uma das mãos do volante. — Mesmo se eles acabarem mantendo você lá... e espero que isso não aconteça, que não seja o caso, em nome de Jesus...

— Sim, amém — interrompeu o Pai.

— Mas, mesmo que isso aconteça, saiba que não haverá nada maior, nada mais grandioso do que estar sofrendo pelos seus irmãos. Não! Nada mais grandioso. Nosso Senhor Jesus diz: "Pois não existe amor maior que o de um homem que sofre por seus amigos".

— Sim! É uma grande verdade! — trinou o Pai, aquiescendo com convicção.

— Se você continuar preso, estará sofrendo não por simples amigos, mas por seus irmãos. — A afirmação foi confirmada por um choque entre o tonitruante "Sim" do Pai e a vociferação do sr. Bayo com seu sotaque:

— Exatamente, exatamente, pastor.

— Pelos irmãos — repetiu o pastor.

O tonitruante "sim" do Pai aumentou um pouco mais, deixando até o pastor em silêncio. Depois, o Pai agradeceu ao pastor de coração, com seriedade.

Seguimos em silêncio pelo resto do trajeto. Apesar de o meu medo de ficar encarcerado ter aumentado, o pensamento de que tudo o que eu enfrentaria seria pelos meus irmãos me confortou. Era uma sensação estranha.

Eu era uma ânfora de barro quebrada, cheia de pó, quando chegamos em casa. David ficou me rodeando, observando a distância, mas evitando meu olhar e se afastando sempre que eu chegava mais perto para pegar na mão dele. Eu me movimentava na casa como um estranho ignóbil que de repente havia se descoberto na corte de um monarca. Eu andava com todo o cuidado e nem entrei no meu quarto. Cada passo que eu dava conjurava o passado com um apelo palpável. Não me incomodava muito o tempo que passei no chão de terra da minha cela, onde fiquei confinado muitos dias, com apenas um livro para me fazer companhia. Fiquei mais perturbado com o efeito do confinamento nos meus pais, principalmente na Mãe, e com o paradeiro do meu irmão. Enquanto tomava banho, fiquei pensando sobre o que o Pai tinha me falado no pátio na semana anterior, quando, antes de uma audiência, ele me puxou para um canto e disse num tom grave:

— Tem uma coisa que você precisa saber. — Percebi que ele estava chorando. Quando nos afastamos e ninguém mais podia nos ouvir, ele baixou a cabeça e reprimiu um esgar para tentar esconder seu sofrimento. Quando levantou a cabeça, olhou para mim e passou o dedo no canto do olho para enxugar as lágrimas. Tirou os óculos e olhou para mim com o olho ruim. Desde o dia em que voltou para casa com aquele curativo no olho, ele quase nunca tirava os óculos para esconder uma cicatriz do lado esquerdo do rosto. Inclinou a cabeça para a frente, segurou minha mão e murmurou num igbo sutil:

— *Ge nti*, Azikiwe. O que você fez foi nobre. *Ge nti, eh.* Nunca se arrependa, mas sua mãe não pode jamais saber o que vou dizer agora.

Confirmei com a cabeça.

— Ótimo — observou em inglês, a voz mais baixa. — Ela não pode jamais saber. Olha, essa coisa no meu olho não foi catarata, foi... — Ele parou de falar, me olhando fixamente. — Foi o louco que você matou quem fez isso comigo.

— Eh! — gritei, chamando a atenção dos que estavam por perto. Até a Mãe olhou de onde estava, ao lado de David, as mãos entrelaçadas ao redor de seu corpo frágil.

— Eu falei para não gritar — advertiu o Pai, como uma criança assustada, olhando na direção da Mãe. — Sabe, eu fiquei muito magoado quando o louco apareceu na missa em homenagem aos seus irmãos. Eu queria matar o sujeito com minhas próprias mãos, já que nem esse governo nem ninguém mais fariam isso por mim. Peguei uma faca e fui falar com ele, mas, quando avancei, ele jogou o conteúdo de uma cuia no meu rosto. Aquele homem que você matou quase me deixou cego.

Ele cruzou as mãos enquanto eu tentava entender o que havia me contado, a imagem daquele dia tão nítida quanto o presente na minha cabeça. Ele se levantou e saiu andando pela sala, enquanto fiquei pensando em como os peixes do Omi-Ala nadavam e ficavam suspensos, parados em meio às correntezas.

Quando acabei meu banho, me enxuguei e me enrolei na toalha do Pai. Rememorei o que ele me dissera mais cedo, antes de virmos para casa.

— Bayo conseguiu tirar vistos canadenses para vocês dois. Se isso não tivesse acontecido, a essa altura vocês já estariam a caminho.

Comecei a me lamentar de novo e voltei em prantos para a sala de estar depois do banho. O sr. Bayo estava em frente ao Pai, as mãos pousadas nos joelhos, os olhos focados no rosto do Pai.

— Sente aí — pediu o sr. Bayo. — Benny, quando você voltar para lá hoje, não tenha medo. Não tenha medo nenhum. Você é uma criança, e o homem que você matou não era apenas um lunático, mas alguém que enganou você. Será errado prender você por isso. Vá lá, diga o que fez, e eles vão libertá-lo. — Ele fez uma pausa. — Ah, não, pare de chorar.

— Azikiwe, eu disse pra você não fazer isso — falou o Pai.

— Não, Eme, não. Ele é só uma criança — retrucou o sr. Bayo. — Eles vão soltar você, e eu vou te levar para o Canadá no dia seguinte. É por isso que estou aqui... esperando você. Está me entendendo?

Concordei com a cabeça.

— Então, por favor, enxugue essas lágrimas.

A menção ao Canadá me cortou o coração mais uma vez. Pensar que estive próximo de ir aos lugares mostrados nas fotos que o sr. Bayo mandou, de morar numa casa de madeira, perto das árvores desfolhadas sob as quais as filhas dele, Kemi e Shayo, posavam em cima de bicicletas. Pensei na "educação ocidental", esse fenômeno pelo qual eu tanto ansiava, a única coisa que cresci pensando que faria o Pai feliz, que me escapava pela ponta dos dedos. O sentimento da perda daquela oportunidade me abalou tanto que, sem pensar, me ajoelhei, agarrei as pernas do sr. Bayo e comecei a dizer:

— Por favor, sr. Bayo, me leva para lá agora, por que o senhor não me leva para lá agora?

Por um momento ele e meu pai trocaram olhares, sem pronunciar nem uma única palavra.

— Papai, por favor, diz para ele me levar para lá agora mesmo — implorei, esfregando as palmas das mãos. — Diz para ele me levar agora, por favor, papai.

Como resposta, o Pai enterrou a cabeça nas palmas das mãos, chorando. Percebi pela primeira vez que o Pai, o nosso Pai, o homem forte, não podia me ajudar; ele se tornara uma águia domada, sem garras e com o bico quebrado.

— Escuta, Ben — começou a dizer o sr. Bayo, mas eu não estava mais ouvindo. Continuava pensando em como seria voar num avião de verdade, planando como um pássaro no céu. Só muito depois consegui entender o que dizia: — Eu não posso levar você agora porque, se eu fizer isso, eles vão prender o seu pai. Primeiro nós precisamos resolver o seu problema. Mas não se preocupe, eles vão soltar você. Eles não têm outra escolha. — O sr. Bayo pegou na minha mão e botou um lenço nela, dizendo: — Enxugue essas lágrimas, por favor.

Enterrei a cabeça no lenço para poder me ausentar, ainda que por um momento, de um mundo que agora se tornara um poço de fogo que ameaçava aniquilar a mim, uma simples e pequena mariposa.

# 18
## As garças

David e Nkem eram garças:

Aqueles pássaros com a penugem branca que aparecem em bandos depois de uma tempestade, com suas asas imaculadas, suas vidas intocadas. Apesar de terem se tornado garças no meio da tempestade, eles emergiram, as asas flutuando no ar, no fim dela, quando tudo o que eu conhecia tinha mudado.

O primeiro foi o Pai: na vez seguinte que o vi, ele tinha deixado a barba crescer. Foi no dia em que fui libertado, e eu não o via, nem o resto da minha família, havia seis anos. Quando eles finalmente vieram me buscar, percebi que todos tinham mudado de maneira quase irreconhecível. Fiquei entristecido com o que Pai tinha se tornado — um homem magro e curvado, que a vida tinha malhado como um ferreiro, até moldá-lo no formato de uma foice. Até sua voz denotava certo rancor, como se detritos de palavras havia muito não ditas na caverna de sua boca tivessem enferrujado e espalhassem pedacinhos na língua sempre que ele ia falar. Era visível que havia passado por diversos tratamentos médicos nos últimos anos, mas todas as mudanças eram difíceis de descrever.

A Mãe também parecia muito mais velha. Assim como a do Pai, sua voz parecia meio encaroçada pelo peso dos acontecimentos, fazendo suas palavras saírem como que atoladas, da mesma forma como a obesidade afeta o andar das pessoas, dificultando seus movimentos. Sentado num banco de madeira dentro do presídio, esperando a assinatura final do diretor, o Pai me contou como a Mãe havia voltado a ver as aranhas depois que Obembe e eu saímos de casa, mas que ela se recuperou logo. Enquanto falava, fiquei olhando para a parede em frente, lotada de diferentes retratos de homens odiosos de uniformes e obituários impressos em folhetos baratos. A tinta azul era fraca, esmaecida e borrada por conta da umidade. Deixei meus olhos se concentrarem no relógio da parede, pois fazia muito tempo que eu não via um relógio. Eram cinco e quarenta e dois, e o ponteiro menor se movia na direção do seis.

Contudo, dentre todas as mudanças, a que mais me surpreendeu foi a de David. Quando o vi, percebi quanto o corpo dele era parecido com o de Boja. Quase não havia diferenças entre os dois, a não ser o fato de Boja ser mais animado, enquanto David saíra tímido e um tanto contido. A primeira vez em que ele disse alguma coisa depois das formalidades iniciais que trocamos no presídio foi quando chegamos perto do centro da cidade. David estava com dez anos. Era a mesma criança para quem, nos memoráveis meses que antecederam seu nascimento (e o de Nkem), a Mãe costumava cantar uma canção que acreditava alegrar os ainda não nascidos, e todos acreditávamos nisso na época. Eu e meus irmãos nos reuníamos quando ela começava a cantar e a dançar, pois a voz dela era cativante. Ikenna virava o baterista, batendo com as colheres na mesa. Boja virava o flautista, emitindo sons de flauta com a boca. Obembe virava o assobiador, acompanhando o tema com assobios. Eu era o que aplaudia, batendo palmas enquanto a Mãe repetia o refrão:

| | |
|---|---|
| *Iyoghogho Iyogho Iyoghogho,* <br> *Ka'nyi je na nke Bishopu* <br> *na five akwola* | Vamos ver o bispo, são cinco horas |
| *Ihe ne ewe m'iwe bun* <br> *a efe'm akorako* | Só estou triste porque minha roupa lavada ainda não secou |
| *Nwa'm bun a-afo* <br> *na'ewe ahuli* | Mas sinto-me aliviada sabendo que a criança no meu útero está feliz |

Senti uma intensa vontade de dar um abraço forte em David, mas o Pai falou de repente, como se eu tivesse perguntado alguma coisa:

— Demolições. Em toda parte.

Ele se referia a um guindaste a distância, que derrubava uma casa, cheio de gente em volta. Eu tinha visto uma cena parecida um pouco antes, perto de um mictório público abandonado.

— Por quê? — perguntei.

— Eles querem transformar esse lugar numa cidade — explicou David sem olhar para mim. — O novo governador mandou demolir a maioria dessas casas.

Um missionário, a única pessoa que deixavam me ver na prisão, havia me falado sobre a mudança no governo. Por causa da minha idade na época, o juiz considerou que eu não merecia prisão perpétua ou a pena de morte. Também não merecia um reformatório juvenil, por ter cometido um homicídio. Por isso, decidiu que eu cumpriria oito anos de prisão sem visitas ou contato com a família. Aquela audiência, entre todas as outras, ficou armazenada numa garrafa vedada, e por muitas noites na cela, enquanto mosquitos zumbiam nos meus ouvidos, eu tinha lampejos das cortinas verdes esvoaçando no tribunal, o juiz sentado no púlpito elevado, a voz profunda e gutural:

*...você permanecerá lá até que a sociedade o considere adulto, capaz de se conduzir de uma forma civilizada, aceitável pelo seu meio e pela humanidade. Sob a luz destes fatos, pelos poderes a mim conferidos pelo Sistema Federal de Justiça da República Federal da Nigéria e pelas recomendações do júri de que a justiça deve ser temperada pela clemência — e em deferência aos seus pais, sr. e sra. Agwu —, por meio desta eu o sentencio, Benjamin Azikiwe Agwu, a oito anos de reclusão sem contatos familiares, até você, agora com dez anos, alcançar a maioridade societária aos dezoito anos de idade. O tribunal está dispensado.*

Nesses momentos eu lembrava que, no temor imediato que me envolveu, lancei um olhar para o Pai e vi uma espécie de sorriso aparecer nas rugas de sua testa. Enquanto isso, a Mãe, com um grito, as mãos girando como as hélices de um helicóptero acima da cabeça, rogava a um Deus vivo que Ele não permanecesse em silêncio no momento em que aquilo acontecia com ela, *não desta vez*. Depois, quando os guardas me algemaram, começando a me empurrar para a saída dos fundos, meu entendimento das coisas de repente se reduziu ao de uma criança não formada — um feto, como se todos ali fossem visitantes que estavam no meu mundo de passagem e agora deviam partir — como se não fosse eu, mas eles que estivessem sendo afastados.

Por uma questão de política, a prisão permitia que os detentos recebessem a visita de um missionário. Um deles, o evangelista Ajayi, vinha mais ou menos a cada duas semanas, e foi através dele que me mantive a par dos acontecimentos no mundo exterior. Uma semana antes de eu saber que seria libertado, ele me disse que, dentro do espírito da transição de um governo militar para um civil na Nigéria, Olusegun Agagu, o governador do estado de Ondo, cuja capital era Akure, havia decidido libertar alguns presos. O Pai dizia que meu nome estava no topo da lista. E que o sufocante 21 de maio de 2003 estava marcado como o dia da nossa liberdade. Mas nem todos os presos tiveram essa sorte. Um ano depois que fui encarcerado, em 1998, o evangelista Ajayi trouxe a notícia de que o general Abacha, o ditador, havia morrido espumando pela boca, tendo corrido rumores de que teria sido morto por uma maçã envenenada. Então, exatamente um mês depois, quando eu já estava prestes a ser libertado, o principal prisioneiro e arqui-inimigo de Abacha, M.K.O., morreu mais ou menos do mesmo jeito depois de tomar uma xícara de chá.

As agruras de M.K.O. começaram poucos meses depois que nos encontramos, com a anulação das eleições de 1993, que se acreditava que ele tivesse vencido, desencadeando uma série de acontecimentos que jogaram os políticos da Nigéria numa avalanche de lama sem precedentes. Um dia, no ano seguinte, quando nos reunimos na sala de estar para assistir ao noticiário da rede de televisão nacional NTA, vimos M.K.O. ser preso em sua casa em Lagos por um comboio de cerca de duzentos soldados fortemente armados, em tanques blindados e veículos militares, sendo levado por uma viatura. Ele havia sido acusado de traição, o que deu início ao seu longo encarceramento. Embora eu estivesse ciente dos problemas de M.K.O., a notícia de sua morte me atingiu com a força do golpe de um peso-pesado. Lembro quanto foi difícil dormir naquela noite, como fiquei deitado no colchão, coberto pela *wrappa* que a Mãe me dera, pensando em quanto aquele homem tinha sido importante para mim e para meus irmãos.

Quando passamos por um trecho do Omi-Ala, o maior dentro da cidade, vi alguns homens remando na água barrenta, e um pescador jogando uma rede na água. Uma longa fileira de postes elétricos fora erguida na alameda de concreto que dividia as pistas na avenida. Enquanto seguíamos para casa, detalhes esquecidos de Akure começaram a abrir seus olhos mortos. Notei que a rua tinha mudado um bocado, que muita coisa havia mudado nesses seis anos na cidade onde eu tinha nascido, em cujo solo meus pés foram plantados. As ruas foram alargadas, e os mascates empurrados muitos metros mais longe das congestionadas avenidas, geralmente coalhadas de automóveis e caminhões. À frente, uma ponte havia sido construída ligando os dois lados da avenida. Em todo lugar, a cacofonia dos mascates e vendedores anunciando suas mercadorias despertavam criaturas silenciosas que rastejavam em minha alma. Um homem vestindo uma camiseta desbotada do Manchester United veio correndo quando paramos no meio de um congestionamento e começou a bater no carro enquanto tentava enfiar uma bisnaga de pão pela janela onde estava a Mãe. Ela fechou o vidro. A distância, quase mil carros buzinavam e fumegavam com impaciência à frente, uma pesada carreta fazia uma lenta conversão embaixo da passarela de pedestres. Era aquele dinossauro veicular que estava parando todo o trânsito.

Tudo o que se movimentava agora ao meu redor fazia um forte contraste com os anos que passei na prisão — quando só o que eu fazia era ler, olhar, rezar, chorar, monologar, esperar, dormir, comer e pensar.

— Muita coisa mudou — comentei.

— É verdade — concordou a Mãe. Ela abriu um sorriso, e eu lembrei, em lampejos, de como as aranhas a tinham atormentado.

Voltei a olhar para a rua. Quando nos aproximávamos mais de casa, ouvi minha voz dizendo:

— Papai, quer dizer que Obembe nunca mais voltou, em todos esses anos?

— Não, nem uma vez — respondeu o Pai bruscamente, meneando a cabeça.

Queria ter visto os olhos da Mãe quando ele disse isso, mas ela olhava pela janela, e foram os olhos do Pai que encontraram os meus pelo espelho retrovisor. Tive vontade de contar que Obembe tinha me escrito algumas vezes de Benin, dizendo que estava morando com uma mulher que o amava e o havia adotado como filho. Na manhã seguinte à que fugiu de casa, Obembe tomou um ônibus em Akure em direção à cidade de Benin. Disse que pensou no lugar apenas por causa da história do grande Oba Ovonramwen de Benin, que resolveu ir para lá depois de aviltar o governo imperial britânico. Quando chegou à cidade, Obembe viu uma mulher saindo de um carro, andou corajosamente até ela e disse que não tinha lugar para dormir. Ela ficou com pena e o levou para a casa, onde morava sozinha. Em sua carta, escreveu que algumas coisas me deixariam triste se ele contasse, e que me considerava jovem demais para saber de outras tantas que eu talvez não entendesse, mas prometia me contar tudo mais tarde. As poucas coisas que disse e que eu poderia saber, por enquanto, eram as seguintes: a mulher era viúva, morava sozinha, e ele tinha se tornado um homem. Na mesma carta, contou que tinha calculado a data exata da minha libertação — 10 de fevereiro de 2005, prometendo que voltaria a Akure nesse mesmo dia. Disse que Igbafe o manteria informado sobre os acontecimentos e que dessa forma ficaria sabendo o que ocorria comigo.

Era Igbafe quem entregava as cartas dele para mim. Meu irmão reencontrou Igbafe em uma ocasião em que tentou voltar para casa depois dos primeiros seis meses no exílio. Chegou a fazer a viagem, mas ficou com muito medo de entrar na nossa casa. Preferiu procurar Igbafe, que fez um relato de como estavam as coisas e prometeu entregar as cartas para mim. Nos dois anos seguintes ele escreveu quase todos os meses, sempre por meio de Igbafe, que passava as cartas a um jovem carcereiro, em geral com uma gorjeta para convencê-lo. Eu costumava responder às cartas enquanto Igbafe esperava lá fora. Mas, depois dos primeiros três anos, Igbafe deixou de vir de repente, e nunca soube por que ou o que aconteceu com Obembe. Fiquei esperando dias e meses, depois anos, e nada. Só continuei recebendo cartas ocasionais do Pai e, uma vez, de David. Comecei a reler as cartas, mais ou menos umas dezesseis, que Obembe tinha me enviado, até o conteúdo integral da última carta, datada de 14 de novembro de 2000, ficar gravado na minha cabeça:

*Olha, Ben,*

*Não consigo encarar nossos pais agora e sozinho. Não consigo. Sou o culpado de tudo o que aconteceu, de tudo. Fui eu quem contou a Ike o que Abulu disse quando o avião passou — eu sou o culpado. Eu fui estúpido, muito estúpido. Olha, Ben, até você já sofreu por minha causa. Quero reencontrar nossos pais, mas não consigo fazer isso sozinho. Vou chegar no dia em que eles libertarem você, para nos encontrarmos com eles juntos e pedir perdão por tudo o que fizemos. Preciso que você esteja lá no dia em que eu chegar.*

*Obembe*

Enquanto pensava naquela carta, me ocorreu perguntar sobre Igbafe. Achei que talvez ele me dissesse por que meu irmão tinha parado de me escrever. Quando perguntei se Igbafe ainda morava em Akure, a Mãe olhou para mim muito surpresa.

— O nosso vizinho?

— Isso, o nosso vizinho.

Ela meneou a cabeça.

— Igbafe morreu.

— O quê? — ofeguei.

Ela confirmou com a cabeça. Igbafe se tornou caminhoneiro, como o pai, transportando madeira das florestas para Ibadan durante dois anos. Morreu num acidente quando o caminhão derrapou, saiu da estrada e caiu numa cratera mortal aberta por uma devastadora erosão.

Prendi a respiração enquanto ela fazia esse relato. Eu tinha crescido brincando com aquele garoto; ele sempre estivera aqui, desde o início, tinha pescado comigo e com meus irmãos no Omi-Ala. Era uma coisa terrível.

— Há quanto tempo isso aconteceu?

— Mais ou menos uns dois anos — respondeu a Mãe.

— Nada disso! Faz dois anos e meio — interpôs David.

Olhei para meu irmão, tomado por um forte *déjà-vu*. Por um momento pensei que estávamos em 1992 ou 1993, 1994 ou 1995 ou 1996 e que era Boja corrigindo a Mãe daquele jeito. No entanto, não era Boja, era um irmão muito mais novo.

— Isso — concordou a Mãe com um meio sorriso. — Dois anos e meio.

A morte de Igbafe me deixou ainda mais chocado, pois na época eu ainda não imaginava a possibilidade de alguém que eu conhecia ter morrido enquanto eu estava na prisão, mas muitos morreram. O sr. Bode, o mecânico de automóveis, era um deles. Morreu num acidente na estrada também. O Pai me contou isso numa carta, uma carta em que quase consegui sentir sua raiva. As últimas quatro linhas daquela carta, intensas e emotivas, permaneceriam gravadas na minha lembrança por muitos anos:

*Jovens são mortos em "armadilhas mortais" em estradas esburacadas e dilapidadas, chamadas de rodovias hoje em dia. Mesmo assim, esses idiotas em Aso Rock dizem que este país vai sobreviver. Aí está a questão, as mentiras deles são a questão.*

Uma mulher grávida atravessou a rua sem olhar, obrigando o Pai a frear de repente. A mulher fez um gesto pedindo desculpas enquanto concluía a travessia. Pouco depois, chegamos ao que reconheci ser o começo da nossa rua. As vias estavam limpas, com novos edifícios se erguendo por toda parte. Era como se fosse tudo novo, como se o próprio mundo tivesse nascido outra vez. Casas saltavam aos olhos como visões se erguendo de um campo de batalha recente. Vi o local onde costumava ficar o decrépito caminhão de Abulu. Só restavam alguns pedaços de metal, como árvores derrubadas, emaranhados num aglomerado de arbustos de *esan*. Uma galinha e seus pintinhos ciscavam por ali, mergulhando os bicos mecanicamente na terra. Fiquei surpreso ao ver aquilo, imaginando o que teria acontecido com o caminhão, quem o havia retirado. Voltei a pensar mais uma vez em Obembe.

Quanto mais chegávamos perto de casa, mais eu pensava nele, e esses pensamentos ameaçavam minha alegria infantil. Comecei a sentir que a noção de um amanhã banhado de sol não perduraria por muito tempo se Obembe não voltasse. Aquela perspectiva desabaria, como um homem cambaleando crivado de balas. O Pai tinha contado que a Mãe acreditava que Obembe estava morto. Disse que ela enterrou uma foto dele quatro anos antes, assim que voltou de uma internação de um ano no Hospital Psiquiátrico Bispo Hughes. Falou de um sonho em que Abulu matava Obembe como matou o irmão dele, empalado com uma lança na parede. A Mãe ainda teria tentado retirá-lo da parede, mas ele morreu lentamente diante de seus olhos. Convencida de que o sonho era real, ela começou a chorar por Obembe, gemendo, recusando-se a recuperar a calma. O Pai, que não acreditava naquilo, achou melhor concordar para que ela melhorasse mais rápido. O amigo dele, Henry Obialor, aconselhou que ele a deixasse pensar assim, que seria mais prudente não argumentar. David e Nkem se recusaram no começo, dizendo que, como Abulu já estava morto, não poderia ter matado Obembe. Mas o Pai os convenceu de que era melhor para ela. Ele acompanhou a Mãe quando ela enterrou Obembe ao lado de Ikenna numa cerimônia que ela o obrigou a comparecer, ameaçando tirar a própria vida se ele não estivesse lá. Mas o que ela enterrou não era Obembe; era uma foto dele.

O Pai havia mudado tanto que, quando conversávamos, ele não me olhava mais nos olhos. Eu já tinha observado isso no hall de entrada da prisão, onde ele me falava sobre a Mãe. Antes, ele era um homem mais forte; um homem impregnável, que defendia a paternidade de muitos filhos dizendo que queria que fôssemos muitos para que existisse uma diversidade de sucesso na família.

— Meus filhos serão grandes homens — dizia. — Vão ser advogados, médicos, engenheiros... e vejam, o nosso Obembe se tornou soldado. — Durante muitos anos, ele carregou esse saco de sonhos. Sem saber que o que transportou durante todo aquele tempo era um saco de sonhos apodrecidos; há muito decaídos, que agora se tornaram um peso morto.

Estava quase escuro quando chegamos em casa. Uma garota que imediatamente reconheci — mas não sem dificuldade — como Nkem abriu o portão. Tinha exatamente a cara da Mãe e era muito alta para uma menina de sete anos. Usava longas tranças que desciam pelas costas. Quando a vi, percebi de imediato que ela e David eram garças: os pássaros brancos como pombas que aparecem depois de uma tempestade, voando em grupos. Embora houvessem nascido antes da tempestade que se abateu sobre a família, os dois não a vivenciaram. Assim como um homem adormecido em meio a uma violenta tempestade, eles dormiram por todo aquele período. E mesmo quando sentiram a presença de alguma coisa durante o primeiro exílio clínico da Mãe, foi apenas um suspiro, não tão alto a ponto de despertá-los.

As garças eram também reconhecidas por outra coisa: costumavam ser arautos de bons tempos. Acreditava-se que limpavam as unhas melhor do que qualquer lixa. Sempre que nós e as crianças de Akure víamos garças voando pelo céu, saíamos correndo e estendíamos os dedos embaixo da revoada branca, repetindo uma frase simples: "Garças, garças, pousem em mim".

Quanto mais a gente agitava os dedos, mais rápido cantávamos; quanto mais rápido e com força agitávamos os dedos e cantávamos, mais brancas e limpas ficavam as unhas. Estava pensando nessas coisas quando minha irmã correu até mim e me deu um caloroso abraço, começando a chorar enquanto repetia sem cessar:

— Seja bem-vindo, irmão Ben.

A voz dela soou como música aos meus ouvidos. Meus pais e meu irmão David ficaram atrás de nós, perto do carro, nos observando. Fiquei abraçado com ela, murmurando que estava feliz em voltar, quando ouvi alguém apitar alto duas vezes. Levantei a cabeça e vi, naquele momento, a sombra difusa de uma pessoa se movendo perto do muro da casa, próximo ao poço onde muitos anos atrás Boja havia sido tragado. Aquela visão me assustou.

— Tem alguém ali? — perguntei, olhando na direção da escuridão.

Ninguém se mexeu; era como se não tivessem me ouvido. Ficaram todos ali, observando. Os braços do Pai ao redor da Mãe, um alegre sorriso no rosto de David. Era como se me pedissem, com seus olhares, para descobrir o que era, como se estivessem achando que eu estava enganado. Quando olhei na direção do lugar onde meus irmãos tinham brigado, anos atrás, vi o reflexo de duas pernas subindo pelo muro. Cheguei mais perto, devagar, o tum-tum frenético do meu coração reavivado.

— Quem está aí? — perguntei em voz alta.

De início não ouvi uma palavra, não percebi qualquer movimento, nada. Virei para minha família, atrás de mim, para perguntar quem estava lá, mas todos continuaram imóveis no mesmo lugar, olhando para mim, ainda sem querer dizer nada. A escuridão os envolvia, transformando-os num pano de fundo de silhuetas. Voltei a olhar para o local e vi uma sombra subir no muro e ficar parada.

— Quem está aí? — perguntei mais uma vez.

Então, a figura respondeu e ouvi em alto e bom som, como se não tivesse havido um julgamento, aquelas grades, mãos, algemas, barreiras, anos ou distância, nenhuma passagem de tempo entre a última vez em que ouvi a voz dele e agora; como se todos os anos que se passaram não fossem nada além da distância entre um grito ser emitido e o momento em que se calou. Isto é, o momento em que percebi quem era ele e o momento em que o ouvi dizer:

— Sou eu, Obe, seu irmão.

Por um instante, fiquei ali parado, até sua silhueta começar a andar na minha direção. Meu coração pulou como um passarinho livre ao pensar que era ele, meu verdadeiro irmão, que surgia agora tão real quanto antes, como uma garça depois da minha tempestade. Enquanto ele se aproximava, lembrei que no tribunal, no último dia do meu julgamento, tinha visto o que me pareceu uma visão de sua volta. Antes de subir ao banco dos réus naquele dia, o Pai notou que eu tinha começado a chorar outra vez e me puxou para um canto da sala, perto de uma parede de água-marinha maciça.

— Não é hora de chorar assim, Ben — murmurou quando paramos lá.
— Não há...

— Eu sei, papai, só estou triste pela mamãe — repliquei. — Por favor, diga a ela que pedimos desculpa.

— Não, Azikiwe, espere — retrucou. — Você vai para a prisão como o homem que eu o eduquei para ser. Vai para a prisão como o homem que foi quando pegou em armas para vingar seus irmãos. — Uma lágrima escorreu pelo seu nariz enquanto ele esculpiu o torso invisível de um grande homem com as mãos. — Vai dizer a eles como tudo aconteceu, vai dizer isso como o homem que sempre quis que vocês fosse... agressivo, poderoso. Como... lembre-se, como... — Ele fez uma pausa, os dedos perdidos na cabeça raspada, procurando na memória uma palavra que parecia fugir dos seus pensamentos. — Como o pescador que você já foi — balbuciou afinal com os lábios trêmulos. — Está me ouvindo? — O Pai me deu um chacoalhão. — Perguntei se está me ouvindo.

Eu não respondi. Não conseguia, apesar de ter notado que a comoção do lado de fora tinha aumentado e que os guardas que me haviam levado até ali estavam se aproximando. Mais pessoas adentravam no recinto do tribunal, incluindo alguns jornalistas com suas câmeras. O Pai os avistou, e sua voz ganhou um tom de urgência.

— Benjamin, você não vai me desapontar.

Agora eu chorava copiosamente, o coração disparado.

— Está me ouvindo?

Concordei com a cabeça.

Mais tarde, quando os membros do tribunal estavam acomodados e depois de meu acusador — uma hiena — descrever os detalhes dos ferimentos de Abulu (... perfurações múltiplas de anzóis encontradas no corpo do acusador, um hematoma na cabeça, um tubo vascular perfurado no peito...), o juiz pediu para ouvir a defesa.

Quando chegou minha hora de falar, as palavras do Pai — "agressivo, poderoso" — começaram a se repetir na minha cabeça. Virei e olhei para os meus pais, sentados juntos, com David ao lado. O Pai acolheu meu olhar, aquiescendo. Depois moveu os lábios de um jeito que me fez responder com um aceno de cabeça. Assim que me viu acenar, ele sorriu. Foi então que deixei as palavras fluírem, e minha voz se ergueu acima do silêncio ártico do tribunal quando comecei a falar, do jeito que sempre quis começar.

— Nós éramos pescadores. Eu e meus irmãos nos tornamos...

A Mãe soltou um grito tão alto que assustou os presentes, provocando um tumulto na sessão. O Pai lutou para tapar sua boca com as mãos, com suas súplicas para que ficasse quieta soando bem alto. Todas as atenções se voltaram para os dois quando a voz do Pai passou de um pedido de desculpas comum: "Sinto muito por isso, meritíssimo" para "*Nne, biko, ebezina, eme na'ife a*". Não chore, não faça isso. Mas eu não olhei para eles. Mantive os olhos nas cortinas verdes que recobriam as janelas pesadas e reforçadas, cobertas de pó, que assomavam acima dos bancos. Uma forte lufada de vento as agitou levemente, por um momento fazendo com que parecessem bandeiras verdes tremulantes. Fechei os olhos enquanto durou a comoção, envolvido na escuridão abrangente. Nesse escuro, vi a silhueta de um homem com uma mochila voltando para casa, da mesma forma como havia saído. Ele estava quase em casa, quase ao meu alcance, quando o juiz bateu o martelo na mesa três vezes e bradou:

— Prossiga.

Abri os olhos, limpei a garganta e comecei tudo de novo.

# Agradecimentos

Apesar de este livro levar apenas o meu nome, *Os pescadores* foi resultado dos esforços de muitas pessoas:

Unsal Ozunlu, grande professor e primeiro leitor — meu pai turco; Behbud Mohammadzadeh, meu melhor amigo, irmão inestimável; Stavroula, que me reconheceu na maior parte deste livro; Nicholas Delbanco, ajudante, o pastor, professor de bons hábitos; Eileen Pollack, leitora dos olhos de águia, que fazia anotações nas margens das páginas com caneta vermelha; Christina, cujo feedback mudou o curso das coisas; Andrea Beauchamp, a ajudante gentil; Lorna Goodison, a fornecedora de paz e amor...

Jessica Craig, agente de primeira categoria, guia de turismo e amiga em cujas mãos eu me sinto tranquilo; Elena Lappin, a editora de aquisições e de texto, a mão invisível por trás de cada uma destas páginas, quem mais acreditou; Judy Clain, editora, aquela que traz alegria; Adam Freudenheim, *publisher* extraordinário, que, uma vez que o envolve, não o deixa mais ir embora; Helen Zell, fornecedora de abundância e presentes para os escritores...

Bill Clegg, o primeiro entusiasta, um arauto de boas notícias; Peter Steinberg, o primeiro a espalhar a palavra por aí; Amanda Brower, a veloz; Linda Shaughnessy, agente que levou este livro até terras distantes; Peter Ho Davies, o hábil trompetista; Emeka Okafor; Berna Sari; Agnes Krup; DW Gibson e o pessoal maravilhoso da Ledig House (Amanda Curtin, Francisco Haghenbeck, Marc Pastor, Saskya Jain, Eva Bonne e todo mundo); meu maravilhoso cúmplice na ficção e os grandes autores e corpo docente do Programa Helen Zell para Escritores da Universidade de Michigan que mandam muito bem com suas canetas...

Papai, o pai de muitos; Nnem, a mãe de uma multidão; Titia, a historiadora; Irmãs – Maria, Joy, Kelechi, Peace; meus irmãos – Mike, Chinaza. Chuwkwuma, Charles, Psalm, Lucky, Chidiebere, este é para vocês, um tributo...

Para todos aqueles que eu não pude mencionar por uma questão de espaço, vocês sabem que suas mãos estiveram aqui, e lhes agradeço tanto quanto àqueles que foram listados nestas linhas. E, aos meus leitores, agradeço uma centena de vezes mais.

ESTE LIVRO, COMPOSTO NA FONTE FAIRFIELD,
FOI IMPRESSO EM PAPEL PÓLEN SOFT 70 G/M², NA GRÁFICA CROMOSETE.
SÃO PAULO, JANEIRO DE 2016.